耀

XUAN MO

玄默

———— 著

眼

台海出版社

图书在版编目（CIP）数据

耀眼 / 玄默著. -- 北京： 台海出版社，2020.8

ISBN 978-7-5168-2590-7

Ⅰ．①耀… Ⅱ．①玄… Ⅲ．①长篇小说－中国－当代

Ⅳ．①I247.5

中国版本图书馆 CIP 数据核字（2020）第 076880 号

耀眼

著　　者：玄　默

出　版　人：蔡　旭　　　　　　　　封面设计：小茜设计

责任编辑：俞滟荣

出版发行：台海出版社

地　　　址：北京市东城区景山东街 20 号　　邮政编码：100009

电　　　话：010-64041652（发行，邮购）

传　　　真：010-84045799（总编室）

网　　　址：www.taimeng.org.cn/thcbs/default.htm

E－mail：thcbs@126.com

经　　　销：全国各地新华书店

印　　　刷：大厂回族自治县德诚印务有限公司

本书如有破损、缺页、装订错误，请与本社联系调换

开　　本：880 毫米×1230 毫米　　　1/32

字　　数：261 千字　　　　　　　　印　张：9.25

版　　次：2020 年 8 月第 1 版　　　印　次：2020 年 8 月第 1 次印刷

书　　号：ISBN 978-7-5168-2590-7

定　　价：45.00 元

目录

楔　子

楔—子

　　雍宁早起打开院门，这才意识到已经到了十二月，很快就是年底了。

　　老胡同里永远有传统节日的气氛，尽头几户的门口挂上了灯笼，毕竟时代不同了，现在轻易买不到传统纸质的样式，于是远远看过去都泛了塑料光泽，一片朦朦胧胧的红。

　　今年的冬天不太冷，温度一直没能降下来，雪也迟迟不下。

　　年底正是忙碌的时候，"宁居"的生意反而到了淡季，雍宁今天起来晚了，临近中午，她随便吃了点早餐，戴上手套，准备去清理长廊下积累的枯枝，忽然来了客人。

　　她站在东边的屋檐下对着门口笑了笑，算是招呼。

　　来的人是位老先生，显然已经上了年纪，两鬓苍白，衣着却格外齐整，他四下打量，一双眼睛格外有神，并不显老态。

　　雍宁一向不是个热情的店主，她继续低头扫自己的地，随口说话当作是介绍："前厅对外开放，架子上放的颜料都是手工制作，天然矿物成分，价格很高，真正有需要的话，再找我问价吧。"

　　这院子里从来不缺好奇的人，她早习以为常。

　　那位老先生听了这话没说什么，走到前厅也只向里扫了一眼，他似乎对雍宁本人更感兴趣，于是又转头在廊下静静地盯着她站了一会儿，不知道在想什么。

　　雍宁顺着路，从东边一路扫过来，扫到他面前的时候，对方依旧一动不动。

　　她这才抬起头，看清了对方的样子，忽然觉得这人有些眼熟，像是在什么地方偶然见过似的，她琢磨了一会儿，没找到答案。

雍宁的眼睛有些敏感怕光，这些年她也极少外出，来来往往都是"宁居"的客人，她过得忘了季节，连带着对人的印象也都淡了，于是她抱着自己那根长扫帚，有点疑惑地问对方："您是想找什么东西吗？"

老先生盯着她问："你就是店主？"

她点头，大概有些明白了。

"我听人说过，宁居的店主可以帮人预测未来，所以想请你看看。"

雍宁这下真的笑了，她拿着扫帚绕开他说："您可以进去随便坐，但传言归传言，我可不是算命的。"

"我知道店里的规矩，我是来买颜料的。"

老先生精神矍铄，周身气度不凡，显然不是一般路过的游客。

他进了前厅，对着光线打量起来，那样子十分懂行，没有被一屋子五光十色的颜料晃花眼，也没在普通的矿石区犹豫，他直接拿下了一瓶深紫色的檀木细粉，回身问雍宁说："我收了这一瓶，你可以帮忙了吧？"

"这是真正稀有的沉檀木粉，熱水收的膏，您找它是为了补木器？如果只是一般家里的藏品……买它的价格，可能比您再请一个还要贵了。"

老先生不再多说，人已经坐在了窗边，显然是由她开口的样子。

上门的买卖雍宁从来不拒绝，于是她一点都没客气，既然对方有这个实力，她把握机会，用这一瓶檀木颜料挣出了店里半年的收入。

感谢如今这个时代，很少人使用现金了，在这么一家小店里交钱拿货也都极其方便。

雍宁收完钱放下手机，坐在他身侧的椅子上，她总算露出点认真的表情，开口和老先生解释："我能预知到您未来会发生的意外事故，但我实话实说，我不知道时间地点，只能描述看到的画面。还有最重要的一点，按照以往经验来看……意外这个东西，八成都不是好事，所以您最好考虑清楚，是不是真的想知道。"

她有一种与生俱来的特殊能力，见过太多可怕的未来，因此深知，命运是道难解的谜，说来容易，可真到揭晓答案的时候，不是谁都有勇气提前知道谜底。

老先生轻轻地晃着手里的密封瓶，檀木膏的深重颜色清晰可见，他有些感慨似的说："人活到我这个岁数，什么都有了，连女儿都送走了，我没什么顾虑了，无非想要个答案。"他说着又转向了雍宁，很肯定地补了一句，"开始吧。"

雍宁摘下自己一直戴着的手套，黑色的天鹅绒质，她显然并不是为了打扫而戴。她很快握住对方的手，手心交叠的一瞬之间，她什么都没做，只是静静地闭上眼睛。

屋子里愈发静了，渐渐连呼吸声都能听清。窗外透进来了天光，拉出一条斜斜的影子，模模糊糊，只能看得清尘埃翻滚。

老先生一直任由她握着自己的手，没有催促。

人心莫测，很多人以为雍宁是个怪物，也有陌生人目的明确地找上门来，但像今天这样，一位看着颇有背景的老人，从进来开始就对她深信不疑，这种情况还是第一次。

雍宁过了一会儿才松开他的手，表情明显有些凝重，她看着他说："您会因为突发急症而在房间里晕倒，我看到的画面很具体，房子的格局是个单间，但门的样子不是普通房间的，还有事发时您的穿着……如果新闻里拍的不是骗人的话，那应该是在监狱里。"

她说完有些后怕，向后挪了挪，突然庆幸自己不知道对方的来历。

老先生听了这种没头没脑的话一点都不意外，甚至没有反驳她是个骗子，他只是站起来整理好自己的外衣，拿着刚买的颜料就走了出去。

雍宁有些惊讶，但还是尽可能地控制住了表情，她预知过很多离奇的画面，但像这样的未来还是第一次看到。她意识到觉得自己看见了不该看的事，不过现在后悔也晚了，于是她良心发现，难得亲自送客人出去。

对方虽然上了年纪，走路却很快，已经快要出门，她只好跟上去说了句再见。

老先生忽然又停下来，站在门边转过身问她："你看到的意外会不会有变化？"

"这应该就是您来找我的原因吧？"雍宁对这点很肯定，预知的意义，或许就是帮人重写谜底。

老先生环顾四方院落，又问她："过去有人改变过未来吗？"

雍宁脸上的笑意渐渐维持不住，她停了一会儿，终究还是回答他："有。"

对方什么都没再说，只问了这么两句，很快就离开了。

后院的猫追逐着蹦上房顶，除此之外再没其他动静，这一处四方院子里，只剩下雍宁一个人。

她重新戴上手套，去给院子里的树浇水。

万物有序，她也只是这世间普普通通的一分子，和后院那一架紫藤没什么区别，只是藤蔓绵长，到了阳光最好的四月，盛花开放，而她最好的年月，已经不知该从何说起。

从何美存离开"宁居"之后，这已经是第四年了，她过到了第二十六个冬天，眼看着又到一年终了。

她一个人的时候喜欢养东西，除了紫藤，后院的花花草草也养得多了，连野猫都聚了一群。

晚上的时候，雍宁独自关店，从大门开始，一路向北走，把器皿收好，再去查看窗户。这样的四方院子远比人活得久，几百年的寿数它都看尽了，树影幽暗，夜灯寥落，她竟然也不觉得害怕。

八成这店里最奇怪的，就是她自己。

雍宁已经很少再梦见过去的事，谁还没爱过一个人，有过一段往事？她自己的故事实在不新鲜，放在这种市井的胡同里才能算个谈资。

可惜她白天活得自在，一到晚上却显得太过冷清。

就比如今天，雍宁忙了一天才把前前后后的长廊都打扫干净，一抬头，忽然看见了半轮月亮。她没吃什么东西，此刻松懈下来才觉得累，于是放任自己靠在门边发了一会儿呆，总算想明白了，到底为什么不肯搬走。

她是舍不得。

未来的人生千百样，但过往却永远只有一种。

她舍不得往日，也舍不得何美存，更舍不得这处院子，于是就把这里的一切都当成他，她比任何人都清楚，一旦离开，他们之间，就连最后这点关系都没了。

雍宁没有说谎，确实有人改变过她所预知的未来。

那一年也是个冬天，天气不好，一场淅淅沥沥的雨下得不早也不晚，落下来积在路上，没多久就上了冻。

她打电话过去的时候，刚刚过了凌晨四点，太阳还没升起来。

何美存还在开车，显然深夜外出也很累了，于是就连声音都显得格外低沉，他清了清嗓子才问她："做噩梦了？怎么醒了？"

雍宁的手在发抖，但声音却控制得很好，她清清楚楚地告诉他："我要赶早晨七点钟的飞机，所以提前起来收拾行李。"

他竟然有很长一段时间没说话，以至于雍宁以为他不想再听下去的时候，他突然又笑了，开口说："离开宁居，你一个人能靠什么生活？"

这问题带着几分讥讽，又像一张网，等她自己撞得头破血流，他刚好坐享其成。

雍宁被何美存问得哑口无言，那么冷的天，她非要站在树下打电话，故意要让自己的脸、手，连带着一颗心都冻僵了，才能时时刻刻提醒自己，她必须拦住他。

她透过何美存的语气，似乎能看见他的脸色，他是个极会控制情绪的人，但她却总有办法让他生气……于是她逼自己口气笃定，又和他说："最后一次，走之前，我想见你。"

他的回答很干脆，"今天不行，我约了人，天亮之前要到山上。"

雍宁知道他要去什么地方，偏不让他成行，于是狠下心告诉他："我最晚五点出发去机场，宁居的钥匙放在门口，我的东西已经收拾好了要带走，其余的……随你处理。"

"宁宁。"何美存那边并没有传来停车的动静，间或还有转向灯微弱的声音，他显然还在按照既定的路程向前开。车子快速行驶之下，电话里的噪音显得格外规律，何美存的声音因此被衬得更加沉稳，他一字一句地说，直往她心上碾，他说："你不能走。"

她急了，想要争辩些什么，他直接打断了她，又说："留在家里，等我回去。"

他最后这句话语气强硬，雍宁根本来不及想对策，这一晚她情急之下找出的说法实在拙劣，仗着事出有因才来要挟他，但何美存开着车，显然不再打算给她说话的时间，直接挂断了电话。

她从来没有那么紧张过，迅速冲回房间，翻了半天才找到一个行李箱，她琢磨着自己下一步应该怎么办，四下的陈设一切如旧，哪有什么行李，她明明连张机票都来不及订。

那年雍宁二十二岁，年轻莽撞，总不肯低头，更不懂什么周全。她嘴上说得狠厉，却为了他什么都能做，恨不得也要和命搏，人在年轻的时候总有贪念，她赌何美存一定会为她改变行程。

她赌赢了。

一通电话前后不过三分钟，她说得太着急，却忘了赌注。

她说了一个谎，希望能让何美存远离既定的命运，却不知道因为她那一句话，彻底断了彼此的退路。

时至今日，雍宁依然能够梦见他当晚开车时的样子，目光沉静，却在挂了电话之后微微皱眉，他在反复地确认时间，最终还是握紧了方向盘。

很快就是直达山顶的路了，目的地清晰可见，他最后还是选择调头而返。

她明明是没有亲眼所见的，却因为做了太多年的梦，梦的荒诞替她把一切都圆满，仿佛她也坐进了那辆车里，就连车窗上闪过的昏黄灯带都看得一清二楚。

山区的夜路实在不好走，那年冬天，何美存确实改变了未来。

第一章
历城冬雨

历城的冬天又下起了雨。

"宁居"所在的胡同名叫东塘子，应该是几百年口口相传留下来有过凭证的，时代转变，到如今，入口处的路牌都变成了统一制式，胡同里的院子也不再风光，单纯作为居住用途，只有"宁居"这处最大的院落不一样，它坐北朝南，地理位置极好，却用来开了一家颜料店。

于是关于那位不合时宜的店主，坊间一直有着种种传言。

传言里那个女人有特殊能力，可以帮人提前预知意外，却有着不成文的规矩，买她店里的颜料，才能请她帮忙。

这简直像个网络推手写出来的段子，因为那家店已经开了几年，地理位置靠近美院，却一直门可罗雀，店主卖的天然颜料时常开出天价，于是这段子或许只是种新概念的营销手段，大家听一听就算了，更多的人选择相信另外一个版本。

这处院子不是她的，她留在这里，其实是在等人。

雍宁准备出门的时候，已经看出今天是个阴天。

她想起这种天色不好的时候市区一定拥堵，于是抓紧时间叫了车，匆忙赶去画院进货。

冬天的胡同游人很少，就连那些学美术的学生们也临近期末准备回家了，"宁居"没什么生意，所以雍宁只拿了最新矿石制作的青绿颜色，很小一箱，她直接打车，一个人提了回来。

已经是十二月底了，眼看快到新年，以往应该是最冷的时候，今年室外的气温却还不冻手，只有雍宁习惯性地一直戴着手套。阴天的时候光线暗淡，让她的眼睛也感觉舒服多了，于是她上车就摘下了墨镜。

司机师傅一路哼着歌，看见雨点打在玻璃上，只觉得奇怪，他探头往外看，和她说起来："北方大冬天的都开始下雨了，这地球啊……真是快完蛋了。"

雍宁可顾不上想地球出了什么问题，她敷衍着和他聊了两句，抱紧怀里的易碎品。

她盯着窗外的雨看，开始发愁自己没带伞。她住的地方还是老城区，改造进程缓慢，胡同交错，街巷狭窄，车辆根本开不进去。万一一会儿雨下大了，她自己淋湿无所谓，可这些颜料都是天然粉末，最怕湿气。

刚好经过市里最繁华的街区，雍宁一路看过去，只觉得这一带有些陌生。

她已经很久没来过了，眼前是历城为了发展而规划出的新城区，充斥着现代化的商业街，即使是白天，市区的街道两侧依旧热闹，路边种着巨大的金叶槐，树梢有特殊装扮，挂上了圣诞节的装饰，所有淡金色的叶片熬不过冬日，雨水一落，只刷出一道道青色的枝。

她想起前一阵去的画廊，看到了几幅画家新作，过去的人总爱画山画水，或是天地日月，如今呢，选择却多了，流行起了城市山水画。

人多的地方总显得热闹，连雨也盖不住。

雍宁看了这一路，不知怎么越发觉得冷，她又让司机把空调温度调高，惹得司机师傅频频从后视镜里看她，忽然发现她的墨镜挂在衣领上，于是有点不解地问她说："现在的流行我都看不懂了，这么阴的天你也戴墨镜啊？"

雍宁懒得解释，她今天一直莫名不安，胸口像被什么东西牵扯着，隐隐地说不出个缘由。她总觉得眼前的一切都让人不舒服，尤其是这场不该下的雨。

想着想着，她又觉得自己杞人忧天，实在多余，车海人流，她充其量只算其中一员，这要真是一幅城市山水，她渺小到连细节都被人省略。

生活静如死水，就算到了地球真要爆炸的那一天，她也赶不上。

人唯一能做的，只有过好当下。

雍宁走得着急，她离开画院没多久，院外有车径直开了进去。

何家画院早已搬到了新城区，就在他们主宅的西北角，整个园区占了一个街区，由何家人买下地皮，重新进行独立开发。

画院所在的地方是工作区域，四下是园林式的仿古建筑，沿车道两侧修建，一切都比还在四合院的时候更方便。为了适应人员增长和时代变迁，传统的手艺也没有过去那么封闭了，他们放弃旧址，启用更多科技手段作为辅助，恒温灭菌的条件也都能比从前更好。

历城是座古都，过去留下过宫殿，变成如今的国家文博馆，每年它保存的文物都要例行体检和修复，而其中古书画馆的部分，一般都由何家画院的老师傅负责。

画院这一代的主人已经很久没有露面了，但画院里的工作依旧繁忙。年底这段时间正是忙的时候，园区里有休息亭，人也不多。

下雨的日子，只有装裱部的林师傅还愿意出来走走，他一直抽烟，天气不好也要出来过瘾。

他远远看见有车从外边开进来，本来没怎么留心，看见车牌的时候却忽然站了起来。

直到有人打伞走进亭子，林师傅手里的半根烟都忘了抽，他就这样看着对方把伞立在了亭外，一身利落干净的灰色大衣，他这才反应过来，有些激动，不知道该说点什么。

　　最后还是对方率先和他打了个招呼，林师傅总算长出了一口气，夹着烟和他说："院长，夫人的事我都听说了，节哀顺变。"

　　何羡存笑了，他也还是过去的样子，从容沉稳，似乎根本没露出什么难过的神色。

　　他四处转了一圈，看见画院一切如旧，所有部门的人按部就班，又问了两句近况。林师傅请他放心，大家都是过去的老人了，人人都好，祖辈的手艺还在，无论什么世道都不用担心。

　　"我记得当年您就说要戒烟了。"何羡存把林师傅手里的烟头拿走，他身后的司机已经跟着他迎进来，替他扔掉。

　　他拍拍手上碰落的灰，重新拿了伞，打算和林师傅一起往回走。

　　雨下得不大，林师傅不能让身边的人亲自打伞，刚想顺手接过去，何羡存却不让他动，只说了一句："画院里都是长辈，当得起。"

　　他的袖子刚好挽起了半截，因为打伞而露出了手腕，林师傅借着一点天光，一低头就看见了，一时有些感慨，又问他："这几年恢复得怎么样？现在这些年轻人啊，细心点的手艺不行，手艺留得住的，人又留不住，外面的诱惑太多了，如今咱们传统工艺的路，对他们来说太难走了。"

　　何羡存听了只是摇头，他看也不看胳膊上暗红的印子，那口气就和这雨点一样，不轻不重，"生活没什么问题，别的不强求了，人没出事，就是命大了。"

　　林师傅沉默了一下，换了话题，"我们也是上个月才知道夫人的事情，已经都办完了吗？"

　　"全都了结了，这四年医生尽力了，不算遗憾。"何羡存微微皱眉，于是一句话说得简单，三言两语，好像不太想提起这件事。

　　丧妻之痛，人之常情，他也才三十多岁，多难迈的坎儿都能熬过去。

　　林师傅只想他能宽心，但眼看何羡存一如既往，那眼神安安静静，让人找不出半点悲痛，外人说什么都多余。

　　老一辈的人都知道，何羡存从小就是这么个性子，永远沉得住气，在这传统行业里是最有天赋的人，对方年纪轻轻，业界却早有了"修复圣手"的名号，医生抢救人命，而何羡存家人从祖上开始，抢救的都是文物。到了如今，这一代的院长就是何羡存，原材料的供应一直都是关键环节，画院每每受到掣肘，于是他继承父业，苦心经营，从纸张、矿石的源头上下手，将矿业公司逐步发展起来，从此画院的工作再没了后顾之忧。

无论是事业还是名望，于他而言显然无可挑剔。

只是人都有难处。

何羡存的难处，画院里的老人全都清楚，所幸岁月给了大家遮掩的理由，只要谁都不再提起，过去的事就能一笔勾销。

他们一路走回装裱部的屋子，是何羡存先开了口，他在门外停下，忽然问了一句："今天是她过来的日子吗？"

林师傅一愣，想了一下才明白院长在问什么，于是回答他："是，刚才看见雍宁那丫头来了一趟，估计没带伞，跟我打个招呼就跑了，我说去屋里给她找件雨衣，一出去人都没影儿了。"

何羡存也没再问什么，一只手去推门，已经准备进屋了。

林师傅看见房间里边人大多正忙着，于是又拉住他，放低声音，轻声和他说："都挺好的，她看着也平安，这几年长大了，还是那么个脾气，一个人过。"

何羡存的右手扣在门上，不由自主地用了力。

林师傅干了一辈子装裱工作，眼力最好，一下就看出来了，他什么都没再说，伸手替何羡存推开了门。

雍宁确实在赶时间，她担心了一路，所幸这场雨虽然一直不停，但始终下得也不大。

她下车把箱子护在怀里，一路往胡同里跑。四下冷冷清清，已经过了九点，上班的年轻人早走了，剩下的老人也都不在这种天气出门，路上只有她一个人。

她这性格实在不讨喜，冷僻孤高的模样，于是在传言里名声也不好。

这世道一向对女人不公平，都说她年纪轻轻，能住在这么一处完整的院子，显然用的不是正当手段。何况雍宁卖的颜料出自何家画院，那地方从不对外开放，她却能拿到，仗着工艺难求，经常坐地起价，于是连谣言都能成真，老街坊之间的闲话逐渐传出了花样，认定她是给何家某一位做了情人。

雍宁一向深居简出，已经独居四年，她实在不懂自己到底哪里值得被人编排，好在渐渐已经习惯了，她对什么都不太在意，今天回来却被吓了一跳。

"宁居"的门口不对劲。

她翻出钥匙，却发现门上的锁已经被人撬开，掉在了地上。

雍宁一颗心都提起来，她顾忌颜料瓶子易碎，先将手里的东西放在门柱旁边，好在这大门是广亮门的样式，能容下一两个人躲雨，一时半会儿也淋不湿箱子。

她推开前门进去，院子里一切如常，下雨的日子，廊下寂静，院子里的树早早过了季，一地枯叶萧条，没有任何动静。

人遇到这种情况难免心里发怵，眼下也没有其他人可以帮忙。她想了一下，犹豫着给方屹打了一个电话，可是没能接通，她只好自己壮了胆子，从前边走到后院，一路发现东西两侧的屋子全部被推开过，很多东西扔在地上，确实有人闯进来了。

老胡同里的街坊低头不见抬头见，都是熟悉的住户，雍宁实在没想到还能遇上撬门偷窃的事，她冷静下来报了警，然后一个人坐在前院的廊下等。

雨已经渐渐停了，但檐角的雨水还在滴滴答答地往下落，成了整座院子里唯一的动静。夏天的时候，雍宁最喜欢坐在这里听雨，风可以穿堂而过，又凉快又舒服，可惜此时此刻，这雨声彻底把她心里积压的念头全都扯了出来，空气里泛起某种久违的湿冷味道。

北方的城市不靠海，江河也少，气候干燥，极少在冬天下雨，只有四年前的冬天，也有过这样不好的天气。

说起来，那些年雍宁的人生经历实在失败，她没能完成学业，在离开美院之后，一直住在"宁居"。

当年她年纪小，还没有自立的能力，后来她上大学的时候努力考进美院，是何羡存给了她一切。她的学费，生活花销，连带着她的住处……她其实一无所有，而何家人也算有良心，确实履行了养大她的义务。

如今认真想一想，何羡存对她的资助实在尽职尽责，从来没有亏待她半分，是她自己太贪心，像失了魂的飞蛾，一心要迷上他，活该要往火里扑。

他那会儿就已经是文博业界赫赫有名的专家了，何家画院的院长，出身世家，又沾了艺术的仙气，被人说传成清风明月一般的男人，雍宁赌上自己全部的青春，完完全全忘了身份，真把这院子当成了归宿。

直到那年冬天，何羡存突然离开"宁居"。

他和雍宁在一起的时候，没有任何特意的说法，以至于他走的时候，一样没留下话。

雍宁已经忘了自己当时是什么心情，她那心高气傲的劲头上来，或许曾经有过惨烈的争吵，但何羡存的心思太难猜，他永远不会浪费时间考虑这种无所谓的事，他对工作的专注程度十分可怕，让他在其余的事上显得分外冷漠，留给她的永远只有结果。

雍宁想找他，可是那段时间赶上文博馆和画院有重要合作，何羡存非常忙，无论是院里还是公司，她都见不到他，最后她干脆直接冲去了何家。

那是她这辈子干过最蠢的事，冬日寒冷，她白白跑了一整天，最后去了他的家里，却正好撞见他和家里人的家宴。是雍宁忘了，他家里根本没有她的位置，何羡存当天带了郑明薇一起回家，和他的母亲相见，一家人其乐融融。

雍宁的出现简直连个笑话都不算，本来应该是场好戏，可她除了引得观众厌烦之外，什么意义都没有。

她浑身都冻僵了，话都说不出来，最后换他给了三个字："先回去。"

他的意思当然是这场合不合适，时间也不合适，让她先躲回"宁居"，于是这三个字所承载的意思比那一整个冬天还要冷。

雍宁终于明白了什么叫自取其辱，从她发疯想见他开始，以为自己早已豁出了自尊，但现实的残忍程度远超过她的想象。感情这东西实在消磨人的意志，让人生出妄想，眼盲耳聋，从此一心一意只有一个人。所有彼此相处的日夜，雍宁自认见过他的真心，没想到她在何羡存的人生里，分量实在太轻，他或许从来都没把她当回事。

那时候的何羡存已经三十二岁，早该是成家立业的年纪，更没有年少冲动的幌子，何况他一直都有真正适合结婚的女人，时间到了，到了雍宁退场的时候，他就连一句话都不肯给。

是她不懂事，竟然非要闯到他的家里去，这下彼此都没了体面。

雍宁确实不懂，男人的心怎么能那么狠，哪怕她在后院捡回一只猫，喂过两口饭，它再跑丢了，她都要去找。

于是关于那天的剧本，雍宁实在没能配合他们演下去，因为她没在何家多留，转身就走了。

她可以预知别人的意外，却从来不知道自己的结局，以至于一生坎坷。幼年被生父抛弃，母亲又离开她各自生活，她唯一能守住的只有这点不服软的心气了，却又全被何羡存毁了。

当天雍宁没有坐车，浑浑噩噩地从何家走回了老城区的院子，整整走了一夜，然后病得厉害，自己躺在床上高烧三天，一直没人发现。后来她浑身难受，吃不下东西，很快烧到昏睡不醒，还是朋友祁秋秋找过来，把她送去医院。

病好之后，雍宁还是一个人，从头至尾，何羡存再也没来见她。

是她不懂，这世上功成名就的，大多都是薄情人。

说爱说恨都矫情，雍宁全都懒得细想了，执着伤人，她不想做个弱者。随着那场高烧，她总算把心里最后那点希望也都烧尽了。她想明白了，人各有命，她是命运的预知者，就不该当局者迷。

四年前，雍宁如果继续留在这座城市里，彼此都要难堪，所以当年她确实想做一个了断，只是最后还有一件事。

她预知过何羡存的未来，不能让他如约上山。

所以那年下起冬雨的时候，她给他打了电话。

雍宁想得远了，一直陷入回忆之中，今天她穿了一条黑色的针织裙子，长而保暖，外边披着大衣，一直没觉得冷，直到四下起了风，让她不由自主打了个寒战，突然回过神。

她心里越发有些害怕，于是拿出手机，还是只能打电话给祁秋秋，对方听了就说马上赶过来，她这才踏实下来。

老城区的街道距离都不远，派出所离得也近，又等了一会儿，来了两位片警。两人四处查看了一圈，例行公事问她一些情况，让她核实到底丢了什么东西。

雍宁这下有点懵了，"宁居"是家颜料店，她一开始重点检查营业用途的前厅，发现虽然被人翻过，但所有的颜料都没有丢失。除此之外，后院被她用来日常居住，这时代现金少见，她更没有什么珠宝首饰……她又仔仔细细地看了一遍，确定一切都在，连后院里唯一值钱的电脑也没有被偷。

警察有些难办，只能先将一切记录下来，然后提醒雍宁小心，最近临近年底了，盗窃团伙作案猖獗，她一个人住，一定要注意安全。

祁秋秋很快也赶过来了，她一看就是刚刚翘了班，匆匆忙忙套上一件羽绒服出来，连拉锁都没全拉上。她在门口看到雍宁之前放的箱子，抱在怀里给她搬进来，雍宁一直没顾上去拿，眼看院子里四下凌乱，没时间收拾。

祁秋秋一心想着"宁居"遭了小偷，看见警察叔叔像见了亲人，直接跑过去，和对方拉关系博同情，最后她才得知雍宁报完警却什么都没丢，场面一下变得有些尴尬了。

幸好祁秋秋一脸热情，警察也不好再说什么，只教育了她们一番，让雍宁一定注意关好门窗，临走的时候，他们又叫住祁秋秋，和她说："还有，赶紧换锁吧，什么年代了，老房子也不能用旧锁啊，再帮你朋友清点一下，她一个人住这么大的院子，仔细看看。"

祁秋秋千恩万谢地答应了，最后把警察送走了。

雨已经完全停了，地面上没什么积水，只是四下的风越来越大，卷起湿气打在身上，渐渐冷得让人站不住。

两个人赶紧开始收拾东西，从前往后，把房间里被翻乱的物品一一归位。

雍宁发现闯入者的目的确实不是偷窃，对方明明进来了，完全可以把看起来值钱的先拿走，没必要在这么大的庭院里翻找，这行为反而像来找东西的。

这就更奇怪了，"宁居"唯一值钱的显然只有颜料，很多都是用宝石级别的矿石遵循古法制成的，除此之外，她实在不知道还有什么值得外人惦记，于是她又回到后院看了一圈，确定里外什么都没丢。

祁秋秋也没发现什么，她和雍宁大学时就认识了，彼此都是对方最好的朋友。她看得出来，雍宁刚才还有点慌乱，现在已经很快就冷静下来了。

她不由自主四下打量，暗暗腹诽，现在还是白天，"宁居"看上去还算正常，可是如果到了夜里，树影重重，这种过了百年的老宅子，总让人心生恐惧，雍宁一个人住了这么多年，不知道哪来的胆子。

好在雍宁已经开始干活，根本没时间管别人在想什么。她把齐腰长的头发挽起来，换上一身打扫穿的衣服，还是一条黑裙子，唯一的区别只是更轻的麻料质地，还特意套上一件不怕脏的毛衣，显得脸色更加苍白了。

祁秋秋帮她把空置的客房查看一遍，一间一间重新关上门，很快绕回了前厅，忽然回头问："方屹呢？怎么不来看看？"

"他这两天出差去国外了，我刚才给他打过电话，估计有时差，他没接。"

"那就继续打啊，吵醒他。"

雍宁摇头说："也没什么急事，睡了就算了。"

祁秋秋被她这话说得瞪大眼睛，连带着手下的力气都大了，她一推窗户，"咣"的一声关上了，听得雍宁心惊肉跳，开口提醒她："你动作轻点，这可都是上百年的老木头，撞坏了你可赔不起。"

祁秋秋追过来，认真地和雍宁说："什么才叫急？和你说过多少次了，男人不需要女人太懂事，你家进小偷了还不跟他诉诉苦？"她越说越觉得恨铁不成钢，"你应该第一时间告诉他，这边出事了，你害怕。"

雍宁环顾四下，没找到什么东西能堵住她的嘴，只好顺手把身边的扫帚递给她。那东西也不知道是从哪里买来的，手工捆扎，还是最老旧的样式，又高又长，扫大院子最合适。

祁秋秋接过去，发现这破玩意儿和她一样高，她本来端着架势要教育雍宁，这下拿着它哭笑不得，一下泄了气，白白替人操心，于是质问道："你到底听没听我说话？"

对面的人一直没理她。

雍宁打开刚才带回来的箱子，所幸这一次拿回"宁居"的颜料都没受潮。她按照颜色一一排好顺序，全都放在了木架上，也不想展开关于方屹的讨论，于是直接分配任务说："趁着雨停了，你去把台阶下边的叶子扫了。"

祁秋秋还有无数句话，统统说不出来，她气得咬牙切齿，对着雍宁扔出一句："你这口气……越来越像何院长！"

雍宁没想到对方突然冒出这么一句，停下了手里的动作，她很久没听人提起他了，竟然有些不习惯，愣了半天才回过神。

何羡存在她身边的时候，她好像也没做什么让他高兴的事，他比她大了十岁，因而无论生活还是感情之中，他永远都是主导者，而她那会儿实在年轻，总喜欢和他针锋相对，似乎有斗不完的心气，如今她独自一个人在这里，过得快忘了时间，却忽然被人说像他。

这话实在讽刺。

这座院子太大，无数封闭的房间，充斥着没有光的暗角。门上的雀替掉了漆，却还剩下点睛的兽首，檐角下的树影荣枯交替，挣扎着好像是随时都能活过来。

刚住进来的时候，雍宁怕过黑，怕过鬼，后来发现生活能把一切都磨平，她过着过着也就麻木了，从此起床开门营业，唯一的目的只有挣钱，养家糊口才是人间正道，那些流言蜚语太多，她听久了只觉得可笑，真成了别人嘴里的怪物，没想到一场雨就能把她淋出原形。

雍宁终于想明白了，自己今天为什么这么难过。

因为她刚才确实害怕了，而闪过的第一个念头，还是想起了何羡存。

当天"宁居"没有营业。

很快就到了中午，雍宁为了感谢祁秋秋赶来帮忙，特意亲自给她下厨做饭，四菜一汤，也算诚意十足，弥补对方逃班的损失。

出乎意料，祁秋秋今天表现很好，吃东西一点也不挑剔，还对雍宁的厨艺赞不绝口，"说真的，你这几年做饭越来越好吃了，以前连土豆都不会削。"

雍宁深谙她的套路，祁秋秋这么殷勤的态度实在反常，她不急着问，一边喝汤一边说："不会就学，总不能饿死啊。"

祁秋秋又往外指，好奇地问她："那排猫窝挺好的，你是找人做的还是买的？"

雍宁往外看了一眼，她这两天刚弄完一排木头盒子，钉在院墙之下，于是和她解释说："我找出来一堆没用的木板，扔了可惜，前一阵方屹来的时候帮忙给我搬出来了，我自己钉的。"

对面的人一口汤差点喷出来，端着碗问她："你做的？"

"是啊，网上搜了一个示意图，弄了几天，看起来好像差不多。"雍宁夹起一块排骨，堵住她的嘴，"我知道丑，又不是给你住，凑合吧。"

祁秋秋无事献殷勤，一定有话想说，果然坚持不了多久。

两个人刚吃完饭，祁秋秋就拿出一沓宣传材料塞给雍宁看，神秘兮兮地和她说："明年七月，国家文博馆建馆一百周年，届时会举办百年庆，馆藏的国宝都会公开展出，这次展出的级别可都是一级珍贵文物，我也是刚从公司拿到的，第一批预告。"

雍宁顺手接过去，这一轮宣传肯定会引起轰动，因为展出的文物都是镇馆之宝，排名第一位的赫然就是国宝级青绿山水画《万世河山图》。

她看见这幅画的图片忽然心里一动，这幅古画此前只展出过一次，恰恰是四年前的冬天。

祁秋秋没看出她的异样，凑过来还在说她自己的事："肯定又是万人空巷的场面，排队都能排死人，进去也看不了几分钟。你下次去画院的时候帮我问问，能不能托关系找个熟人，开展的时候直接把我带到馆里去？"

其实雍宁今天刚去过，只是她赶时间，没和里边的师傅多聊。她想着这么点小事应该不算难，只是不想这么容易就答应祁秋秋，于是她晃着那些宣传单子，故意逗她说："我可不做亏本买卖。"

祁秋秋知道雍宁这意思就算答应了，高兴得一把抱住她的胳膊，忘乎所以，"好好好，你随便提条件……这样吧，我先去帮你把门锁换了，还有，警察叔叔不是说了嘛，年底不安全，我陪你住！"

"不用，你一会儿赶紧回去上班。"雍宁说完没打算再动手，她舒舒服服地坐在沙发上，给自己找出一罐茶叶，然后指了指餐桌上的碗碟，和祁秋秋说："把这些都洗干净。"

祁秋秋认命地开始整理桌子，又问她："附近哪有卖锁的？"

"不换了，就这样吧，又没丢东西。"

"你是不是傻了，等着出事呢？"

"意外而已，就算是小偷，他知道没有值钱的东西，不可能还来第二次吧？"雍宁口气坚决，就是不打算换门锁。

祁秋秋实在服气了，"你可真是要命。"她洗完碗，想了又想，还是不放心，又过来念叨。

沙发上的人已经泡好了茶，茶叶是她从柜子里翻出来的，看着就是好东西，雍宁不太懂，但喝了两天，这味道熟悉，过了热水一室馨香，都是过去留下来的，她不舍得再收起来。

她被祁秋秋吵得头疼，实在没办法，一句话再也藏不住，和她说："你别忘了，院子不是我的，我不能不经户主同意，就私下把锁都换了。"

这下祁秋秋盯着她足足看了半天，直到雍宁已经给茶壶再换过一遍水，她才有了反应，她清理完了餐桌，擦干净手，也不再劝，穿上外衣准备回去上班。

祁秋秋难得有点认真的表情，走的时候和雍宁说："我总算明白了，你为什么不想吵醒方屹，你是打错了电话。"

祁秋秋下午还得赶回去上班，她从美院毕业之后，给自己找了一份能发挥性格特长的工作，在一家公司做活动，事情琐碎，最需要沟通，经常连双休都没法保证。

相比之下，雍宁就清闲多了，她今天不打算开门，一下午就坐在卧室里擦瓷器。

因为今天这场突发的事件，她清理了一堆封存的东西出来，偶然发现一台录音机，于是放了一首过去的老歌陪着自己。

一晃过去这么多年，别说磁带，如今连 CD 机都是古董了，她听着那声音却不觉得过时，句句还能唱到人眼角发热。

她还在书房里找到了过去留下来的一幅工笔画，六尺对开，设色宣纸，描的是院子里那架紫藤，白蕊黄晕，连蒂的花苞串在枝上，淡墨清水交叠。她一边听歌一边借着光打开看，上边的花叶显然是完成了，紫中带着淡淡的蓝，虬形盘曲的藤叶，硬是能被勾出风情万种，没有落款钤印，但她一看就知道是谁画的，只是何羡存当年只画了一半就离开了，纸上还空了大片的留白，不知道本来的设想。

雍宁觉得那空白可惜了，只是她这几年再也没拿过笔，打开看了看，无以为继，又收起来放在了桌上。

她不是个好学生，何羡存教她的事，她大多都没学会。

雍宁对着那幅画一坐就坐到了入夜，她如常关好了门，锁还是那把老铜锁，没被撬坏就能继续用。

她有时候也觉得自己傻，伤人伤己的话说过那么多，一把锁而已，或许连这院子塌了倒了，也没人在意，反而是她想不开。

越是无枝可栖的鸟，才越把归宿当回事。

雍宁辗转反侧，起来看了一会儿书，熬过了十二点，还是困了，她关上灯逼自己睡觉。

黑暗之中，雍宁的眼睛依旧能够分辨出暗藏的轮廓，黑色于一般人而言毫无深浅区别，于她却有着太多细节上的不同。

她盯着远处的窗影，也不知道过了多久，半睡半醒之间，迷迷糊糊地觉得那窗上的影子越来越重，也许是院子里的猫又闹起来，夜行动物和人不同，让她这后院入夜反而不安静……

但也许那并不是猫。

她脑子里闪过一个可怕的念头，人瞬间清醒了，可惜一切还是太晚。

卧室的门被人大力撞开，很快有人冲进来。

一切发生在一瞬间，雍宁连句话都没能喊出来，已经被人捂住嘴。对方揪住她的头发，把她从床上拖了起来。雍宁的夜视力比一般人都要强，她惊恐之下看清陌生人戴了厚实的帽子和口罩，只剩下一双眼睛透出凶狠的光。

那人不由分说扣住雍宁的后脑，将她的头狠狠撞在墙上，她被撞得晕眩，额头上立刻出了血，耳边响起男人暴戾的声音："说！存档在哪？"

她挣扎着反抗，头再次被撞到墙上，这下她是真的浑身都脱了力，咬紧牙一声不吭。事发到现在一共不过几分钟，但她已经想明白了，白天的事绝非偶然，有人想找东西，找不到却不死心，回去无法交代，所以夜里又闯回来，要和她拼命。

对方的声音透着狠毒，提醒她："事情和你无关，只是东西凑巧落在你手里，拿出来大家都能好好过日子，你也不用遭罪。"

巨大的耳鸣让雍宁听不清对方还说了什么，她知道今夜发生了这样的事，对方不达目的一定不会善罢甘休，凶险万分的时刻，她反倒心里打定了主意。

四下太黑，雍宁唯一的优势就是视力，也更熟悉屋里的陈设，于是她反手摸索着墙边的桌子，混乱之下抓住一个瓷质笔洗，对着身边的男人就砸了过去。

瓷器猛然开裂，一地碎片。

她借着对方失神的片刻想要逃开，可她终究只是个女人，身手和速度根本比不过，直接又被身后人拖住了胳膊。

对方将她踹倒在地上，雍宁摔在一地碎片之中，控制不住地惨叫起来。

她终于意识到自己完了，明明已经出事了，她应该想到"宁居"不再安全，却非要赌一口气，为了心里那点狗屁的坚持把自己搭进去。

她头晕目眩、疼得厉害，勉强呼救，声音却哑了。血渐渐把她的眼睛完全糊住了，她只能隐约看清对方的轮廓，等到反应过来的时候，才发现凶徒已经被惹急了，竟然拿出了匕首。

他最后一次逼问雍宁，想要找到资料的下落，雍宁喉间腥咸，不肯示弱，不知怎么豁了出去，就是死活不开口。

她突然想起过去何羡存的话，说她实在不够聪明，早晚要折在这倔脾气上。

眼看那人一刀就要捅过来，雍宁藏不住的眼泪突然涌了出来，人到了这时候哪还有什么理智，只能拼死做无谓的反抗。

四年前一场事故，何羡存很快离开了历城，雍宁再也没有见过他，只是听说，万幸在那场车祸里他人没事，还算平安。

从此之后，关于何羡存的一切，她都只是听说。

雍宁只好把他曾经的话都当真，才显得她的生活有意义。她清清楚楚记得，当年最后那通电话里，何羡存和她说过，让她留在家里，等他回来。

所以雍宁不肯走。

果然，她不换锁是她发了疯，因为她知道除了自己，还有另外一个人拿着钥匙。

她难得听话一次，她等了，可是他一直没回来。

第 二 章
老 情 歌

　　谁也没想到，院子里的灯突然亮了。

　　歹徒下手的时候本能产生了犹豫，那一刀没伤到雍宁的要害。

　　对方白天已经看好了地形，显然清楚利弊，东西还没找到，他不能被人发现，没必要徒劳和雍宁纠缠，于是扔下她很快逃离。

　　雍宁头晕得厉害，已经分辨不出到底是哪里在疼，只觉得自己出现了幻觉。她躺在地上起不来，眼前发黑，什么也看不清，觉得影影绰绰又有人冲进来。

　　她的恐惧这会儿才真切地涌上来，向前爬着，想要赶紧找个地方躲起来。

　　可她来不及藏身。

　　她什么都来不及……她当年不想让何羡存离开，却撞见他和郑明薇在一起，自知毫无立场。她预知了何羡存的未来想救他，也只会编谎话去激怒他。

　　一切好像都来不及，她不恨他，只恨自己，她的能力让她救过人，也伤过人，却从来不能预知自己的意外。

　　雍宁的意识完全被可怕的变故击溃，她只能疯了一样地喊他，不停地喊何羡存，就像这几年生活全部的意义，只为了这三个字。

她很快就被人发现了，直接就被抱了起来。

雍宁浑身疼到动不了，只剩下眼前的幻觉成了唯一的安慰，倒真遂了她的心愿，让她在一片浓重的血光之中看见何羡存。

像做梦一样，可她怎么还能梦见他呢……她梦见他眼睛里的急切，甚至于还有那么深重的懊悔。

雍宁竟然觉得这一切都心甘情愿，真这样死了都值了，她总算明白自己有多脆弱了，她陷在幻觉里，心甘情愿地在何羡存怀里抱紧他，她也不顾自己满脸是血，整个人都扑在他身上，失声大哭，晕了过去。

第二天历城就降了温，那场冬雨彻底让市区的气温降到冰点以下，寒风凛冽，这才真正有了冬天的样子。

"对方是被人派来的，找不出来历，很明显在白天已经踩过点儿了，知道后院有地方能翻出去逃走。雍宁以为是小偷，上午报过警，也不知道她是怎么想的，后来连锁都没换，一个人稀里糊涂地就睡觉了。"许际已经把事情都弄清楚，走到卧室的门外轻声回复了一句。

很快房间里边有了动静，何羡存走出来和许际说话，他在背后虚掩上门，问他："去看过书房了吗？"

许际看见院长披着的还是那件大衣，昨天他们夜里从医院回来一直披着，他知道何羡存一夜也没休息，只好赶紧回答他："我找过了，那份存档不在原处了，但如果已经被人拿走，那他们完全没必要再回来伤人。"

"雍宁的眼睛一看存档就知道有问题，所以她特意收起来了。"何羡存很清楚，对方是为了胁迫她把东西交出去，才导致了这样的后果。

许际点头，又有点不解，"就算她看过，都被打成这样了……为什么不交出去？画院的存档又不是她的东西，留下也没用，只要给对方，一切都和她无关了。"

今天实在太冷，廊下风大，吹得院子里那架紫藤又落了些叶子。

何羡存一时没说话，他退了一步，挡住门边的缝隙，回身看了一眼，所幸卧室房门的木头厚重，他这一动才发现自己大衣的肩上也蹭到血迹，于是脱下来递给许际，最后连声音都缓了，和他说："她是和我赌气。"

所以她就是不走，一直住在这里，连门锁都不肯换，到了最后受人威胁也绝不低头，命都不要了。

许际不好再问下去，他迅速回到外边车上，给何羡存换了一件外套送回来，又帮着他把里边衬衫的袖口都系好，一切工整干净，什么都看不出来。

到如今许际也才二十多岁，算是何家的远亲。他过去一直跟在何羡存身边，后来对方突然离开历城，留下无数事都需要人处理，画院有老师傅盯着，只是公司里需要人负责，许际担下了这份责任。如今何羡存回来了，许际磨炼了心性，人也踏实多了，自然什么都明白。

只是今天不一样，许际心里明显藏着话，他犹豫了一下，还是决定说出来："您去休息一会儿吧，昨晚医生都看过了，雍宁都是外伤，让她好好睡一觉，不管什么事，也得等她醒了再说。"

何羡存从下飞机回来那天开始，又成了铁打的工作狂。他奔波于家里、画院、公司，一连跑了好几天，所有的行程规划都按小时计算，昨晚他们终于忙完了，许际已经送他回了家，自己也累得够呛，想着大家都能松口气睡一觉了，没想到何羡存深夜又把他叫过去了，竟然还要外出。

许际劝不住，只好开车送他出来，他直接来了"宁居"。

他们刚走到门外就撞见后院出事了，显然何羡存这一宿又没能合眼。

何羡存听了这话也不理他，很快准备回到卧室里去了，最后只吩咐一句："去把院子里外检查一遍，该换的都换掉，如果再出事，就是你的责任。"

屋里的人什么都没听见，雍宁从昨夜被送回来开始，一直陷入昏睡。

她好像是做了一个冗长的梦，意识渐渐清醒过来，又觉得自己浑身都疼，像喝酒喝到了断篇的人。

她记得自己睡前听过一首歌，想不起来有没有关掉录音机，于是等她睡醒的时候，竟然还能听见它。她头疼得厉害，混沌的念头堵在了一起，让她觉得这疼痛不太寻常，一直牵扯着神经，头快要炸开了。

她挣扎了一下，缓了半天才能睁开眼睛。她一心想着那台录音机，不知道放了多少年了，如果真开一夜，估计就要彻底坏了，她抱着这样可笑的念头，仔仔细细地听，确实听见了那首《老情歌》：

> 我只想唱这一首老情歌，
> 让回忆再涌满心头。
> 当时光飞逝，已不知秋冬，
> 这是我唯一的线索。
> 人说情歌总是老的好，
> 走遍天涯海角忘不了。
> 我说情人却是老的好，
> 曾经沧海桑田分不了。

一盘二十世纪九十年代初的磁带，放到如今成了古董，早就谈不上什么音质，暗哑而复古的音调，缓缓地唱，每一句话却都能让她眼眶发热。

情深之至，曾经沧海桑田分不了。

过去听到这首歌的时候，她才刚考上美院，有时候夜深了，何羡存总算能忙完，他抽出空来，就会来给她改画。

雍宁的绘画天分实在不高，但她执拗地就是要学画，只是为了能离他近一些，她想将来长大了，或许能帮上他的忙，因此她曾经很努力地考上美院，学了中国画。

她都记得，那时候书房里的光线永远柔和，何羡存倾身而至，手把手教她勾线上色。其实画院的分工精细，他很少亲自给书画补笔全色，但对于教她，实在绰绰有余。

何羡存的手一向非常稳，他习惯于扣住她的腕子拿笔，于是她就被困在了方寸之间的宣纸上，他工作起来一向心无旁骛，可侧脸的轮廓却能让雍宁的一颗心都要跳出来，于是那些纸废了一张又一张，灼灼桃夭，统统褪了色，怎么画都不满意。

那样的夜晚实在令人沉迷，无论是画还是他。

而此时此刻，雍宁被这首歌唱得有些恍惚，她不清楚自己怎么还能躺在床上，以至于让她有些怀疑，昨晚的一切只是梦魇。

房间有了动静，何羡存已经从外间走进来。

他看到雍宁醒了，她已经爬起来，坐在床上一个人在出神，愣愣地伸手去摸她自己的脸，似乎是在找伤口。

雍宁一向很少外出，她的眼睛敏感，很少见日光，于是整个人的皮肤远比一般人还要白。他昨夜送她去了医院，又把人接回来，给她换了衣服，发现这几年雍宁连睡衣都是黑色的，于是随便找到一条睡裙就给她套上了。这会儿雍宁一醒过来，脸缩在那件衣服里，显得更少了血色，整个人苍白脆弱，突兀地藏在一片暗影里。

他看着她这样子，停在门边，不想刺激她。

雍宁转过脸，她的目光落在他身上，她确实看见他了。

四年之后，何羡存终于回来了。

原来一切都不是梦。

门口的人其实没什么变化，何羡存还是旧日里那副沉静淡漠的样子，男人的气场实在微妙，他似乎一直都守在卧室里，只穿了一件简单的衬衫，但整个人看着就像山高水远的一幅画，仿佛天生应该装裱起来受人敬仰。她盯着他的眼睛，那目光却不似往日了，好像藏着太多年的夜，成了碎掉的一方砚，隐隐透出漆黑的墨色。

他同样也在静静地打量雍宁，一直也没有说话，连这沉默也是包容的态度，反而让她有些动容。

这么看起来，国外的环境也没有多好，何羡存比过去瘦了，于是眼角眉梢的棱角显得更加分明……雍宁想他还是这么累，何羡存过去就是这样，修复工作的每一个步骤都需要万般仔细，实在太耗人的精神，而他一忙起来不管不顾，甚至于几天不吃饭不睡觉，好像真以为自己成了仙。

她看见何羡存又出去倒了一杯水，放在了外屋的桌子上，她实在太久没见过他了，以至于对方前前后后来回几分钟，她都不知道自己应该有些什么反应。

虚伪地寒暄？还是故作镇定先打个招呼，无论哪一种，她都开不了口。

那首歌还在唱，老式磁带放置时间太长了，总是容易卡住，歌声断断续续，还能惹她又红了眼睛。

雍宁实在有些控制不住，抽噎着低下头，突然又捂住了脸。

何羡存径自走过来，他知道雍宁的手不能轻易碰触，于是就避开她的手，想去拉开她的胳膊，可她一直在往后躲。

他的声音就在她耳畔，分外耐心，就和当年一笔一笔教她勾线的时候一样，"过来，别碰到伤口。"

雍宁拗不过他，松开手，一张脸全是泪，她仰起头看他，看清了他的一切，想到了当年最后一次在何家见到他的时候，于是目光渐渐尖锐起来，腾起来的情绪分明都是不甘。

何羡存就在她身前，他能感觉到雍宁周身一瞬间张开的刺，明明都被人伤成了这副样子，可她还是憋了一口气，带着十足的怨怼。

他最不喜欢她这副表情，于是压下火，俯身把她直接抱了起来。

雍宁的头部多处磕伤，轻微脑震荡，所幸检查过了不算严重，只是需要休息。她的右腿被匕首伤到，缝了十几针，两只脚底还有碎片划破的小伤口，于是何羡存尽可能避开她的伤处，可雍宁不知好歹，非要推他，结果用了力，疼到自己倒抽气，浑身上下大伤小伤混在一起，逼得她连嘴角都咬破了。

这下什么都分不清了，也不知道是因为那首歌太感人，还是她的伤口太疼了，雍宁的眼泪突如其来，直接往下掉，像是生理性的反应，收都收不住。

她已经连句话都说不出来，最后疼到浑身发抖，实在忍不住，抓紧了他的胳膊，在他怀里闷声哼了出来。

何羡存微微一颤，终究叹了口气，抚着她的头发，把她按在胸口，又把她从床边抱到了外间的沙发上，让她能靠着坐起来，换个姿势好受一点。

他轻轻按下她的腿，让她放松地伸开，不再牵扯到伤处又把水递给她，拿了消炎药过来，最后两只手刚好撑在沙发两侧的扶手上，挡住了雍宁面前所有的光，让她满心满眼又只剩下他一个人。

何羡存看着她说："宁宁，别哭了。"

她还是觉得疼，好像昨晚那一刀是捅在了她心上。何羡存叫她的口气实在太自然，简直和过去一模一样，一句话就抹掉了四年分别，让她更加难过，仿佛旧日里整个人被抽走的七魂六魄，都能在这一瞬间重新找回来，却让她更加无地自容。

雍宁的眼睛被撞伤之后异常敏感，被刺激到根本控制不住眼泪。

何羡存抬手，轻轻敷在她的眼睛之上，一字一句地和她说："听话，你眼睛充血很厉害，不能再哭了。"

这下她清清楚楚感受到他身上的温度，何羡存过去长期接触天然原料，川白蜡和宣纸的味道混在一起，让她一直觉得他身上带着近似雪松木的香气，格外清净。时隔四年，雍宁闭着眼睛，再一次感受到他身上特殊的味道……他仅仅伸出手，就击溃了她全部紧绷的情绪，让她顺从于这方寸的距离，实在没有力气再勉强自己。

雍宁渐渐不再流泪，他放开她，等她平复下情绪，看着她伸手拿过水，低头自己吃药，难得乖顺。

角落里传来的歌声已经彻底卡住了，何羡存过去把录音机关掉，拿出了那盘磁带，找出一根铅笔，坐在沙发旁边慢慢地卷。

雍宁的头晕总算好了一点，她低头才发现自己身上的睡裙其实穿反了，只是颜色一样，也不明显。

她心里一热，又都忍下了，不知道说什么的时候，抬起头只能和他说了一句："谢谢。"

何羡存扫了一眼，知道裙子穿反了，于是解释了一句："你从医院回来衣服上都是血，我给你换了，让你好好睡觉，伤口不能碰，先这样吧。"

雍宁没听他的话，她没有力气站起来，就坐着侧过身，自己抬手把睡裙整个脱了下来。她全程都当着何羡存的面，不闪也不躲，把裙子又翻到了正面，再慢慢地一点一点想要穿回去。

她头上还覆着两处纱布，差点卡在领口。

何羡存走过来弯下身，伸手去帮她。

日光昭彰，雍宁颈边的锁骨清晰可见，她的皮肤太白，在这裙子层层叠叠的映衬下像朵白色的玉兰，不知道藏了多少个冬天，等不到绽放的时候。她整个人都暴露在了他面前，她的伤口，人，还有心……却又像是执拗的兽，死撑着一副病样的姿态。

雍宁腿上的皮肤整片泛着红，伤口在大腿，已经被妥善地处理过，何羡存的手指很快滑过她的腿，又替她检查了一下伤口。她在他手下倒吸了一口气，不敢乱动。眼看何羡存过来帮忙，她干脆松了力气，任由他动手。

雍宁身上泛着消毒水和药物的味道，衣服完全脱掉之后，她一瞬间觉得有些冷，微微瑟缩着打了个寒战。何羡存扫她一眼，眼睛里也看不出什么情绪，只是扶住她的胳膊，把她光裸的身体先圈在了怀里，好歹让她没那么冷了，然后才仔细地重新帮她把裙子穿好。

整个过程里，他贴着她的身体，却连表情都没有什么波动，一切都很自然，可他越自然，越让雍宁觉得难过。

何羡存很快想要起身，雍宁忽然伸出胳膊抱住他，他也就顺着那姿势，按住了她的背。他看见了雍宁身后的长发，想起自己离开那一年，她的头发才刚刚及肩，如今已经留了这么长。

草木知春，人负韶华，他怀里的人，早就长大了。

雍宁一直都没什么艳丽的光，不像浓墨重彩的油画，她只是一副素净底子的生宣，眉眼清淡，看着水色重，什么颜色都能洇开，多一分又太过。

何羡存深深地吸了一口气，吻在她耳后的长发上，他的人和这个吻一样，带着一点点凉意，却依旧能让雍宁的心底骤然烧起来，她终究听见了他的叹息。

可惜人生这条路，返程太难。

今时不同往日。

雍宁的脸紧紧贴在何羡存的颈边，她看见桌上放着那幅紫藤，他或许已经去过了书房，想找的东西没找到，最后只翻到他自己那幅没能完成的画，也就顺手拿到卧室里来看，此刻画已经重新被卷上，又孤零零地扔在了一旁。

雍宁盯着它看，那上边早就落了土，于是她和这东西也没什么分别，迷恋过，喜欢过，可一旦被人扔了就捡不回来。

她开口和他说："虽然晚了，还是要祝你新婚快乐。"

何羡存的手僵住了，许久都没动，过了一会儿他低声笑，把她的胳膊推开，那口气分明透着厌烦，"我昨晚就不该过来。"

"是啊，你不来，我没准儿就死在这里了，这院子就成了凶宅，那时候你的东西跟我一起入土，才是最保险的办法。"雍宁边说边笑，她撑着心里这口气，看着自己的长发散开了，起来也没戴手套，于是她就抓着发尾，慢慢地绕在了手指上。

何羡存坐在桌旁，连看都不想再看她，问她："画院的存档被你收起来了？"

雍宁抱着肩膀，坐在沙发上回答他："我拆开看过，里边是四年前文物修复的记录存档，应该严格保密，存在院里，但你却把它带出来了。"她的一只眼睛严重充血，不太舒服，于是躲在窗后的影子里看他，还带了一丝笑意，好像全不在意似的，"我猜，何院长回到历城，这么着急赶回宁居，也是为了想把它拿回去吧？"

他听了这话也不转头，只接了一句："我昨晚是想来看看你。"

何羡存说话永远透着从容，他如果想要一个人信任他，实在轻而易举，可惜雍宁比任何人都清楚，他绝不是传言里温柔深情的样子，他对女人的态度或许还比不上对着一张画，这么似真似假的口气，让她尝过太多苦头，她就算再傻，总还知道疼。

所以雍宁连拢头发的姿势都没变，她给自己找了个舒服的角度，用膝盖撑着头，缓和着头晕带来的反胃，"这话如果让你夫人听见，她会伤心的。"她好心地提醒他，"你和郑明薇既然已经结婚了，那就好好过，你还来看我，让外人知道了，你的传奇人生可就毁了。"

她这话说得自己都心虚，偏要提高了声音，才显得不那么犹豫。

何羡存打断了她，直接告诉她："明薇已经去世了，你如果做人还有点良心，就别再提她。"

他一句话扔过来，让雍宁分外震惊，猛地坐直了。

雍宁很艰难地发出声音，完全没了讽刺他的心思，又问他："什么时候……"

"上个月，她的脑外伤造成严重的后遗症，这么多年也不容易，到最后清醒的时间已经很少了，一直都在挣扎，没过上几天好日子。"

雍宁所有的话都哽住了，她没想到自己会间接伤害到无辜的人，郑明薇和他算是年少相识，对他的心思显然人尽皆知，而当年雍宁还只是个懵懂学画的傻姑娘，对方却已经可以陪在他身边了……雍宁确实不喜欢郑明薇，偶然见到对方，她也本能抵触，从未好好说过话。

雍宁承认自己忌妒，或许也是羡慕，但她从头到尾没有害人的心思。

那年冬天的一通电话，逼得何羡存返城，确实改变他的未来，可是雍宁在得知出事之后才知道，当天何羡存的车里，不是只有他一个人。

他与人相约，带着郑明薇一起赶往露山会馆，而他决意回城去见雍宁的时候，返程的路面已经全部结冰，山区的雨势极大，路况实在太差，导致何羡存的车在山路上失控，出了车祸。

当时的情况可想而知，车内环境安静，因此通话的时候永远没有秘密，郑明薇肯定清楚他接到的是谁的电话，她更清楚他是为了谁才返程，却还是在最危险的时候选择救了他。

这就是女人的痴心，从来不问值不值。

郑明薇替何羡存挡下了最致命的冲击，造成她自己脑部重伤垂危，而后抢救过来，何羡存带她一起远赴德国求医，没过多久，两个人就在当地结婚了。

何羡存一向极其低调，从不公开露面，圈子里无论有什么传闻，统统得不到他任何回应，因而显得他的私生活非常神秘。那场事故之后，何家画院的主人突然消失，甚至都来不及公开结婚的消息，院长中断全部个人工作，他本人当时已经承接的一些重要项目不惜直接毁约，直接离开了历城。

曾经有好事者挖出过何羡存隐婚的缘由，这才知道他的妻子身染重疾，一直在国外的医院长住，而他坚守诺言，不离不弃，伉俪情深，成就一段佳话。

然而此时此刻，雍宁看着他，那个传言中成了深情楷模的男人就坐在她面前，她终于明白他为什么会突然回来了。

何羡存的背影如旧，可雍宁看着看着，却觉得自己胸口像被什么东西重重地碾过，这世上人人总说再见，想着盼着，可如今他们再见的时候，中间却隔了郑明薇的生死。

他守着妻子日夜苦熬，那么多年过去，无力挽回，那情景换位思考，想一想都令人绝望。

终究意难平。

于是雍宁替他总结："你用了四年的时间，费尽心思，还是救不了你的夫人，所以你恨我，她一走，你就回来了。"

何羡存没有回答，他依旧坐在那里，手里还是那盘过去的磁带，一首《老情歌》，连盒子上封面纸都变黄了，所有的文字完全褪了色，只剩下声音苟延残喘。

很多事放在歌里才能唱明白，人却总是不明白。

雍宁有些认命了，她好像已经想好面对一切，开口问他："既然恨我，为什么还要救我？"

何羡存被她说得笑了，笑了很久也没回答。

他眼里一向容不下半点失误，因为任何一点小的差错都会导致整个修复工作失败，画院里都是独一无二的珍贵文物，每个步骤都必须严格执行，他要对一切负责，所以早早习惯了不做任何没把握的事。

可他却在雍宁身上不断地犯错误，从始至终，一直都在赌。

以至于如今走到了这个地步。

窗外风声呼啸，这么冷的日子，连野猫都不见了。

何羡存揉着额头，口气已经完全冷了下去，仿佛已经不想再和她浪费时间，他问她："把存档给我。"

"我付出这么大代价都没交出去，肯定有我的目的。"雍宁已经靠在了沙发上，她缓过神来，已经把这笔买卖想清楚了。

"你想要什么？"何羡存看了她一眼，显得很冷静，只是明显有点疲惫，他靠在桌旁泡了茶，都是过去他自己留下的茶叶，一壶祁门香，时间长了，但保存得不错，热气卷起来，依旧甘香。

他今天也算格外耐心，没想到有朝一日，是雍宁来和他谈条件。

雍宁听着窗外的动静，这院子大，风声也清楚，她开口和他说："你把宁居完整过户给我，我就把存档还给你，从此两清。"她顿了一下，又补了一句，"你夫人的事是我当年引起的，你想对我做什么我都认了，颜料工艺归你们独家所有，从此以后，我也不会再麻烦何家任何事。"

早年古法颜料工艺并不是何家画院的专利，起源于雍宁的外祖父，可惜他们家的后人对此一窍不通，无以为继，恰恰当年画院十分需要，因此雍宁的母亲雍绮丽就把它转让给了何家，从此画院得以掌握全部的颜料制造工艺，而转让费用也足够雍绮丽潇洒度过后半生，这交易看起来万分公平。

何家需要资助雍宁直到大学毕业，只是她母亲的附加条件。

何羡存转过身，那态度近乎冷淡，"第一，明薇的事，你赔不起。第二，你外祖父过世，技术转让早就完成了，合法也合理，十年前就已经和画院合并，你比谁都清楚。第三，至于你自己……你还算不上麻烦。"

这三条列出来，何羡存觉得雍宁还是没变，确实不太聪明。

他又补了一句："不过这些年你倒是学会做买卖了，城里很难找到保存这么完好的院子，宁居的市值早就已经过千万了。"

雍宁被他说得一颗心不断往下坠，沉甸甸地压着她喘不过气，她看见他拿起了茶杯，忽然又换到左手，他衬衫的袖口系得十分工整，分毫不露，尺寸刚好。

何羡存慢慢地喝茶，还是严谨冷淡的模样，开口说的话却十足的讽刺，他只问她一句："你觉得你脱几次衣服，能值得了千万？"

"我当然不值，可是你那份画院的存档，它关系到的利益网，肯定比这院子值钱。"雍宁早就想到了他的态度，"宁居"不是普通的房产，它属于何家过去的祖宅，现存完整的只留下这一处，显然不单单是房子市值的问题。

她清楚何羡存没那么容易答应自己，或许她要钱要别的都行，只有"宁居"不是那么容易能给她的，所以她继续加了筹码，"存档记录的绢本材质不同，就算影像资料有设备显色上的干扰，可《万世河山图》的真迹是一幅九百年前的古画，即使是高清图像，它的绢本也不可能那么完整。"

雍宁绝非专家，只是她的眼睛是非常罕见的四色视觉，这种遗传基因只可能出现在女性身上，现今很难见到。雍宁从小就发现自己对颜色的敏感度异于常人，普通人看起来是一模一样的两种颜色，只有她能轻易从中看出区别，因而总能找到细节上微小的差距。

她的头还在疼，可思路却突然清晰起来，于是一口气说了下去："所以，我看出来了，我猜你将这份存档单独带出来，是因为这东西非常关键，它里边的内容关系到画院曾经做过的事，关系到你，甚至也关系到……"

"宁宁。"何羡存打断了她，定定地看着她重复了一句，"把它给我，放在你这里太危险了。"

这下雍宁确认自己有了和他交易的资本，"我想不通的是，不管发生过什么事，已经都过去这么多年了，现在有人来找它，为什么？"

何羡存的目光总算有了波动，他沉下声音告诉她："和你无关，如果你还知道疼，不想再有下一次的话，绝对不要告诉任何人，你看过这份东西。"

他这话的深浅已经无法揣摩，分明也是在威胁她，一字一句，说得雍宁浑身发冷。

雍宁已经不再头晕，有了一点力气，于是她挪动着换了姿势，靠近他的椅子，试探他说："我知道的太多了，所以何院长着急了？"

她想何羡存此时此刻可能真的后悔救了她，不管昨夜来的是什么人，显然和他的目标一致，都是一丘之貉。

他身上染了茶叶的香气，一盏祁门香，果然名不虚传，整个卧室里都漾开了淡淡的味道。

何羡存看清雍宁近在咫尺的这张脸，她唇色发白，额头上的伤势严重，可她仍旧是这副口是心非的模样，不知道从哪儿学来了一身虚情假意的毛病，始终要和他争个高低。

他突然抓住雍宁的肩膀，把她整个人拖到自己身前，她被压在了沙发的扶手上，腿上有伤，瞬间疼到皱眉。

他掐着她的脸，告诉她："我给你宁居，如你所愿。"

雍宁看着他笑，回答得倒也痛快，"好，我拿到产权之后，就把存档还你。"

何羡存按住她，所有细微的动作她都能感觉到，而他的手一向极稳，今天却不同以往，雍宁感觉到他手上的气力不稳，彻底清楚他此刻有多生气。

寒风冲撞，院子里四下的窗户都做过密封，屋里也有恒温的空调，只剩下风声，突兀撞在窗棂之外，发出一阵古怪的呜咽。

何羡存看见雍宁眼角又泛了红，他已经把她掐到连自己都手指生疼，可雍宁还是一声不吭。他的愤怒翻上来，恨不得就这么掐死她，用尽全力才忍下去，甩开了她的脸。

雍宁撞在了沙发背上，又带起一阵晕眩感，她彻底没了力气，分明是强弩之末，她再也说不出话。

何羡存很快起身穿上外衣，历城的冬天实在让人寒了心。

他的声音格外讽刺，警告雍宁，"你如果有本事，就应该好好预测下自己的意外，看看你能活到哪天。"他不再多留，直接走了出去，一句话扔过来，冷冰冰地和着风声，"院子归你，想死还是想走，都随你。"

卧室里又剩下雍宁一个人，桌上那幅画了一半的画再次被他扔在了这里，一壶茶只喝了一杯，水凉下去，香气也就彻底淡了。

只有院子里的风还在刮，门又被关上，一切都只像是个寻常午后，除了这一室茶香，好像何羡存从来都没有出现过。

她如愿再见到他，也从他手里得到了一切，一座"宁居"，她守着回忆把它拿到手，企图弥补一场近十年的感情，可惜所有的心思算尽了，这副心肠依旧是空洞洞的，什么都补不上。

她才是那画上的留白，半点笔墨都没有。

雍宁控制不住剧烈发抖，她咬住自己的胳膊才勉强忍下不适，巨大的晕眩感瞬间吞没了所有的感官。

何羡存走出去的时候，许际已经等在了前院。

"宁居"的大门重新修过了，检查完外墙，许际找人做了加高防护，里外都换了最安全的新式门锁。

何羡存一见到他，直接说了一句："你回去马上准备材料，给这院子办理赠予手续，这几天尽快把它过户到雍宁名下。"

"院长？"许际有些吃惊，不知道发生了什么，这么多年都过来了，怎么突然有了这个念头。

"她想要就给她。"何羡存脚步不停，迅速出了大门，"走，回画院。"

许际跟着他追出去，赶紧提醒他说："把她一个人留下是不是……"

何羡存一向能够很好地控制情绪，可这几天的事接二连三地逼他失态，他昨晚回来就看见雍宁出事，所有的情绪全都压在心里，此时此刻终于没了耐性，于是他回身盯着许际，脸色已经完全冷下去。

许际心里一震，迅速跟他走了出去。

车子开出去的时候，何羡存一直在揉自己的手腕，他微微皱眉，过了一会儿总算长出了一口气，又盯着车窗外看。

东塘子这一代还是市井模样，无论过去多少年，拆的拆，建的建，可路还是这条路。

他目光放得远，只看见一方天空之下老房子的屋檐层层叠叠，连成了一片。电线杆东倒西歪，只剩下线路缠在一起，和这冬天的树枝一样，毫无章法。

老城区的冬日永远和市里的现代化不同，别有一番烟火气。

从他当年在这里见到雍宁开始，算到如今终了，已经整整过去十年了。

两家人祖辈相交，雍宁十几岁的时候，何羡存就算是认识她了，但那时候他早早有了画院和公司，分身乏术，实在太忙了，一共没见过几次面，后来那孩子显示出与众不同的能力，他知道了雍宁的眼睛和手都异于常人，却一直没把她特殊化，他不想让她分心，等她好好考上了大学，守着她过了四年，离开她又熬过了这么多日子……

何羡存以为，他们终归都要被岁月磨平了心气，于是回来见她，却看见雍宁浑身是血，在地上爬着，拼了命地喊他。

都说他稳重，可他昨夜的心情没人知道。

他第一次后悔。

许际在前方开车，一直没敢说话，抽空打量后边的人。他越看越觉得何羡存今天的状态不对，于是他不得不开口问："您上次睡觉是什么时候了？"

何羡存渐渐向后仰，人已经靠在了头枕上。他周身的疲累涌上来之后，连开口都觉得费力，于是他也懒得再说。

他确实已经很久没有完整地睡过一夜了，从四年前开始，从他离开历城之后，几乎丧失了自然睡眠。

何羡存沉默了很久，久到许际以为他总算肯闭上眼歇一会儿了，他又轻声开口说，"我没骗宁宁，昨晚想来看看她，也是想着……能回来好好睡一觉了。"

当年事发突然，何羡存说了一句等他回去，雍宁就信了，从此一直守在原地。

所以连林师傅都和他说，这孩子倔，宁愿一个人生活。

可他如今真的回来了，她却无论如何都不信了。

第 三 章
裂 帛 断 锦

　　一个星期之后，许际按照吩咐，带着办理赠予过户需要的材料，又去了"宁居"。

　　他没想到，雍宁的恢复能力还不错，她头晕的后遗症渐渐好了，剩下的也就都是外伤，所以他进到前院的时候，发现她还如常开了店。

　　传言也不全是假的，许际发现雍宁这几年确实像魔怔了一样，明明只有她一个人住，生活开销有限，可她却一直拼命挣钱，甚至现在还不惜要挟院长，死活都要把这地方的产权拿走，谁也不知道她到底想干什么。

　　雍宁的腿伤还在疼，但总算能挪着走路，只是坐下的时候容易牵扯到缝针的位置，于是她就一直靠在前厅的门旁边。

　　她的头发实在留得太长了，打理不方便，于是借着久违的日光，她在慢慢地梳头。

　　雍宁看见许际进来，示意他等一会儿，今天厅里来了客人。

　　许际四下看了看，一切如常，他往厅里扫了一眼，发现里边的人只是个年轻的女孩，正在仰着头看颜料，他总算放了心，退到了东边窗下。

雍宁头上的纱布已经拿掉了，额角泛着瘀血的痕迹，她今天仍旧是一身黑裙，戴着那双同样黑色的绒质手套。屋里的人一直保持着沉默，于是客人不说话，雍宁也不率先开口。

直到屋里有了声响，那女孩踉跄着坐在了窗边的椅子上，她才走进去。她看见对方目光涣散，一双眼睛红肿，不知道哭过多久，连衣服也穿得潦草，明显是在想什么事。

雍宁觉得这位客人状态不好，不想给自己惹麻烦，于是不得不开口提醒她，"我这里只卖颜料，你如果心情不好，还是去找朋友开解一下吧。"

女孩转向她，还是不死心地说："他们说你……能预知未来。"

雍宁不知道她听到的是哪一个版本，不过看起来这个女孩眼神空洞，整个人都像受过刺激似的，倒和她自己前两天的状态没差多少，于是她还是动了恻隐之心，终究缓和下声音，和对方解释："我可以看见你未来遇到的意外，信不信由你。"

"如果我死了呢……你能看到人死后的事吗？"

雍宁不想被当成神棍，反驳的话就要说出来，忽然又盯住她，仔细看她说话的样子，她确实不像是在开玩笑。

女孩说着说着就要哭出来，突然一把拽住雍宁的胳膊，和她说："他骗了我……他和那个女人都有孩子了，下个星期就要结婚！我不能让他如愿……"她说着说着咬牙切齿，突然发了疯似的压低了声音，"如果我死在他的婚礼上，我想知道，他们下半生会不会遭报应！"

对方说得颠三倒四，但雍宁总算大致听明白了，面前的人真的动了寻死的决心。

雍宁给她煮了一杯咖啡端过来，让她能喝下去冷静一点，等她总算打起精神，这才开口问她，到底出了什么事。

无非又是情伤，五年感情，她为了男友从海边城市独自来到历城，和他熬过了大学刚毕业最艰难的阶段，可她的男友竟然一直瞒着她在和另外的女人交往，直到那个女人都有了孩子才来和她分手。她用尽各种方式挽回，那人始终不肯回心转意，而且即将结婚，她彻底失去了所有的希望。这事闹了大半年，最后她为了那个负心人连工作都丢了，也不能回老家丢人现眼，早就已经走投无路。

这故事也不算多难懂，上一秒还能说着共同的人生路，下一秒或许就能狠心不见，人人披着一张皮，心却猜不透。

雍宁耐心听她说完，问她："你叫什么？"

"杨甄。"

"好，杨甄，我不是个很好的倾诉对象，但你今天既然说出来了，我正好也没什么事……"雍宁坐着的方向，刚好对着半扇窗，木头之后还有密封的玻璃，一时照出了她自己瘀血的伤口，于是她顿了顿才继续说，"一切都还来得及，离开他，其实也没那么难。"

一句话不知道是说给谁听，宽人宽己。

比杨甄艰难的人还有很多，痛失旧爱的故事也不差这一段，女人总是心思善感，于是时常陷在情感的痛苦之中无法自拔，以至于让自己看什么都只能想到报复。

杨甄低着头，很久之后才重新开口："我们在一起的那五年，我曾经两次怀孕，他都劝我先不要生孩子，还不到结婚的时候。我们当时没车没房，工作又不稳定，在这么大的城市里没法立足，孩子生下来也是让他遭罪，我当时不忍心，痛苦了很久，可是又觉得他说得对，所以我两次都放弃了我们的孩子……"

真正压垮她的，或许并不是一段感情的结束，而是所爱之人的选择。

杨甄曾为他付出过女人的一切，他可以不要，只是同样的情况换了一个人，他却又统统都接受了，他可以为了别的女人洗心革面，从此变成一个好男友，甚至于体贴的好丈夫。

这证明在他们过去的五年感情里，什么都没错，不是世事难料，也没有现实的阻碍，从头到尾，错的只是她。

杨甄真的恨，她恨到没了办法，要让那个男人一生一世都不能好过。

雍宁看见对方眼睛里的决绝，都是女人，她能理解这种无法开解的情绪，于是她没再多说，走到一旁去替对方选颜料。

她们所在的前厅没有改动，从当年何羡存第一次带雍宁过来的时候，已经就是这样了。

当年这里不是颜料店，只是何院长在老城区偶尔躲清净的住所，也没人开门营业，所有的东西仅仅是他私人的收藏而已。

前厅左右五间正房，空间很是宽敞，环绕三面都是整面墙的巨大木架，一律都是降香黄檀的珍贵材质，时间一长，木质顺着纹路透出沉重的暗色，显得屋子里的色调雅致端庄。所有颜料统统都放在架子上，收在透明的玻璃密封瓶里，颜料是天然材质，来源于矿石或是其他植物，按照古法手工制成，以色系为分类。

屋子的正中还放了一张根雕茶桌，桌子上边有一方很大的茶海，雍宁平常都不用，后来又暴殄天物地拿它放东西。她把研磨试色的器皿都放在了上边，好在都是细腻的瓷质，小巧精致。

她绕了一圈，停在了一排黄色之前，从最上边的架子拿下了一小瓶金粉。

杨甄捂着嘴忍住眼泪，好不容易才让心情平复一些，她看见雍宁走回来，又小声和她说："我知道店里的规矩，要买颜料你才肯帮忙，可是我也不懂这些，而且听说你的颜料都很贵……"

雍宁借着窗外的自然光线，给她看手里的东西，"古画能保持千百年不褪色，是因为当时的画家用的都是矿石颜料，很多到了今天都是宝石级的，这是金粉，纯金的粉末。"

光线之下，雍宁暗色的手套成了最好的陪衬，那瓶子里满满都是细碎的光，轻轻一晃，颜色分外璀璨。

杨甄十分惊讶，她确实没想到这家店里还有这么多讲究，也不敢想象古人能用这么珍贵的材料作画，于是一时连动都不敢动。

雍宁告诉她，"我可以帮你，这一瓶，算我送给你的。"

对面的女孩怔住了，一室光影令人瞠目，而雍宁的表情却是认真而善意的。

杨甄很快反应过来，愣愣地把手伸过去，而雍宁已经摘下手套，和她的手心相触。

她确实看到了这个女孩未来的意外。

杨甄的确抱了寻死的决心而来，她希望雍宁能给她一个安心的答案，她把自己的经历和故事都说了，哪怕这位店主只是个江湖骗子，也该告诉她未来那对狗男女不会好过。

这或许是她当时最想听到的答案。

但雍宁说出来的画面，让她再度崩溃。

雍宁看见未来的杨甄已经躺在病床上，看上去是昏迷的状态，而病床之畔，只有她已经年迈的父母还在守着女儿。

这场意外，实在令人心酸。

而关于父母的说法，只是雍宁的猜测，可当她描述出来之后，她看到了杨甄的表情，就知道自己猜对了。

杨甄想着想着，忽然就哭了。

"这一切很容易理解，你想寻死，却意外被抢救回来，但是长期昏迷不醒，看这样子……你的父母赶过来守着你，恐怕已经持续很长时间了。"

亲者痛，仇者快，杨甄想轻贱自己生命去报复的，根本不是狠心的前男友。

谁都有支撑不下去的时候，她可以想不开，可以软弱，可不管她做了什么，哪怕已经躺在病床上一动不动，去承受一切后果的人，却是她自己的双亲。

相反，她恨的人照样可以花好月圆，也许过不了多久，对方早已记不起她为自己做了这么傻的事。

雍宁不是个多话的人，但今天她还是劝了她："不爱你的人，根本不会珍惜你，他也不会对往事懊悔，更不会再想见你。"

她求死，报复的却是她自己的父母。

杨甄显然没想到会是这样的结果，她已经做好寻死的打算，也不差来这里被人骗一场，其实她进到"宁居"之后，发现这里真的只是家颜料店，一直都没太当真。

然而此时此刻，雍宁的预知给出来之后，她深信不疑，什么话都说不出来。

雍宁告诉她："你改变不了别人的心意，但你能改变自己的未来。"

杨甄很快就离开了，她实在坐不下去，她的情绪已经完全崩溃，痛苦到了临界点，只是临走的时候，她又回头看了看雍宁。

那位店主还是一副安安静静的模样，依旧靠在门口，已经把长发梳起来了，于是额头上的伤就显得格外清晰。

院子里只剩一片四四方方的天，明明前后也没有过去多久，杨甄却觉得自己今天像做了一场梦，仿佛那道暗淡的朱红大门，隔开了浑然不同的两个世界。

她陡然觉得这地方生出了几分诡异的感觉，又看见了雍宁一双冷冷清清的眉眼，觉得不可思议。

这位店主看上去也只是个普通人，也许她已经守在这里很多年了，听过很多陌生人的故事，看过很多场意外，但关于她自己的过去，至今无人知晓。

她为什么会受伤，为什么在流言蜚语之中，这处院子曾经有过一段旖旎情事，也有人晨昏相守，却只剩她一个人。

于是杨甄想起了传言，一时愣在了当下，忽然又嗫嚅着问："以后我还能来这里找你吗？我是说……如果没事的时候，可以过来吗……"

雍宁能做的实在不多，于是她留了方屹的电话给对方，和她说："有难处可以去找他，他是我的朋友，一定会帮你。"

杨甄握紧兜里那瓶小小的金粉，眼泪还没干，却回头问雍宁，"你……是在等人吗？"

雍宁笑了，她抬头正在向外看，今天的历城有一个好天气，风轻云淡的日子，不适合感伤。

她摆摆手，算作是送客，就连笑容也都是平和的，和她说："不，我已经不等了。"

客人很快就离开了，雍宁自己慢慢地挪着腿，走过去把前厅的门关上了。

东边长廊下有一只胖胖的橘猫，它刚从后院跑过来，忽然看见了雍宁，就过来冲着她叫，倒在地上，摊出肚皮来要给她摸，可惜雍宁不方便蹲下身，于是只好用脚去逗它，眼看它又开始咬自己的拖鞋，她低声笑着骂它。

许际从东边走过来的时候，就看到了这样的画面。

他刚才留了一份心，全程都守在了窗外，前厅里她们说话的声音，他基本都听见了。

他有点震惊于雍宁如今开店时候的冷静和熟练，他也没想到她竟然能拿价值昂贵的纯金粉末随便送人，更重要的是，他知道刚才那个女孩一心寻死，早就已经被逼到了绝路，而她最后离开的时候，显然哭得更厉害了。

许际心里有些忐忑，向着大门口的方向看了看，和她说："我还是跟出去看看吧，人是从你店里出去的，别到时候她真想不开自杀了，那可是条人命啊……"

雍宁示意他不用，"放心，有的人明明想不开，还能跑来让我预知身后事，一定心有不甘。其实他们不想死，只是需要有人给他们一个理由而已，刚好我的能力，可以找到这个理由。"

"所以你一直在为别人预知意外？"

雍宁脚下的猫已经跑走了，她回头看着许际，不懂他为什么这么惊讶，也只是随口回答："没有很多，因为不是所有人都有这个勇气知道。"

雍宁一向不会强求，所以"宁居"只是家颜料店，店里确实只卖颜料，她尊重每个人的选择。

许际低声嘟囔了一句："我也不敢，你还是不要告诉我了，真有意外，我也不想提前担惊受怕。"

雍宁被他说得笑了，所以她的东西总是非常贵，她有恃无恐，这是"宁居"给出的门槛。让进来的客人能够放下玩笑的心态，认真想清楚，是不是真的愿意面对人生的谜底。

许际走到她身边，开口问她："刚才那一瓶颜料你能卖出好几倍的钱吧，你这几年都掉钱眼儿里去了，为什么说送就送了？"

雍宁不和他客气，伸手让他扶着自己。她有了助力，好走多了，于是打算和许际一起去书房填资料，"我自己说过店里有规矩，要买颜料我才能帮忙，店主总不能食言吧。"

他扶着她，走了一会儿才想明白，她为什么还留在这里。

这四年，雍宁一直很努力地经营"宁居"，她确实需要钱，于是有上门猎奇的人，她从不手软，而遇到真正需要她帮助的人，她也没有拒之门外。

就像她四年前打出的那通电话一样，办法虽然笨了一点，可她一直都想救人。

晚上的时候，许际和雍宁已经核对完了大部分的材料。

许际一看过了八点钟，急匆匆地走了，他赶去买晚饭，开车回了趟家里，又去了画院。

何羡存今天还在院里，他工作的房间建在最安静的林区，就在园区车道的尽头，二层楼的格局。屋子前后还都种了一片竹子，特意选了最能放松静心的地方。何羡存出国后，画院将这处地方原样留下来，如今他人回来了，一进去又是好几天。

许际给他从城南打包了一份排骨面，这是何羡存自己要的，家里人知道他生活上的怪癖，劝不住，只能让许际带上了两道菜，还有特意煲好的汤，但此刻何羡存连眼睛都不抬，一直对着桌上的一幅碑帖正在看。

许际只能把饭菜都先放在隔壁房间的餐桌上，等了又等，直到他提醒到了第三遍，桌旁的人好像才反应过来，"嗯"了一声，就算是知道了。

许际实在没了办法，只能等在门边，他心里琢磨，想找个机会先打断何羡存，让他好好把饭吃了，不然这一夜不知道能忙到什么时候。

他正想着，忽然看见了桌上的字。

这一晚何羡存其实没做什么具体的工作，他只是在临帖，但没能控制好力度，纸上淋漓而出是不规则的墨点。

许际盯着那张宣纸，一眼看过去，脑子都乱了。

他面前的这个人，过去面对的都是国宝，有的文物送来的时候一碰就剥落成粉，要经过拼接、清洗、去污、揭裱……每个步骤都需要极致的稳定性和判断力。

在何羡存手下，薄薄一张画纸能揭裱出两至三层，甚至很多时候，他为了补缀残缺的绢本字画，需要亲自去对齐底子上的经纬线。

然而今晚，何羡存只是拿了毛笔，想写一幅字而已，却写成了这副样子。

许际吓了一跳，走过去直接把他手里的笔拿开了，拦下他的手，低声和他说："院长，先吃饭吧，您最近太累了。"

何羡存绕开他，把那张纸拿起来，他右手捻着它看，轻飘飘的一张宣纸，借着光打出来的影子都在发颤。

身边的人出了汗，许际知道轻重，反复在劝他："还需要时间，您不能着急，总有一个恢复的过程……"

何羡存的脸上实在看不出什么表情，他不是第一次面对现实，事到如今，他看着这幅写坏了的字，目光里连点波动都没有，任由它飘到了地上。

他转过身半靠在桌子边上，静静地在想些什么，一直都没再说话。

许际替他把地上掉落的纸张全都捡了起来，不敢翻看，但不看也知道上边都是什么。

何羡存随他去收拾，过了一会儿好像觉得许际的话有意思，于是开口的声音有些低沉了，终究还是说出来："已经过去四年了，这些话我也听了四年。"

许际还弯着腰，不敢看他的眼睛，一时情急，脱口而出："雍宁当年是真的想救您，现在也一样，我今天去看了，她帮助了一个想自杀的女孩……"

何羡存听了这话忽然看向他，开口问："这两天怎么样了？"

许际长舒了一口气，总算换了个话题，于是赶紧回答他说："都差不多了，资料已经准备好，填完之后，就剩下一堆跑腿去公证的事了，我继续帮着办。"

桌旁的人打断他，停了一下又说："我是问，宁宁怎么样了？"

许际笑了，他总算站了起来，把东西都帮何羡存在桌上整理好，和他说："她头上的伤没事，腿好像有点疼，不过已经可以站起来慢慢走了。"

何羡存没再说什么，他也不再看那些字，他已经抬起手把袖口都系好，起身去餐桌旁，准备吃饭，

许际跟过去，又补了一句："我留心过，东塘子那一片，附近都没有可疑的人，最近一切平安。"

"随她，再出事的话，是她活该。"

许际帮他把排骨面和汤都端出来，自己拉过一把椅子，等在一旁。

何羡存扫了眼手机上的消息，又问他："馆里开展的时间，确定了吗？"

"文博馆只对外宣布是在七月，具体的日期还没定，但如果按流程走的话，最迟也就是春天那会儿，大概在三月份，书画馆那边就必须把展品送来体检了。"

"他们还剩三个多月的时间，难怪，"何羡存喝了一口汤，明显心思也没放在食物上，"明薇一走，大家都急了……只是我想弄清楚，到底是谁翻出了宁居里的事。"

许际点头，替他记下来。

何羡存放下碗，继续盯着手机上的消息，一条一条处理，抽空想起来才吃一口，又抬头说了一句："还有，你去查一下这几年宁居的经营状况，还有她

所有收入的去向。"

许际愣一下，还是答应了："是。"

年底的时候，许际成了大忙人。他一连几天都去了宁居，帮雍宁跑前跑后，办理各项琐碎的过户手续。

很快过了圣诞节，雍宁额头上的伤只剩下眉上一道浅浅的印子，她的腿也好多了，走路已经不成问题。

吃过了午饭，许际趴在桌子上给她核对资料。

雍宁知道对方一直都是替自己在忙，于是给他特意泡了茶。许际一闻那味道心思活起来，随口说："这是何先生最喜欢的祁门香，家里也存着，以前有人送了不少，但我前两天拿出来看，有点受潮。"

雍宁看了一眼茶叶罐，伸手递给他说："前院可能还有一点，一会儿我去找找，我喝太浪费了，你带回去，还给他吧。"

许际低头笑，笑着笑着那声音又认真起来，和她说："你劝别人的时候那么明白，自己怎么就这么笨啊，是你说过的，一个人不爱你，才不会懊悔，不会再想来见你……你这脾气怎么就改不了呢，发生了那么多事，你何苦还去气他。"

他的话也没再往下说，因为雍宁的手机突然响了，她接起来，是方屹打过来的。

对方刚刚出差回来，回家放了行李之后，第一时间想起她。

雍宁看了一眼许际，刚想拿着手机出去接，却直接听见前院有人在敲门。

远处方屹的声音和电话里叠在了一处，他想见她，就直接过来了。

方屹和雍宁算是同龄人，只不过当年在美院里，方屹大她一届，专业课优秀，人又长得格外招女生喜欢，早就是学校里有名的风云人物了，而那时候的雍宁性格孤僻，再加上她天生有特殊能力，本能地回避人群，一直淹没在学生堆里，没人能注意到她，后来她没上两年就离开了美院，从头到尾，也没能在学校里获得谁的青睐。

他们同校却从未见过，方屹从美院顺利毕业后，自己开了设计公司，几年时间创业成功，如今年轻有为，也算得上历城商界新晋的成功人士。

他听到圈子里的传言，得知"宁居"有自己一直想找的一种颜料，特意来拜访。和雍宁相识之后，他渐渐来得多了，两三年下来，她当然清楚方屹的心思。

他曾经提出过想要和她在一起，只是雍宁这辈子实在丢人，她唯一的感情经历里，压根没经历过所谓确认关系的步骤，导致她甚至不像是个年轻女孩，连这个时代男女该有的浪漫心思都不懂，她面对方屹的追求，一直不知道应该怎么回应。

祁秋秋说她是块朽木，何羡存把她扔在这院子里自生自灭，如今有人愿意救她，她却连手都不敢伸出去。

而今天，雍宁跑去给方屹开了门，一抬眼就看见他一脸笑意，还给了她一个大大的拥抱。方屹的性格一向爽朗，太容易感染人，让她总算觉得，这个冬天其实也没那么糟。

他这半个多月的时间都在出差，先是去了加拿大，最后临时转道跑了一趟俄罗斯，还给雍宁带回了礼物。那是一组传统的套娃，画着红彤彤的小姑娘，特别喜庆，快到新年的时候拿出来格外应景。

方屹把抱在怀里的礼物递给她，一抬眼，看见雍宁头上的伤，瞬间就变了脸色，问她："怎么回事？"

她把头发往下松了松，安慰他说："没事，前几天晚上的时候没注意，磕到门边上了。"

这话一说完，她自己都觉得是在胡扯，她的眼睛比起一般人强得多，谁都清楚她在暗处的分辨能力。

方屹已经走到了前院里，他显然也发现这座院子重新修整过，大门换了，院墙也做了防护。他伸手把她拉到自己身前，刚好在午后的阳光下，仔细地查看那些伤，"这不是一处……"

雍宁不想再提，于是也就按下了他的手，示意他真的没事。

她把话题岔开，轻声问了一句："那边冷不冷？大冬天的还去俄罗斯，不能等到开春吗？"

说着她低头看见了自己抱着的那个套娃，足足有四五十厘米大，但却不重，上边有彩漆，画的女孩非常可爱，还戴着红色的头巾，她能看出这红色里还透出金色的偏光，显得分外漂亮，于是被它逗笑了。

方屹一看她喜欢，心里也高兴，接连出差回来的疲惫一扫而光，他看见雍宁只穿了一件毛衣，又有点心疼，"最后几天是因为项目有点急事，本来想圣诞节赶回来，但实在来不及了……我准备好厚衣服了，冷不着，倒是你，听说历城下雨了，温度这么低，你在院子里应该多穿点。"

"我想着先来给你开门，就这么一会儿。"

方屹被她一句话说得心都软了，于是就着这姿势，顺手拉住她的手腕走去前厅，他想找个地方先把套娃摆起来，没想到他们两个人刚上了台阶，西边的廊下却忽然跑出来一个人。

方屹看见许际的时候，愣了一下，他过去从未见过对方，但显然知道这人不是店里的客人。

雍宁有些尴尬，她一时也不知道怎么介绍。

所幸许际这么多年应酬见人多了，明显不是过去的傻小子了，他此刻分明带着审度的目光在打量方屹。

雍宁只好先开口，尽可能平淡地和方屹说："这位是许际，画院那边的人，过来帮我办房子的事。"

许际倒是给大家都留了面子，他分寸刚好，拿着手上的资料往外走，也就客客气气地说了一句："既然有客人，您先忙，院长那边还有事找我，我先回去了。"

从头到尾，一句话主次分明，他挑明了自己下人的身份，但同时话里有话，甚至不再有任何客套。

方屹分明是听懂了，但他没再说什么，只是继续进了前厅，把东西都摆好。他四下看了看，目光落在了那一方茶海上。

雍宁更习惯于喝咖啡，很少喝茶，但今天茶海旁边放了一罐茶叶。

他走了过去，伸手拿起茶叶看了看，忽然问了一句："何羡存回来了？"

雍宁慢慢坐下，不想让他看出自己腿上还有伤，而关于她过去那点事，她此刻觉得也没什么可掩饰的，点头说："是，他回国了，房子的手续也可以办了。"

她大致说了一下，近期准备完全把"宁居"的产权拿到手。

"这种院子可没有第二处了，你用了什么办法，能让何羡存同意过户？"方屹的声音永远清亮，他是个阳光的人，但这句话里的疑问和深意，显然也藏不住。

雍宁看着那罐茶叶，伸手放到了一边，她又指指四面的架子，和他说："这些颜料，原本该是我祖父的东西，我需要一笔钱，正好，这院子他也不要了，等到手续办完，我和何家的瓜葛两清，你帮我把宁居挂出去卖了吧，看看有没有买主想接手。"

"钱的问题我可以帮你，本来那个基金项目的发起人也是我的公司，你不需要这样为难自己。"

雍宁摇头，"不，我连累过一个无辜的人，虽然不是我本意，可我总觉得心里有愧，总要做点什么，否则我……"她有些说不下去了，"我没有为难，这次何羡存回来的原因，不是你想的那样。"

方屹对于雍宁的过去，还算清楚。

他知道，她的前半生没有选择，雍绮丽再婚的时候，雍宁还没成年，可她妈妈却等不及了。雍绮丽好不容易给自己找到一个外国男友，一心要和对方去英国，于是年近五十的女人，竟然来了一场轰轰烈烈的闪婚。雍宁对于她母亲而言，实在连个拖油瓶都算不上，是她自己不争气，一点都没能遗传到雍绮丽的美貌，以至于在她母亲的人生规划里，完全没有女儿的位置。

雍宁和他说过，她预见过母亲的未来，对方应该会平安终老，因为画面是她再次结婚，而对象显然不是那位英国男友，或许雍绮丽的归宿才是她一生的意外。

可惜女儿预知的一切不能成为阻止她的理由。

这也不能怪雍绮丽不负责任，那年月世事艰难，一个颇有姿色的女人，如果没有孩子，完全不用等到那么大年纪才再婚，好歹雍绮丽仍旧顾虑母女之情，临走的时候给雍宁找了一个靠山。

从此，她的前半生都和何羡存有关，一个年轻又有着特殊能力的女孩，早晚要惹人注意，雍宁被他藏了起来，从此她付出了所有的青春岁月，那段感情却有始无终。

方屹说过他不在意，谁都有过去。

所以此时此刻，他也不需要雍宁难堪，于是没有再多问什么，他只是轻轻拍了拍雍宁的肩膀，示意自己明白，"我知道，都过去了，何羡存已经结婚了，他有他的家庭和生活，你也有你的日子要过。也好，宁居的事情算清楚，不要再跟他有任何瓜葛了，以后一切都有我。"

只要雍宁愿意走出这座"宁居"，方屹什么都不在意，他一向相信自己，也相信她。

雍宁听着他这句话，还想说点什么，却又都哽住了，她这模样活像只紧张的兔子，于是惹得方屹笑起来，伸手抱住了她。

她顺着他的动作靠了过去，刚好看见他送给自己的那个木头套娃，小女孩笑得实在太好看，惹得人满心的怅惘都散了。

方屹的声音就在她耳边，连一个怀抱都显得格外郑重，他又一次问她："雍宁，和我在一起吧，好不好？"

她一时没答话，被他问得突然冒出来无数的念头，她觉得自己实在不堪，可却不能控制。

她在想，原来一段感情真正开始之前，应该得到认可吗？

可雍宁记得，当年何羡存和她在一起的时候，他们从来没有问过彼此。

关于往昔的岁月，都和这一座"宁居"有关。

那几年雍宁还在上大学，平常都住宿舍，回来的时候就睡在东侧的厢房里。

某个凌晨时分，雍宁迷迷糊糊地睡醒，房间里太干，她觉得渴，于是跑去倒了一杯水喝。半夜醒过来，人渐渐没了困意，她忽然想起何羡存应该还在忙，于是泡了茶端过去，果然发现书房还有灯亮着，她走过窗外，正好看见何羡存的侧影。

看样子也知道，他大概又要熬一个通宵，但何羡存工作的时候永远看不出疲惫，灯光之下，他的目光沉静如海，非常仔细地对照桌子上一幅实验用途的画纸。

每种颜色在不同材质上的表现都不同，如果使用的是宣纸，为了防止后期晕染，托背用的糨糊不能直接刷在画作背面，而需要另刷在一张未用过的单宣之上，再将这张单宣附在书画背面，但因为单宣上还有糨糊成分，很可能造成水分过多，为此需要用另外一张宣纸附在其未刷糨糊的一面，把多余的水分吸出来，在修复工艺上，这个步骤被称为"撤水"。

于是那天夜里，雍宁站在窗外看得入了迷，忘了走进去。

何羡存在撤水这个环节上和其他人用的方法都不同，他直接在宣纸上刷了糨糊，把干净待用的另一层单宣和它边缘对齐，必须完全精准，然后眨眼的工夫，他将宣纸飞快地甩出去，手的力度和时机必须精准无误，两张纸才能分毫不差地贴在一起。

她永远都记得那一天的场面，当时两个人之间隔着薄薄灯影后的一层宣纸，何羡存在屋内，而她恰好就站在窗边。房檐之下投过一地树影，遥远的对面廊下却还有光，一明一暗，不知道谁才是画中人。

影影绰绰，两道人影。宣纸很快被何羡存挪开晾晒，于是两个人视线交叠，他刚好看见她。

云层厚重，星光暗淡，而书房里陈设布置十分考究，长案规整，纸张层层叠叠。

何羡存穿了一件浅米色的衬衫，袖口卷起来，整个人没什么特殊的表情，他还是工作时认真的一双眼，却陷在了书画之间，那目光皓然如月，远比这一夜的光影都要淡，却又分明不太一样。

何羡存不动声色，顺势拿过一边的湿布，正在慢慢地擦手指上碰到的胶，他的眼睛一直盯着雍宁，动作却不停，明明满室肃静，却分明一念之间，裂帛断锦。

雍宁被他的目光看得胸口一热，一瞬间腾起来的情绪让她抑制不住，半句话都不敢说。她只怕这场面是自己脑子里的臆想，一出声就要散尽，她太害怕失望，就只记得愣愣地看他。

好像后来刮了风，院子里的树一阵一阵轻微地响动，可那时候的雍宁根本不觉得冷。

何羡存看见四下成了风口，喊她先进去。雍宁这才惊醒似的反应过来，顺势进屋去找他，何羡存反手关上门，和她只有一步侧身的距离，她只觉得他身上满满都是雪松木的香气，于是手里刚刚倒来的那杯茶，终究成了摆设。

无论到了什么浮躁的时代，总有人初心不改，一个完全沉浸在古书画世界中的男人，雅致而平和，如月光入水，波澜内敛，总让人觉得这一切都不真实。何况他一旦专注起来，严正而工整的态度实在太有诱惑力，雍宁这点微末道行，被他勾起来，连挣扎喘息的余地都没有。

他吻她的时候，雍宁整个人浑身发烫，似乎成了淋过滚水的瓷杯，慌乱之间，她把他长案上的砚台打翻，染了自己一手的墨。

他笑她，她更慌，抬手之间，耳垂上又蹭到墨迹。何羡存忽然顺着那姿势抱着她的腰，把她提起来，让她直接坐在了长案上，这样的角度他能借灯光看清楚，于是他拨开她颈边的头发，贴着她的脸去替她擦。

雍宁一瞬间连呼吸都没了着落，从头到脚仿佛都不再属于她自己，她只记得攀上他的肩膀，他也就任由她抱过来，于是他身上的味道和四下墨汁的气味混在了一起，动物骨胶和桐油制成的真正古墨，隐隐透着天然的味道，并不刺鼻。

雍宁在他眼睛里看见了她自己，他把她身上染的墨色都擦干净了，于是只剩下她红透的脸，无处可藏。

当年她看着他，成了痴，入了魔，以为自己是活该要被何羡存藏在这座院子里的。

那天晚上，她觉得自己成了他手里的那张纸，来去之间，就只剩他眼底一方余地。

那一年，雍宁才刚刚成年，而何羡存已经受人敬仰，声名在外。如今再想起来，雍宁只觉得自己输得心服口服。

何羡存没给过她承诺，他也不是年轻冲动的少年人了，当年彼此身份地位云泥之别，他每天睁开眼要考虑的事情实在太多，以至于这些矫情的琐事恐怕连想都没想过。他没问过雍宁是不是应该在一起，一切都自然而然，是她傻得忘了自己的轻重。

后来无数个日夜过去，有一次祁秋秋喝了酒，曾经掏心窝子地和雍宁聊过："这两个人相处啊，就和爬山一样，爬到山顶的太少了，路上能绊你一脚的东西多着呢，你要想办法和院长大人站在同样的高度上才行。对他来说，很多事都不用担心，他养着你实在太容易了，所以你必须要有自知之明，不能让他一直护着你走，只要路上稍微有点小坎坷，你就跟不上了。"

祁秋秋当时边说边给雍宁比划，手举高，再突然落下来，"这山，一爬就要爬一辈子的，如果你喜欢的是个普通人，走不动了，他还能陪着你。可何院长不行啊，他有国家的工作，还有画院的传承……人爬到他那个高度上，就会绑上很多东西，哪怕他自己愿意，那些东西也不会允许他陪你掉下去。何羡存的人生，已经没有返程路了。"

那大概是祁秋秋说过最有逻辑的一段话了。

一语成谶。

他们没有相守的约定，也就没有分手的结局。数不清春去秋来，枕边相依，到了下起冬雨的日子，何羡存半分牵挂都没有，说走就走了。

故人如旧，放在如今的时代，未必是件好事。

今时今日，雍宁想着想着控制不住自己的情绪，有些失神。方屹松开她的肩膀，轻声叫了她一句。

她下意识向后坐了坐，避开了方屹的手，却逼着自己放下所有的执念。

无论她能改变多少未来，可随着郑明薇的离世，早年发生的悲剧已经无法改写，她和何羡存之间，已经连恩怨都写尽了。

所幸未来可期，她还有选择前路的机会。

人人都说雍宁脾气倔，她确实固执，这座"宁居"见证过她今生最好的年华，哪怕没有立场再困守，她也绝不还给何羡存。

她抬头看着方屹，和他说："你放心，我会离开宁居。"

第 四 章

无处可藏

傍晚时分，方屹开车和雍宁一起去了新城区的商业街。

夕阳西下的时候，日光不再炽烈，算是一天之中雍宁眼睛感觉最舒服的时候，她也不用再随时戴着墨镜了。

方屹带她去了商场里，他出差回来只想陪着她，带她换换心情，雍宁的腿伤好得差不多了，同意出去走一走。

只是她对颜色和光线实在太敏感，一路上看来看去，她还是只想选择黑色的衣服，才觉得看着舒服，没有那么多混乱的杂色。

方屹发现，雍宁不常出门，所以也从来没有特意打扮过，但她却对衣服的材质很在意，非常追求天然质地，买来买去，都只选真丝羊绒的好料子。

于是她给自己花了大价钱，买的都是看起来差不多一样的黑裙子。

方屹给她买了咖啡拿过去，雍宁接过去喝，人多的地方虽然让她感觉很不习惯，但热闹起来，总能让人放下心里乱七八糟的念头。

以前方屹没留心，今天才发现，雍宁在生活上有些小习惯其实非常讲究，于是和她聊起来问："你只穿天然成分的衣服吗？"

他们刚好准备上扶梯，雍宁注意看着脚下，一时也没细想，顺口回答他：
"嗯，我以前有一件喜欢的睡衣，好像是化纤的吧，夏天人懒，那件衣服宽松，
一套就进去了，我就天天穿着，后来他……"她说着说着停下了，想了想才继
续往下说，"后来我才发现，如果衣服的料子不好，很容易导致过敏。"

方屹接过她手里拿着的袋子，点点头说："那你应该是对化纤的成分过敏。"

她避开了他的眼睛，欲言又止，也只能回答了一句："可能是吧。"

雍宁明显分了神，她继续捧着那杯咖啡喝，直到一大杯都喝完了，她只是
在商场里顺着路走，也没再进两侧的店里逛，最后连方屹都看出来了，干脆把
她带到顶楼的电影院，让她选个电影一起看。

年底的日子，最不缺的就是贺岁喜剧片。

电影开场之后灯光关闭，黑暗的环境让雍宁分外有安全感，她心情渐渐放
松下来，忽然看见了什么，于是笑了，低声和方屹说："你看那个小孩，他妈
妈刚骂完他，说他不好好吃饭，等着看电影吃爆米花，结果灯一关，他一直偷
偷在往嘴里塞。"

她说的是坐在她前排的小男孩，大概只有四五岁的样子，他显然刚被妈妈
训了一顿，这会儿不太高兴，正缩着肩膀藏在黑暗里，趁大人不注意偷吃。

小朋友的腮帮子撑得鼓鼓的，活像只小仓鼠。

方屹只能隐隐约约看见孩子的动作，又被雍宁的形容逗笑了，和她做了个
"嘘"的动作，提醒她说："现在这么暗，只有你能看清楚，别让他妈妈听
见了……"

刚说完，那个年轻的妈妈顺手把装爆米花的桶直接拿走了，小孩一下急了，
瘪着嘴闹了半天，眼看就要嚷起来，被他妈妈凶恶的表情吓住了。

雍宁在黑暗里盯着他的表情，只看出孩子要哭了，于是她赶紧俯下身凑过
去，把自己怀里的爆米花偷偷抓了一把，从座椅的缝隙之中递给他。孩子其实
只想达到自己的目的，也不想那么多，于是他很快就不闹了，安安静静地假装

在看电影，他母亲正在气头上，转过脸懒得理他。

于是整场电影下来，他吃完就向后伸出小手，雍宁看见，再抓一把给他，然后他在前排捂住自己的嘴，还要趁大人不注意的时候塞进嘴里，无比可爱。

两个人的黑暗交易一直进行，方屹一开始还有点无奈，最后干脆侧过身帮雍宁一起打掩护，又幼稚又可笑。

这一场将近两个小时的喜剧片，实在不如雍宁有意思。

散场的时候，爆米花桶已经空了。

雍宁趁着他妈妈还在穿外衣的时候，低头和那个小男孩说再见。

小孩子嘴很甜，得了便宜还知道卖乖，于是他张嘴就和她来了一句："阿姨，你真漂亮！"

他刚说完就被妈妈拉走了，可还不忘回头冲雍宁眨眼睛。小朋友嘟着嘴，装委屈的样子简直萌死人，雍宁忍不住一直在笑。

她把爆米花桶扔掉，回身和方屹说："现在的小孩子都会撩妹了啊，他也太会哄人了。"

方屹没说什么，只觉得今天陪她出来对了，他以前很少看见这样的雍宁，她能真心实意地笑，被一个陌生的孩子逗得无比开心。

雍宁的皮肤白，笑起来之后脸上有了血色，气色好看很多。平日在"宁居"里，老宅子经年持重，颜色也暗淡，让雍宁的轮廓和眉眼都淡了，如今一走出来，她也能融进人群里，看起来只是个普通的女孩，喜怒哀乐都不用再藏。

他们坐了直梯去地下停车场，电梯里人多，人们都挨在一起，方屹知道雍宁的手让她有顾虑，于是把她护在了自己身前。

短短的两三分钟，他看见雍宁的长发从脸侧滑下去，沾了爆米花的碎屑，于是方屹低下头凑近她，想替她摘下来，可惜头发轻软，一时不好弄，于是他轻轻吹了一下，刚好吹在雍宁耳后，让她觉得痒痒，回身一看，才发现两个人的距离这么近。

雍宁对着方屹的目光，他眼睛里永远透着明亮的笑意，让她瞬间不敢再动，有些慌乱，又很快把脸避开了，幸好电梯很快就到了停车场。

方屹一直想告诉她，只要她出来走一走，就可以摆脱院子里素净寡淡的模样，她的眼睛里藏着太多光，其实非常美，所以当电梯门打开的时候，方屹没有犹豫，他把雍宁拉出去，和她说："孩子是不会骗人的，你笑起来真的很漂亮。"

身前的人有些错愕，但很快还是笑了。

他们准备离开商场，一路上了车。雍宁戴着手套，拉安全带的时候不方便，方屹探身过去替她系好，原本只是普普通通的动作，可他一抬眼，却正好看见她的表情。

她分明被他刚才的一句话说得红了脸，还在强装镇定，于是努力维持出平静的样子，又隐隐透着不自然。

看在方屹眼里，她显然比刚才那个孩子还要可爱。

他忽然低下头，想要吻她。

雍宁直直地看着他，一切都是下意识的反应，她突然推开了方屹，脸已经转到一旁。她只记得盯着车窗外看，拼命想自己应该说些什么才显得不那么尴尬，但还是开不了口。

无论再说什么都没意义，反而让人难堪。

雍宁厌烦自己的反应，其实她没时间犹豫，但是本能而来的拒绝才更伤人。

方屹什么都没说，很快就坐回去了，车内实在太安静，两个人一直沉默，这气氛让人喘不过气。

来来往往，商场的人流量很大，有年轻的男孩牵着自己的女朋友，从他们车前路过，拿着气球上楼去玩。

明明该是勇敢说爱的年纪，这时代早就没人遮遮掩掩。

雍宁没有再去看方屹的表情，他越是温和忍耐，越让她无地自容。

最后她还是把那句话说出来："走吧，我想回去了。"

一场电影两个小时，雍宁的手机一直没有信号。

天刚刚黑下来的时候，许际已经回到了何家，他下午出去办事，顺带把何羡存想要知道的结果查了一下。

今天院长难得有空回家，所以晚上的时候，许际上楼去找他，家里人就提醒了一句，说他还在休息。

何羡存的睡眠都是根据工作而定的，经常颠三倒四，许际看了一眼表，心想院长今天难得愿意睡一会儿，他也不好打扰，于是又去何羡存的母亲那边问候，坐了一会儿才回来。

许际多了个心眼，发现何羡存的卧室里还是没有动静，于是又去问家里的下人，他们说院长下午就去休息了，到现在一直没出来。

许际不太放心，发现卧室的门是反锁的。他顾忌家里还有何羡存的母亲在，不能乱说话吓到老人，于是他自己去找过去留下的备用钥匙，避开人，把卧室的门打开了。

他一进去，果然看见床头放着安眠药的瓶子。

这四年下来，何羡存如果不依靠药物完全无法入睡，只是几年下来，他用的药已经来回换了很多种，还是避免不了产生依赖，他为了能尽快睡着，安眠药的用量越来越大。

许际看了一圈，不知道他今天吃了几片。

何羡存一直在用这样饮鸩止渴的办法，他靠吃药睡着之后，身边必须有人守着，于是许际不敢走，还是在门边等了他一会儿，渐渐发现何羡存一直没有醒过来的意思，于是决定去叫他。

幸好床上的人没什么事，何羡存很快就醒了。

这种靠药物换来的睡眠，醒来之后会让人觉得更加不舒服，头脑昏昏沉沉的，而且也没什么精神，所以何羡存坐着缓了一会儿才起来。

他喝了水，又回到床边，撑着头看了一眼时间，随手把柜子上的药瓶抓下来都扔给许际，让他放到抽屉里，和他说："先收起来。"

"这样不行，您一直吃药睡觉太伤身体了，而且也危险。"

"天天劝我休息的也是你。"何羡存起来去换衣服，不想和他继续纠缠这个无解的话题了，于是问他："你今天去过宁居了？"

许际实话实说："去了，但是方屹中午过去找雍宁了，我继续留在那……不太合适。"

何羡存家里的卧室风格极其简单，只有床和两侧的矮柜，上边放了灯。他换衣服的地方在一侧的墙后，有独立空间，因此其余地方空荡荡地透出地板木质的颜色，再没有其他用途，卧室也就只是用来睡觉休息的地方。

房间的南边是巨大的落地窗，对着楼下一片林地，床的摆放位置经过特意设计，如果拉开窗帘，视线没有任何阻碍，能一直看到极远的地方，天晴的时候，刚好对着一整片市区灯火。

何羡存听见许际的话没说什么，他很快走出来，把袖口拉下来，仔细地系扣子。

许际打量他的脸色还算不错，又和他说："所以我想起来，托人去查了一下，宁居这几年其实挣了不少，但是雍宁却没有积蓄，她不定期把自己所有的收入，全部转给了那个方屹。"

远处的人停下了手里的动作，他刚好就站在床边的灯前，逆了光，他穿着铅色的衬衫，整个人都暗了。

许际看在眼里，这一刻的对比实在太明显，他不得不承认，四年前后，何羡存还是不一样了。

以前院长在他的印象里，一直算得上冷淡严苛，却从来没有这么阴晴不定的表情。

药物带来的昏沉感让人精神沉郁，何羡存在窗边看了一会儿，一城夜色昭彰，遥远的灯火早已连成一片。

他又去拿了外套，已经向外走去，低声说了一句："她可真是长本事了。"

许际跟着何羡存下楼，从对方醒过来到现在，前后一共也没过多久，他很快又开始恢复一如既往的忙碌状态，严格按行程走，随便吃了两口饭，又准备外出。

许际安排司机送他们赶去公司，自己坐在后边，抓紧时间向何羡存汇报工作上的事情，西北的新矿区来了代表，原本晚上七点有会，可是因为何羡存今天起来晚了，于是推迟，现在所有人还没回酒店，全都聚在会议室里等他。

车已经开进了市里，许际一路在跟他说会议的问题，何羡存忽然打断他，和他说了一句："给宁宁打个电话。"

"我只有半天没盯着，不会出事的。"许际低声嘀咕，还是听他的吩咐打了过去，但雍宁的手机一直没信号。

何羡存看完会议标的，关了手里的平板，又提醒许际，"宁居前院有个座机。"

同样没有人接。

当天晚上，方屹将雍宁送回了家。

一路上车里的气氛有些不自然，好在快到元旦了，电台里一直都在播放新年祝福，声音热闹，车里的两个人谁也没有再说话。

很快车就开到了东塘子胡同的出入口，里边只能步行，老城区这一带没什么停车位，路本来就窄，加上当天道路两侧停的车也多，雍宁向外看了一眼，和身边的人说："不用陪我下车了，我自己走回去就行。"

方屹的表情完全看不出刚才发生过什么，还是笑着点头："那你小心一点，年底了，有什么事给我打电话。"

雍宁让他放心，刚想推开车门，前方正好来了车，一辆黑色的慕尚开了过去。

她为了安全收回手，心里忽然一跳，老城区这种地方显然少见那种车，交错而过的时候，她看清了车身熟悉的轮廓，手下又松开了车门，没急着走。

身后的方屹听着电台，正好想起什么，借着这空档问她："对了，三十一号那天，有时间出来吗？一起去吃个晚饭吧。"

雍宁想了一下，跨年夜她根本没什么安排，于是点点头答应了。

她余光里看清对面的车已经拐出去了，长出了一口气，这才和方屹道别，自己顺着胡同走回了"宁居"。

雍宁当然知道那辆车是谁的，只是她以为对方来过已经走了，没想到她一进"宁居"，发现何羡存还在院子里。

因为顺着风又透出了一股祁门香，前厅里显然有人刚刚泡过茶，此刻已经回了后边，书房的灯亮了。

她深深吸了口气，尽可能让自己保持平和的心态。她明知书房里有人也不去管，全当没看见，径自回了卧室，去换在家穿的衣服。

雍宁的床边放了一排定制的绿檀衣柜，足足占了一面墙，宽敞方便，在里边直接装了镜子，她习惯性地开着柜门换衣服，正对镜子里的自己。她头上还剩下最后一点瘀青，而大腿上的缝线已经吸收得差不多了，只是肯定要留下疤。

她大概看了看镜子就开始换衣服，随便找出一条冗长繁复的长裙子，从脚边套进去，刚想往上拉，那镜子突然转了方向，柜门被人关上了。

她并不抬头，继续把裙子都拉上来，长发还没能来得及撩起来，而身前的人已经靠在了柜子上，正好挡住光。

雍宁抬眼看向何羡存，客客气气地问他："何院长这么晚过来，有什么事吗？"

何羡存指尖勾住她的衣领，直接就把她整个人都拉到了自己面前，他提着那裙子给她整理好，然后上下看看她问："你干什么去了？"

"和方屹去市里约会了。"雍宁态度平和，回答得很利落，"他刚出差回来，我们一起出去玩了一圈。"

"为什么不接电话？"

她从何羡存身前退开，绕过他想走到外间去，却直接被他扯了回去。

雍宁腿上还不能使劲，他突然一拉，让她差点撞在柜子上，她站稳才回身看他。这四年她实在没参悟出什么好本事，而这院子里永远静如死水一般的夜，只逼她学会了如何逞强。所以雍宁分明感觉到自己腿在疼，却还是维持住一副心平气和的表情，拿过手机，示意他说："手机静音了，一直没顾上看。"

她看见何羡存今天穿着正式的衬衫，还打了领带，显然不是日常随意的样子，应该他这个时间还有事忙，原本是要外出的，但此时此刻突然来了宁居，而外边送他来的车也已经离开了……

她不能让他留下，一定要把这话说出来，提醒他："我现在有男朋友了，你这样突然过来让人知道了，大家都难堪，还是把许际叫回来接你吧。"

何羡存的脸色依旧肃如松风，端正的模样，却沉了一双眼，继续靠在柜子上问她："你人不在宁居，出去了又不接电话，这一下午到底干什么去了？"

雍宁承认自己道行不够，何羡存开口说话的语气和过去分毫不差，一瞬间让彼此似乎回到了四年前，好像什么都没发生，仿佛他的夫人没有病逝，而她也只是他顺手收在这院子里的一件东西，连宠物都算不上，起码宠物还有闲逛的自由。他的语气其实算不上质问，还是那么不轻不重地问出来，目光里却带了审视，直看得雍宁忍不住，胸口像被什么东西狠狠地刺了进去，一阵一阵地揪着疼，于是她干脆说得直白："男人和女人在一起，你说能干什么？"

何羡存的表情总算有了波澜，但更多的只是嘲讽，他身上那件铅色的衬衫依旧熨帖，连袖口的位置都永远系得工整。事到如今，雍宁还是猜不透他想做什么，于是干脆自己走去了外间，找到外用药，再次把衣柜的柜门打开，对着那面一人多高的镜子给自己的头上抹药。

"你找的这个男朋友动作倒是挺快的，下午你刚陪他出去，到了晚上，宁居这里即将出售的消息，中介就收到了。"

何羡存说完把她的手机点开，一条一条搜出来，扔过来，让她自己看。

雍宁当然知道，这其实是她自己的主意，这几年方屹一直希望她能搬出"宁居"，估计白天听到她这么一提，马上就当成了一件重要的事，立刻找人去打听了，而中介的人永远藏不住秘密，立刻就开始准备。

她说的时候没想那么多，只是随口安排，她更不懂如今何家人怎么能有这么多闲工夫，天天盯着"宁居"来查她的动静。

雍宁干脆认下了，提醒何羡存说："我们只不过是提前打听打听行情而已，只要产权下来，我就是户主。"

一句"我们"倒是亲疏有别，说得在情在理。

何羡存这下真笑了，他看了看四下陈设，又转向她说："你连宁居都能卖，你要这么多钱，到底想干什么？"

无论他怎么理解这件事，雍宁都没有解释的必要，于是她继续干自己的事，慢慢把化瘀血的药揉开。她换完衣服之后，头发还塞在连衣裙里没拉出来，正好方便上药，她额头上的瘀血被浸得发热，药味有点熏人，她干脆闭上眼睛，只听见身后的人走了过来。

雍宁低头把药瓶拧上，刚想回身，却直接被何羡存按在了镜子上。

她知道他生气了，这伤口不能她一个人受，开口和他说："没必要遮遮掩掩的，我明白自己的处境，你当年养着我，帮我上学，我那时候虽然年轻，可我的一切也都给了你……你情我愿，都不算亏。就算没有画院那份存档，你想回到历城来，总要把以前的事都洗干净，把宁居送给我作为封口费是你最省心的办法，以后大家各走各的路，我绝不拦你。"

那镜面透出一股凉意，雍宁的脸贴在上边，几句话说下来，她看不见何羡存的表情，却说得她自己心如死灰，感觉连影子都冷透了。她勉强挣扎了一下，回身想去推他，却直接被何羡存扭住了胳膊。

雍宁看不见身后，只感觉所有的光都被他挡住了，何羡存的声音突如其来，就在她耳后，细细密密地像是入了水的墨，一丝一缕地散出来，盯死了她，缠尽她最后一口气。

他的声音已经沉下去，就像那场冬雨一样冻人，他说："宁宁，你找死。"

她明明指尖冰凉，浑身却像是一下就烧了起来，连手里的药瓶都拿不住，拼命地想转身逃开，可他不让，她就连动都不能动。

他想收拾她实在太容易了，于是一句话扔过来："这几年学会脱衣服了是吧？我帮你。"

何羡存左手掐住雍宁的腰，把她完全压在了镜面上，另一只手指尖顺着她背后拉锁的位置，从领子之上用力，直接把她的裙子整个拉了下来。

雍宁吓得尖叫，立刻抓紧了他的胳膊，她的皮肤被冰冷的镜面一激，浑身都红了，脑子瞬间已经乱了，用尽最后的力气拼命地挣扎，死咬着不开口，怎么都不肯说句软话。

她越这样他越生气。

何羡存确实被她气得发了狠，一下手就完全收不住，他把她的裙子拽起来，顺着那姿势，所有的衣物被褪到了雍宁两只手肘之下，他完全不用费力，随便缠了一下，就让雍宁彻底连手都动不了。

她最后是被反手捆着，直接贴紧了镜子，于是眼泪一下就出来了。她闭着眼睛完全不敢看自己不堪的姿势，他甚至也不用再按着她，她已经倒了下去，哽咽着倒抽气。

雍宁的皮肤实在太白了，连青色的血管都能看清楚，她长过腰际的头发完全散了下来，和她手上一片暗色的长裙全都缠在了一起，最后已经撑不住他的手，整个人瘫在了地上，更成了一朵花，干干净净，完全被他打开了，却偏偏要开在最晦暗的角落里。

灯光之下，雍宁蜷缩起来，渐渐浑身近乎染上了一层暗金色的光，所有的颜色对比都太漂亮，直看得人惊心动魄。

她一直非常美，偏偏不自知。

那是一种需要慢慢欣赏的美，在骨不在皮，一旦让人看进眼睛里就逃不掉。

何羡存过去确实把雍宁藏在了这座院子里，就因为他太清楚她的吸引力，所以三言两语都能逼他发了疯。

雍宁已经离开他四年了，没想到自己今天彻底把何羡存惹急了，也没想到他如今的脾气不同往日，两个人这一场厮打，彻底过了火。

她被刺激得倒在地上说不出话，看见他走过来还要靠近自己，完全不知道他盛怒之下还要干什么，于是什么厉害模样都没了，只记得和他解释："我没有，真的没有！我只是去看电影了，你……先把灯关上……"

何羡存停了一下，盯着她总算回过神。他想把雍宁从地上拉起来，结果她害怕，使劲一挣扎，刚好摔在了一侧床边上。她抽不出手，觉得这姿势更耻辱，又起不来，只能往床上爬，又往被子里躲。

他手下松了劲，过去把房间里的光源都关闭，黑暗里一切终于不再那么分明了，雍宁可怕的羞耻感总算缓和下来。他把她哄过来，让她靠在怀里，把她手上的衣服解开了，重新给她围上，她才不再哽咽着抽气。

所有的灯光都熄灭之后，雍宁的那双眼睛里带着泪，在暗处也泛了光，怔怔地盯着他。

他想着她明明没多大的能耐，却不知道从哪学来了这么顽固的恶习，上次被人打到浑身是血都不肯说实话，今天又来招惹他。

这一晚上两个人的情绪都越了界，好不容易冷静下来。

何羡存把她的头发拢到耳后，终究叹了口气，"你都这么大了……说谎的毛病永远改不了，你根本不知道一句谎话，会带来什么后果。"

雍宁最后那点心思都被他撕得粉碎，在他怀里有点控制不住，好像只有闹到了这个时候她才能靠近他，连他的气息都那么熟悉，让她近乎贪恋。

夜色实在太暗，房间里一如往日。她忽然伸手捧着他的脸，有点恍惚了，仔仔细细地看他，她开口的声音近似低语："你以前不是这样，你怎么了……"

男人总有些癖好，尤其何羡存平日里的工作实在太忙，也有过刺激的时候，但从来不会这么故意折腾她。

何羡存向后躺了下去，他下午靠药物维持睡眠，结果那种睡法还不如不睡，让人的精神过度压抑，以至于脾气上来他懒得再忍。

他拍了拍雍宁，示意她没事。

他刚才来的路上，其实已经压着火，他听见许际打不通她的电话，赶过来发现人不在宁居，幸亏许际还算有理智，知道先拦下他，出去找到邻居街坊打听一圈，下午的时候，有人看见她是自己和方屹一起出门的。

何羡存曾经把她妥善收藏，以至于他从来没想过，自己竟然有一天会找不到她。

这个冬天让人不安，仿佛这一年的结尾，无论如何都迈不过去。

何羡存一回来，雍宁彻底无处可藏。

她渐渐平静下来，没有挣动，顺着他的手躺在了他身边。何羡存很快感觉到她身上散着一股药味，苦涩却又温和，于是整个人的精神都放松下来了，他闭着眼睛，伸手轻轻去揉她头上的伤，问了一句："疼不疼？"

她不说话，抱紧了他，忽然又发了狠似的，整个人扑过去咬他的肩膀，他也不动，最后她又要哭了，死死忍着。

他笑起来，仍旧是闭着眼睛，连声音都轻下去，他侧过身低头，刚好吻在她的头顶，一句话模模糊糊地说给她听："今天不行，你腿上的伤口刚长好，受不了的，听话。"

雍宁不再胡闹了，她想帮何羡存换件睡觉的衣服，可发现对方明显疲惫到了极点，躺下去已经完全不想动了。她拉住他的右胳膊想让他起来，他突然甩开手，不让她碰。

雍宁在黑暗里仍旧能看出他皱眉的样子，那是忍到了极限的困倦，她坐起来看他，越来越清楚地感觉到他连呼吸都变轻了，这黯淡无光的墨线，只来得及勾三两分的人影，统统被水泼散了。

她声音发颤，问他说："你是不是……已经很久没休息了？"

何羡存没有回答，渐渐地又和过去那些年一样，伸手把她拉到身前。

他一直都有个习惯，睡觉的时候喜欢抱着她，让两个人的呼吸都在一处。一开始雍宁还不太习惯，她担心自己睡着了不老实，而何羡存工作上的压力大到常人无法想象，以至于对睡眠也有影响，她不想干扰他，可他似乎在夜晚格外有执念，完全不在意她的胡闹，最后日子长了，她把他的生活都过成了自己的习惯。

院子里渐渐连风声都静了，只有何羡存的声音，他在她身边说："明薇最后的那段日子里，有段时间是清醒的，她说她知道当年的事，知道你能预知我的意外……你是为了拦下我，所以你在撒谎，你不会走。"

雍宁的指尖发抖，下意识把手心握紧。

"你根本不知道发生了什么，一句谎话，这四年，我没有一天能合上眼。"他在她耳边告诉她，"不管你想干什么，想卖宁居，没那么容易。"

雍宁用尽了最后一点力气把眼泪都咽了回去，什么都不再看。

她闭上眼，整个人像被他描在了画里，深深浅浅封存在这座院子里，那些成长的岁月，撕了皮，血肉还相连。

整整一千三百多天过去了，这一晚，何羡存终于睡着了。

第 五 章
跨 年 夜

清晨时分，窗外刚刚有亮光的时候，何羡存已经起身走了。

雍宁也醒了，但是一直没有睁开眼。

她转向床的里侧，听见他在外间低声接电话，司机已经等在胡同口了，一如过去那几年，他早上起来的时间太赶，很快就匆匆出去了。

后来雍宁也睡不着了，她用被子挡住脸，一直蜷缩在床上。四下很快静了，好景不长，随着太阳渐渐升起，院子里又吵闹起来，几只猫都着急要吃的，挠得窗户吱吱作响，她才爬起来。

眼看快到新年，雍宁觉得店里总要有些喜庆的表示，于是她去找来梯子，把前院廊下一直挂着的红灯笼都擦了一遍。

真不知过年这阵子是不是流年不利，她正忙着，店里又来了不速之客。

郑彦东进来的时候，雍宁正小心翼翼地从梯子上爬下来。她的腿不至于伤筋动骨，只是皮肉的疼，忍一忍还能一个人干活。

门口的人看着好似刚睡醒不久，萎靡不振，显然刚顺着胡同溜达进来。他披着一件厚实外衣，也不寒暄招呼，自顾自地盯着雍宁打量，开口说："你怎么还是这副德行啊，这么高也不怕摔死。"

雍宁记得他，他是郑明薇的弟弟，也是文博馆里的人，当年算是何羡存身边的朋友和同事，如今和何家人更是亲戚了，只是雍宁自己和郑彦东之间，从头到尾没什么关系，充其量算是见过几次面，要不是他今天找到这里，她甚至想不起还有这么一位人物。

历城里多的是郑彦东这样的男人，他们打小就在城里的老胡同长大，靠着过去的皇城居住，至今仍有懒散的习性，这些孩子打小就在街巷里摸爬滚打，是混在家家户户的窗户底下闹大的。再加上郑家的家世没得挑，却不太会教孩子，让郑彦东打从年轻时候就多了几分纨绔嘴脸，人尽皆知，他不是什么好东西。

来者都是客，雍宁不能把人轰走，何况她心里堵着郑明薇的事，于心有愧，更不知道对方的弟弟这时候突然找上门是什么意思。

她留了几分警惕，看了看时间，尽可能客气地开口问："郑主任，今天不上班？"

郑彦东其实没多大的岁数，但因为家里关系硬，而且他们书画分馆的老主任身体又不好，提前退休了，让他有机可乘，刚过三十岁就早早做上了分馆主任。

他听着雍宁的话，一脸虚伪地客套，"嘿，你这话说的，我姐病逝，千里迢迢被我姐夫送回来了，家里闹得一团乱，我这做弟弟的，再混蛋也不能还去忙工作啊。"

雍宁心里明白，他来"宁居"，不可能只是路过没事闲逛，他是来找麻烦的，但当年那件事知情人不多，何羡存也不可能把自己返程的原因公开给外人知道，于郑家而言，所有的变故应该是场意外。

可雍宁自己过不去这道坎，无论外界知不知情，她确实间接导致了郑明薇的重伤，事到如今对方因伤离世，她的负罪感越发重了，自知对不起无辜的人，她干脆横下一条心，不论郑彦东想来做什么，她都认了。

于是她从容相对，笑了笑拍干净手上的土，请他进去坐。

郑彦东也不和她客气，他肩膀上披着外衣，胳膊却插在兜里，于是任那两条空袖子甩来甩去，晃悠着一路进了前厅。

厅里都是易碎品，他不管不顾，继续晃着袖子四处看。

雍宁只能由着他，用历城的老话来说，今天郑彦东就是找上门来跟她散德行的。她去给他用热水泡茶，其实平日她自己更习惯于喝咖啡，基本没买过茶叶，于是一时也只能找到那些何羡存留下来的祁门香，水一冲进去，茶叶的味道很快就散出来。

郑彦东回过头，他看着屋子里淡淡腾起来的水汽，一张脸明显带着讥讽，"我就知道，我姐一死，他还得回来找你，你们两个人的龌龊事，当我不清楚？"

雍宁无话可说，死者为大，她理解家属的心情，这会儿和郑家人解释什么都是给对方添堵，她干脆沉默着把茶给他端了过来。

郑彦东一双眼睛狠狠地瞪着她看，手下却把茶杯接了过去，他也不喝，闻闻味道开口："我那个傻姐姐啊，以为自己和何羡存青梅竹马呢，没想到他背地里玩一出金屋藏娇，早把你给养在这里了，你也挺厉害的，我那姐夫平常可是尊冷面佛……"

"郑主任。"雍宁听他说话越来越难听，再这么说下去都没了体面，于是打断他，"今天过来是有什么事吗？"

"来看看不行吗？"郑彦东说着仍旧端着那杯茶，转了一圈笑了，"还不让说了？这院子以前可没名字，后来就叫宁居了，这里边的意思，大家都明白。"

雍宁走到窗下，坐在椅子上，任由他泄愤。

郑彦东可没那么痛快饶了她，他继续晃悠着跟她走过去，还非要走到她面前，刚好对着光。

他仔仔细细地打量雍宁，实在有点疑惑："姐夫的品位还真奇怪，就你这张脸，出去倒贴都没人要，他怎么能连祖宅都能给你？听说你也够有手段的，还想把这里卖了？"他一脸玩味，似乎对这事极度好奇，"何羡存是不是有什么怪癖啊？这男人啊，总得找个出口，他那种人，白天一工作就和疯子一样，忙起来不要命，以为自己要成仙儿呢，是不是到了晚上……只有你能让他痛快？"

雍宁知道郑彦东有心侮辱人，一直尽可能放平心态，现在却越听越惊讶，她发现对方知道的远比她想象中的多，郑彦东应该一直在盯着"宁居"，才能知道院子即将易主的消息。

她忍了又忍，实在是听不下去了，提醒他："我这只是家颜料店，卖卖东西谋生而已，郑主任要没什么事的话，别在我的店里耽误工夫了。"

郑彦东似乎觉得她很有意思，他站在雍宁面前，反手一翻，连句话都不说，直接把手里那杯茶泼在了雍宁头上。

她立刻站了起来，一双眼盯着他，还是硬逼自己忍下去。

幸亏雍宁今天没有把长发梳起来，眼下天气也冷，那茶水早不是滚烫的温度，顺着头发流下来，只剩下一点热气，流了满头满脸。

雍宁额头上的伤隐隐作痛，她抬手去擦，一句话都不说。

郑彦东把杯子重重一放，刚好看见她的手戴着手套，于是问她："都说你能预知未来，这事儿真的假的？"

雍宁不肯回答。

"说话！"

她还是不出声，自己去拿纸巾回来，开始擦脸上的茶水。

郑彦东干脆直接去掰她的胳膊，想让她把手伸过来，直接要摘她的手套，低声质问道："是不是骗人的？告诉我，你能看见什么……"

雍宁使劲把手抽回来，一把推开他，她退了两步勉强克制着口气，和他说："店里有店里的规矩，买了宁居的颜料，我才可以帮忙。"

"好啊，随便你，就这一排，我都要了。"郑彦东回身随便一指，突然有些急切，他似乎想也不想就答应了，非要为了一个荒谬的说法来印证雍宁的能力。

她渐渐感觉出不对劲，对方来归来，骂归骂，都是情理之中的，但此时此刻，郑彦东的耐心用尽之后，话锋一转，明显有些焦虑，他似乎非常想知道她预知的结果。

雍宁心里警惕起来，她把手藏在身后，摇头拒绝他："你根本不是来买颜料的，没必要和我浪费时间，这个忙我帮不了。"

这下彻底惹急了对面的人，郑彦东将她拉过去，掐着她的胳膊威胁她："我来这地方是想给你留条活路的，要不要可都看你！别给脸不要脸！"

雍宁使劲挣扎起来，死活不肯把手套摘下来。

郑彦东烦了，把她拉到桌子旁，按住她的胳膊逼她，门外突然有了动静。

大门一直没关，很快有人走了进来，直接来了前厅。

郑彦东松开手，抬眼看向门口的人，冷哼着说："许际，你小子这几年也混出人样了，行啊，来得倒是挺勤快。"

许际一脸礼貌地冲他笑，抱着手里的一摞资料说："这两天事情多，我是来宁居帮忙跑腿的。郑主任今天没去馆里啊，怎么有空来胡同里溜达？"

郑彦东表情发狠，终究放开雍宁，把外衣都拉正，他扫了一眼身边的人，狠狠地"呸"了一声，转身就向外走。

许际让出门口，一句话说得分寸十足："快到新年了，家里老太太还惦记您呢，要问您和您父亲好。宁居这边入不了您的眼，这只是开门卖东西的地方，实在不方便。我们院长回来事情太多了，郑主任有空的时候去画院聚吧。"

院子里的人一路向前走，脚步不停，直接扔了一句："别跟我废话！家里还要重新办我姐的后事，让你主子等着，这仇没完！"

许际恭恭敬敬地送客，好心好意地提醒对方工作上的往来，"是，那郑主任也别忘了制度和流程，今年馆里要好好准备准备了，开展的那批书画，最近应该送去画院了。"

郑彦东的手依旧揣在兜里，他走出去的时候正对院门，那门半掩着，挡了他的路，于是他半点都不客气，一脚踹开就走了。

许际很快放下了手里的资料，去给雍宁拿纸，帮她擦头上的水。

他也不问刚才是怎么回事，既然来了，就只做自己能做的。

雍宁一身狼狈，看了他一眼，低头说："算了不擦了，我还是去把头发洗了吧。"

许际点头，又打算继续去书房帮她整理材料，走到一半忽然想起来，回身和她说："年底这么乱，宁居先歇业一阵吧？反正都是淡季了，也没几个人来，你正好休息休息，把伤都养好。"

雍宁对这事很固执，摇头说："不行，能开一天算一天。"

他也无奈，直瞪她，"我说你可真够气人的，怎么这么倔啊，都跟你说了，这几天不太平。"

她不以为然，自顾自地往后院走，"等你们把产权给我，宁居就要卖了，反正也开不了多久了，万一有人需要我帮忙呢……"

许际被雍宁噎得无话可说，想起连他们家那一位都治不住她，他更没戏了，于是他干脆不理她，去忙自己的事。

那几天之后，"宁居"又恢复了平静，何羡存没有再去过，雍宁也还是一个人。

她的腿基本不再疼了，于是有了力气，把里外屋檐下所有的灯笼都检查清理过，白天的时候许际过去，帮她重新检查各处的电线线路，让这院子里能在新年的时候亮堂一些。

很快到了年底最后一天。

雍宁自从上次去市里看过电影之后，一直没再出门。她忙了一上午，到中午的时候，她懒得给自己做饭，于是点了外卖，一边吃一边想起来今晚还有安排，手机正好收到了方屹的微信。

他提醒她晚上见，估计猜到是饭点，又和她补了一句："别总吃排骨面了，今天带你去吃点新鲜的。"

这句话一蹦出来，雍宁对着自己面前的那碗排骨面不禁莞尔，上边飘着的两片油菜叶子显得蔫头耷脑，分外可怜。

她又想起去年的夏天，历城赶上大风天气，预警发了两次，阵风都过了七级。大风把她在院子里新搭的一片藤架吹垮了，眼看摇摇欲坠。雍宁虽然一切亲力亲为，但她终究力气不够，幸亏当时方屹正好在店里，才能帮她把吹垮的藤架都抬走，不至于砸到人。

那时候两个人忙碌完已经过了午饭的时间，饿着肚子，还弄得满身满脸都是土。雍宁想去做点东西吃，方屹怕她太累，坚持说随便点些外卖就可以了。

她的毛病自己清楚，估计方屹就是从那时候起发现了，她对于"外卖"的定义，似乎就只有排骨面，甚至一直都不换餐厅，永远点的是城南三十三号那一家的。

方屹后来说过，他有一次实在好奇，特意找过去了，距离挺远，是一家很小的街边小店，就算在堂食吃起来，也尝不出什么特殊。

如今雍宁看着那条消息，心里一阵暖意，她回复他，让他不用麻烦，随便吃什么都好。

平心而论，她已经过得很知足了，每天太多琐碎的事，让人没时间伤春悲秋。

日复一日，晨昏拂晓，生活这锅浑水，定下心来苦熬着，就能连滋味都忘了，这么多年，离开母亲，离开何羡存，无论少了谁她也都平平安安地活下来了，还怕什么来日？

雍宁把吃完的垃圾扔掉，回来的时候在院子里站了一会儿，她盯着四方天上枯冷的树梢，终于意识到，这一年还是要过去了。

明年的这个时候，她应该已经离开"宁居"了。

这结局挺好，她用尽一切努力，实在爬不到何羡存的高度，也不能再逼他陪自己往下跳，伤人伤己的事，她再也不想做。

一夜喧嚣，雍宁似乎忘了，别人提到的跨年，不仅仅是为了吃饭。

她和方屹也不是第一次出去了，所以完全没往隆重的方面考虑。当天她一直以为只是普通的见面，直到她按地址到了之后，才发现方屹今天精心安排，把她约在了新城区久负盛名的石廊餐厅。

网上有很多关于这家店的话题，石廊餐厅开业一年多的时间，已经成为网红排名第一的餐厅。店址选在繁华市区的边缘，前身是一片废弃的工厂，残留下的厂房只有石砖的轮廓结构，后来被一位有想法的设计师接手，改造成了餐厅。这里有极具特色的高背椅，还有造型艺术的石砖墙，它们将用餐空间合理划分开，让每一桌都显得相对私密，对于客人而言，体验度无疑很好。

雍宁环顾四下，夜色之中，附近都亮起了灯火，一切显得比网上的图片还要有格调。拱形的石砖窗下摆满蜡烛，燃烧的时间不同，落下的烛蜡错落有致，而石材的颜色和暖黄色的光格外协调，古朴又不失新意。

雍宁被侍者引着带进去，核对了预定信息，门口处已经有人帮她将大衣脱下。她一转身，才看见门边恰好有一条镜面装饰，镜子里的人还是一身不讨喜的黑衣黑裙，好在她临出门的时候脑子转了一下，给自己找到一条合体的短款连衣裙，今晚还算是露出了腿，这就已经是她新年全部的装扮了。

雍宁开始痛恨自己，一个人过日子都过傻了，今天是跨年夜，只有她才会这么潦草地出门。

果然，她走进餐厅之后，身边交错而过的女宾全都穿了剪裁精细的裙子，人人妆容精致，仿佛连笑容都已经彩排好，只等跨年夜这一天。毕竟今天城里四处都有跨年的倒数活动，朋友圈摄影大赛即将开始，绝不能认输。

所幸，雍宁在意的从来都不是别人的目光。

她走到方屹面前的时候，已经尽可能让她自己显得从容一些，没想到还是在见到他之后露出了惊讶。

方屹已经将餐厅最靠内侧的地方全都订了下来，这边靠窗的位置风景最好，一整面都是落地窗，刚好对着窗外的绿地。四下的石墙依旧凹凸不平，却别出心裁地做了一些处理，满面依着砖缝凿开，做成了可打开的样式，今天上边还挂了淡粉色的灯，光线柔和，角落里还特意布置了银色的气球。

明明是暗色调的墙壁，却因为这些点缀而不那么低沉，顿时有了节日气氛，整体氛围忽然和这餐厅雅致的风格不同，似乎刻意被人安排过，一定要显得轻松一些。

方屹本人也还是和平时一样，今晚这家餐厅的其他男士大多都换了西装，他却穿着休闲得体的外套和衬衫，正在点桌上的蜡烛。

他听见声音，知道是雍宁来了，转身过来迎她。雍宁平常很少露出腿，此时此刻只觉得浑身别扭。

方屹好像很欣赏她今天的装扮，他动作自然，顺手想要牵过她，但雍宁的手却避开了。她在室内戴着软而轻柔的绒面手套，明明不会有事，但还是有点抱歉地解释："我不太习惯。"

方屹没再勉强，放开她坐在了对面，他看出她似乎对墙上的装置很感兴趣，于是告诉她："每一个小柜子都是一个礼物盒。"

雍宁有点好奇起来，问他："礼物？"

方屹没接话，他目光明亮，眨了下眼似乎这是个秘密，"一会儿你就知道了。"

很快红酒先上来，而后三道头盘。面包显然也是方屹请人特意安排的，选了最柔软的那一种，和黄油在一起的口感很是顺滑。

雍宁喝了一点酒，心里明白方屹是为了她，考虑到很多她的习惯，他为这顿跨年夜的晚餐花了很多心思，于是她端起酒杯，想说谢谢太矫情，一时只好盯着他看，直看得方屹有点奇怪，渐渐明白了她的意思，两个人相视而笑，一起喝了一杯。

喜欢一个人就是这样，雍宁根本不用做什么，只要她肯出现在他面前，就仿佛已经取悦过他千百遍。

夜深了，气氛极好，方屹顺势和她开玩笑："你要不要试试，预知一下，一会儿跨年的时候还有什么惊喜？"

"惊喜……"雍宁向窗外看出去，历城全城禁止燃放焰火，让节日少了太多乐趣，她想了想，也不知道除了倒计时的活动之外，还能有什么特殊的安排，好在红酒总能让人放松，她心情很好，顺着他的话和他开玩笑："不要随便浪费我的超能力，搞不好哪天我还要拯救世界呢。"

方屹被她逗笑了，他实在是好看的样子，一双眼睛细长而显得格外有神，当年就是学校里最受迷妹追捧的那种韩系少年，如今事业有成，他的目光里更多了自信的光彩。

他一边笑一边想起雍宁的那个朋友，随口聊起来，"说起祁秋秋，她们公司跨年的项目是我们出的方案，大家都在场地里忙，上午还看见她，下午人就跑了。"

雍宁点头，也是无奈，"最近也没找我，不知道干什么呢。"

"她最近那个男朋友……"

雍宁差点呛了一口酒，捂着嘴问："她又有了男朋友？"

方屹没想到她不知道，于是只好摇头说："看着像而已。她这几天活动不好好做，有事没事就早退，去追他们公司那个新来的负责市场的人，关键对方上个月就和我们公司的前台在交往，我看祁秋秋那个热情劲儿，好像还蒙在鼓里。"

祁秋秋简直是个渣男收割机，她性格外向，又有亲和力，异性缘也很好。从上大学开始，她大概交往过不下十几个男朋友，可惜每一任都是极品奇葩。

照现在这个情况来看，估计她用不了多久又要失恋。

雍宁一时有点发愁，不过祁秋秋也有个优点，"好在她久病成医了，感情上的问题她自己有办法开解。"

她说着说着忽然想起了前几天发生的事，和方屹说："对了，之前有个叫杨甄的女孩，出了点事想不开，找到我的店里去了，我把她劝住了，看起来状态不太好，就把你的电话给她了，如果后续她还有难处找过来，帮帮她吧。"她叹了口气说，"走到这一步的，都是可怜人。"

这几年下来，也不是第一次遇见这种事了，两个人早就有了默契，方屹点头，让她放心。

法餐的程序缓慢而讲究，主菜上来的时候两个人已经聊了很久，雍宁还真觉得饿了，也不再客气。方屹看她吃得习惯就放下心，和她说："过了元旦，这段时间就不怎么忙了，我可以多去陪陪你。"

雍宁认真地品味了一口极其美味的鹅肝，过了一会儿才说："其实我也没什么事，冬天是淡季，来店里的客人都很少。"

方屹仍旧是爽朗口气，只是笑着问她："怎么，这算拒绝吗？"

她愣了一下，他话里的意思太直接，她想要解释，却又不知道从何说起。

方屹一时沉默下来，他坐在对面静静地看她。雍宁的长发挽起来，露出因微醺而泛红的一张脸，从他第一次见到她开始，她就是这样了，仿佛她整个人都被那座院子包裹着保护起来，无论多么喧嚣热闹的夜晚，她总有着最简单的轮廓，疏远地坐在角落里，安静得如同一幅画。

她像是一副素雅的素描，什么颜色都多余。

方屹看着她，一时想了太多，直到窗外的灯火忽然亮起来，两个人才反应过来，已经快到十二点。

一顿法餐，三个多小时的时间，这一年就要这样过去了。

雍宁盯着窗外的树影，很快就要进行跨年倒数，餐厅里一下沸腾起来，绿地上的灯光也亮了，远处的树梢被数不清的灯带层层缠绕，散发出萤火一般的光亮，而玻璃影影绰绰带来的角度刚好，让所有的光线晕染开，忽然让人有了些不真实的错觉。

她靠近了玻璃，抬头向天上看，然而那里什么也没有，月光被远处的楼群挡住，只有黑漆漆的夜和灯光装点的新年，她只觉得自己似乎喝醉了，忽然就借着那酒劲问了一句："有烟花吗？"

方屹有点遗憾，和她解释说："现在市里全是禁放区，这几年管得很严。"

她隔着手套感觉不到窗边的凉意，一直轻轻地贴在玻璃上，喃喃开口说："也是，我以前放过，那会儿刚禁放，还不严，老城区那边能偷偷买到烟花，只要小心一点，别让人抓到就没事。"

那时候雍宁才十八岁，同样是年底的最后一天，不同的是那一年还有焰火，而她身边的人是何羡存。

新年降临的时候，雍宁捂着耳朵被烟火的声音吓得跳着走，她喜欢看漫天绚烂的烟花，可是又害怕爆竹响亮的声音，只顾尖叫着往后躲。

一切的起因都很可笑，雍宁过生日的时候赶上感冒，嗓子肿得能喷火，全都浪费在生病睡觉上了。何羡存那段时间也被请去了美院，还有国家文博馆一起，三方联合申请了一个研究课题，他经常三个地方都要去，再加上公司的事情，忙得不见人影。

两个人好不容易能在雍宁生日的时候相见，她的病却扫了兴。他为了能让她高兴一点，问她想要什么礼物，雍宁当时迷迷糊糊，都不知道自己说的是人话还是鬼话，傻兮兮地回答他："想放烟花，要能'嗖'的一声窜上天的那种，小时候，我爸最后一次带我出去，就是过年，他和我去放烟花……"

于是新年的时候，何羡存还真的买到了烟花。

他平常从来不做这么有风险的事，修复工作必须保证手的平衡和力度的精准，是非常考验能力的技术，放烟花这种事充满威胁，一旦不小心伤了，对他的工作都有致命的影响。

但是那天何羡存却为雍宁破了例。

她无比惊喜，彼时她还住在学校的宿舍，跑下楼去找他，于是何羡存就带着她在学院的湖边胡作非为，没一会儿就有保安追过来，提着灭火器，沿途驱赶看热闹的人群。

当年雍宁只是个普通的大一新生，一旦违反学校禁放的规定，被抓住了肯定会有处分，于是何羡存干脆把她塞进了车里。

她还记得那天保安追了半天，最后看见何院长的车，表情极其尴尬，而何羡存还收敛了笑意，和平时一样摆出一副冰山脸，一本正经地把对方岔开了。

雍宁就躲在他车里，拼命地蜷缩起来，藏在座位之下。直到他把车开出学校，他才把她抱出来，她在他怀里笑到岔气。

记忆里所有的画面，声音……甚至于两个人身上残留的烟火气味，所有的一切遥远却又格外清晰，而后雍宁就把它当成了跨年夜必需的活动。

后来没过多久历城就开始禁放，每年的跨年夜，何羡存都会带她出城。

他离开之后，她再也没有见过烟花。

方屹发现对面的人一直在兀自出神，他走过去将雍宁拉到身边。

他的手轻轻地拥上她的腰，雍宁微微一颤，回身看他，却刚好对上方屹眼中温柔的笑意，她穿着单薄的裙子，并不适应，此刻周身觉得温暖，无法再挣扎，任由他抱住了。

眼看时间将近，方屹让雍宁回身看那些墙壁上的小柜子，"不说那些了，今年我给你准备了新年礼物，藏在上面，你能找出来就归你。"

这下她可犯了难，那上边有大大小小几十个小柜子，形态各异，谁知道他说的礼物在哪里，于是她笑着绕了一圈毫无头绪，最后还要方屹来提醒，"很容易想到的，送给谁，肯定就是跟谁有关的数字。"

雍宁明白了，用自己的生日日期数了一下，第九个柜子恰好在最高处。侍者替她拿来了梯子，她想着方屹好不容易费了心思，总要她自己亲手去把礼物拿出来才像样，于是她让他扶着自己，踩着梯子上去找，把里边的东西取出来。

那是个非常精巧的盒子，淡青色的天鹅绒，配了灰色的丝带。

雍宁从梯子上蹦下来的时候，这一年刚好只剩最后十秒。

四下的倒计时牌突然亮起，全餐厅的人都开始倒数。雍宁来不及反应，只觉得一阵人声涌过来，忽然从外边走进很多人，全都是今晚餐厅里的客人。

大家带着格外真诚的笑容看向他们，拍着手倒数，示意方屹牵起她。

她还有些错愕，余光之中却发现窗外树梢上的灯带也变换了颜色，左右熄灭了一部分，只剩正中几棵树上的光亮，远远地在夜色中拼成一个心形。

这下雍宁突然明白过来了，她拿到的是戒指盒，而她收到的新年礼物……就在里面。

一旁的客人们欢呼着倒数"三二一"，所有的灯光悉数亮起，一片辉煌，而方屹恰好就站在人群中心，目光灼灼，一直催促着她，让她拆开看看。

雍宁没有任何动作，人群热烈地庆祝新年到来，只有她一身黑裙站在原地，明明喝了酒，意识却格外清醒，所有的一切都超乎她的预想，以至于她完全不知道该如何面对。

门口处的侍者已经将庆祝的香槟都打开了，可她半天只说出一句："方屹，太突然了。"

歌声和掌声都聚在了一处，一年伊始，似乎一定要用最热情的方式来迎接。周围的宾客听不清她说了什么，大家只在意气氛，毕竟像这样私下安排的求婚仪式，女方一般都会被吓到，所以人群直接围了过来，希望雍宁能借着新年到来的热烈气氛，打开戒指盒，给求婚的人一个机会。

方屹替她把盒子打开，里边是一枚求婚戒指。

他显然不是一时兴起，甚至专门找到了罕见的空青石做了镶嵌，配合主钻定制而成，泛着微微的蓝绿色，光芒流转之间，像是清晨的海，极其梦幻，周围看见的人全都发出一阵惊叹。

空青石并不是多名贵的宝石，构造却十分特殊，内部含有液体，恍若滴水的形态，本身也可入药，因为形成的地势罕见，所以产量极少，知道的人不多。

方屹当时就是因为寻找这种奇特的矿石而走进了"宁居"，彼此结缘，他一直认为这是他们之间的信物。

雍宁当然清楚方屹这份心意，可她找不到任何喜悦的感觉，甚至不知道为什么恍然生出了紧张感，就好像眼前的这一切统统都不对，明明应该是一出喜剧，看到最后才发现演错了结局。

她看着方屹充满笑意的样子，只来得及说："我不知道你做了这么多安排。"

"我说过了，我们在一起。我不是开玩笑的，新的一年应该从收到惊喜开始，这样才能终生难忘。"他把一辈子的大胆和浪漫都用在了这一晚，只是想要证明，他让雍宁和他在一起，是真的想和她共度余生。

他说着想去拉起她的手，雍宁却侧身避开了，四下瞬间就安静下来，她的拒绝太过于明显，让方屹当场难堪。

就如同上次在停车场里一样，雍宁很快就后悔了，可她一向反应直接，再加上人多的地方她也紧张，一时不知道还能找到什么委婉的方式表达。

她自小与众不同，反正无论如何都会被当成异类，她也懒得和人周旋，实在情商不高，而后那些年在"宁居"里，何羡存没能治好她这我行我素的毛病，让她如今甚至不知道如何挽回，只好尽力让这场面不那么尴尬，试图解释说："我没有准备好，太快了，我完全没想过任何关于婚姻的打算。"

方屹一直没再说什么，他维持着还算平和的表情，只是低头把玩戒指盒，直到完全扣上，那声音在安静的餐厅里显得格外刺耳。

周围的宾客纷纷看出气氛不对，寒暄着找了借口，全都退了出去。

人声远了，只剩下谁都没来得及喝的香槟。

方屹顺势拿起一杯，一口灌了下去，又请人开了酒，在靠酒精压制所有伤心和难堪，雍宁走过去想拦下他的酒杯，他却示意自己没事。

窗外的树上还留着心形装饰，闪耀出一片浪漫的光影，乐队已经在草地上奏起了音乐，很多客人走了出去，欢快的气氛持续升温。

不过片刻之间，新的一年刚刚到来，方屹却已经一败涂地。

"我明白你的意思了。"他勉强找出些宽慰的笑，自嘲地说，"抱歉，我是不是吓到你了？我只是觉得你终于愿意离开宁居了，你说从此和何家的人没有任何关系……如果我能直接给你一个承诺，那你以后就什么都不用怕了。"

于他而言，人生精彩，如今只是拉开序幕的时候，他想和雍宁在一起。

可是她根本不留余地，还是拒绝了他。

雍宁的话有些急切，试图让他明白："我不是一定要依附谁才能活下去。"她早已不是十几岁的小女孩了，早就可以独自面对漫漫长夜，她有自己存在的意义。

她再也不需要别人用这种方式来给她安全感。

"对不起，我太着急了。"方屹转身顺着梯子走到了高处，当着她的面将那个戒指盒放回了原处，他平复了一下心情，似乎长长地叹了口气，顺着动作半坐在了梯子上，背对着她，不愿再让人看到自己的表情，只有声音传过来，"就当今晚一切都没发生过。"

雍宁再留下去场面会更加难看，方屹也有自尊心，她知道此时此刻没有更好的办法，唯一能做的就是给他留一点空间，于是她拿上外衣，很快离开了。

全城无眠，大型广场上都是欢呼的人群，这种日子雍宁根本叫不到车。

她走出很远，街道两侧都是人，无数年轻的情侣或是一起聚餐的朋友簇拥而过，每个路口都有人在打车。

雍宁还穿着露腿的裙子，此刻已经到了深夜，她走在路边冻得浑身发抖，走出半个小时之后才打到一辆空车，幸好车上的空调很足，这才好不容易缓过一口气。

接近凌晨一点，她终于回到了"宁居"。

院子里的灯笼已经统统亮起来了，走廊之中灯火通明，连那些做装饰用的灯带都有了光，像是怕她回来晚了，明明灭灭，为她照出了一条路。

一样的跨年夜，一样的祁门香，一样的那首《老情歌》。

雍宁推开门走进去，一切都没有变，她忽然觉得自己像是一脚踏回了八年前。

兜兜转转，那个年代还没有微信，也没有视频通话，一通电话显得无比珍贵，一箱烟花都能让人红了脸，所以那时候爱上一个人，只能放在心里一辈子。

时光飞逝，已不知秋冬，又是一年过去。

这一晚，是何羡存在等她。

第六章
不败之地

石塘子这条胡同东西蜿蜒，四五里长的地方，遍布着大大小小十几处院落。

虽然赶上元旦，可时间已经到了后半夜，拐角处的街灯是后续安装上的，一直明明暗暗也照不远，只有"宁居"的后院依旧亮着灯。

四下隐隐传来磁带里的歌声，除此之外一片沉寂。跨年的时候，老城区里也有爱热闹的年轻人，只是这边住的老人多，大家一般都去市区，留下这一带老胡同渐渐入睡，家家户户都没了动静。

雍宁的手机一直在震动，她路上把它压在兜里，迟迟没有接，如今才拿出来看。她停在院门口，屏幕上闪烁的是方屹的名字，她犹豫了很长时间，一度想接起来，可是她今晚当着宾客的面拒绝了方屹，说出去的话覆水难收，再勉强解释也没意义，于是她还是按灭了手机。

雍宁长长地吸了一口气，冬日里的冷风总算让她头脑清明不少，她盯着后院的灯光打起精神，有些自嘲地想，这大概要成为她度过的最漫长的一夜，一切显然还没了结。

她走回后院的卧室，看出何羡存应该来过一段时间了，他已经换下了外边正式的衣服，正拿着那幅没完成的紫藤画，好像一直在端详。

她走过去摘了手套，径自把收音机关上了，终于安静下来。

何羡存抬眼看她露在外边的腿，忽然问了一句："你怎么回来的？"

雍宁低头才发现自己腿上都冻红了，她一路打车难，在外边走得太远，而后一冷一热的交替让皮肤更加敏感，她不答话也不愿意解释，摇摇头算是告诉他没事。

何羡存伸手来拉她，她甩不开，也不知道他还想干什么，只好回过身对着他。

他把她一旁刚扔过去的大衣拿来，展开围在了她的腿上。

雍宁就站在他面前，而他坐在桌旁，刚好能抱住她的腰，连带着那件大衣一起捂着，让她冻僵了的感觉渐渐缓过来。

她的皮肤一直很白，再加上平日不常出门，在这院子里养得异常怕冷。过去那些干冷的冬天，她只要稍不注意就容易冻伤，所以何羡存以往绝不会放任她在这种天气穿裙子出门，反而是她后来自己过得越来越不讲究了，早忘了这些琐事。

雍宁被他拉过去，环着腰最后又被他捂在了胸口，连带着一颗心都在发热。

她盯着墙上两个人的影子，一样的"宁居"，一样的人事，如今却哪里都不合适了。她心里难受，沉甸甸地坠下去，让她这一时半刻不忍心再挣动，只听见他又说："赶紧去洗个热水澡，抹药，上床睡觉。"

他这一系列的安排轻易地抹掉了她四年的挣扎，好像一切都没发生过，好像他当年没有出事，没有不告而别突然结婚，也没有贸然回来，又为画院的秘密彼此要挟……

雍宁被他说得再也忍不住，渐渐觉得腿上不那么冷了，就自己过去把桌上的那幅画给他卷好，还有磁带，连带着他那些异常甘香的茶叶都一起收拾齐了，利落地推给他，"这些都是你的东西，拿回你家里去吧。"她尽可能说得明白一点，"过去的事都过去了，这四年你我都有各自的生活，你不应该再来这里。"

何羡存完全不理那些东西，好像没听见一样，他起身去找浴衣扔给她，又去拿药箱，在里边翻防冻伤的药膏。

雍宁今晚从市区回来，实在折腾累了，她不想再把话说得更加难听，引来争吵没意义。她知道这次何羡存回国肯定是为了画院那边的事，而且郑明薇的离世让人猝不及防，难免让他情感上也受了刺激，她能感觉出何羡存和过去的脾气不太一样了，她实在没必要再招他生气，只是她发现对方毫无离开的意思，一切不清不楚，他理所当然地又来到"宁居"，她就得为他立刻退回到过去的状态。

她受不了这种莫名的安排，于是逼着自己提醒他："你妻子刚刚过世，尸骨未寒，你就回来找我，就算你觉得合适，我也没这么贱。"

何羡存对妻子亡故这件事态度非常强硬，他不允许任何人再说起，于是一下口气就重了，回身打断她说："我上次就和你说过了，别再提她！"他盯着雍宁，那目光熬成了一方砚，深深重重都是墨色，直直地看着她说："现在这里还是何家的祖宅，我回自己的家，没什么不合适的。"

她心里忍无可忍，五味杂陈全都搅在了一起，这么多年确实是她不知轻重鸠占鹊巢，这话倒真打在了她脸上。何羡存明显不想和她再纠缠这个问题，于是她干脆横下心，重新去拿了大衣往外走，"是，这里还是你家，你早点休息，我走。"

雍宁不给自己任何犹豫的时间，凌晨时分，室外气温逼近零下十摄氏度，她一迈出去就冷不丁打了个寒战。屋子里温度热，她刚缓过来的周身又被这冷空气激得发抖，她只好瑟缩着抱住了肩膀，不过迎着风前后几秒钟的停顿，卧室里的人已经追出来了。

何羡存一点没留情面，用了力气，把她整个人从门口拽了回去。

雍宁又气又急，就和以前年轻的时候一样，一旦和他赌起气来就不依不饶，非要和他打到底。她挣不开，干脆回身狠命地推他，何羡存右手下意识先松了劲，她差点跟跄着摔倒。

他把雍宁推回卧室，刚去关上门，一转身的工夫，身后的人气急败坏地冲了过来，雍宁竟然扯住了他的衣领，抬手狠狠给了他一耳光。

雍宁刚才一回来就已经摘了手套，于是这一刻打过去的声音分外明显，惊得她自己都屏住了呼吸，是她打了人，又把自己嘴角都咬破了，提着一口气和他吼出来："我受够了……你的事我不想管，我不知道那份存档能给你惹什么麻烦！也不想知道！所以你用不着回来安慰我，我不是你养的宠物，也不是你那些字画，不是你说扔就扔的东西！我开了这么多年颜料店，宁居就是我的心血，我现在有自己的生活，有想做的事，统统和你无关。从你结婚那天起，我和你的关系就已经结束了！"

何羡存确实没想到雍宁还真敢动手，他尽可能克制着情绪，揉了揉胳膊靠在了门边，等她一口气把压抑着的话全都嚷完，他才上上下下地打量她。

面前的人一头长发散在了肩膀上，那目光却不再躲闪，远比过去坚强多了，他的宁宁确实是长大了，人大了，胆子也大了。

他过去一向没有晚起的习惯，对自己的要求严格，连带着雍宁也没好日子过，每天清晨六七点就要逼着雍宁起来练字。那时候她才上大学没多久，不到二十岁的年轻女孩，对这作息明显不适应，但也抗议无效。她接触绘画太晚，基本功不扎实，运笔总是不稳，他就盯着她练书法培养下笔的力度。有的时候他出去忙完赶回来，看她分神练得困了，趴在桌子上睡着，非要把人拍醒，一点一点给她纠错。雍宁的起床气上来，再加上练也练不好，勾线枯燥，她总是很快就被逼急了，任性起来没少拿笔墨扔他，又把自己吓得直掉眼泪，认认真真来给他道歉。

此时此刻，雍宁早不是当日的小姑娘了，她的话说完了，力气也用尽了，可这心思却没怎么变。她眼看何羡存盯着自己，不知道他在想什么，突然有些后怕，她想起上次夜里何羡存突如其来的阴郁举动，一时哽住了。

对面的人竟然还能笑出来，何羡存一笑之下显得眉眼平和多了，终究还是过去的样子，于是就连墙上落下的影子都柔和不少，恍然又是月下青松的勾画。他似乎极有耐心，一步一步往前走，问她："四年前我就问过你，你能去哪里？宁宁……你这么怕冷，如果真喜欢那个方屹，就不会冻成这样也非要一个人回来了。"

这一晚所谓的跨年夜究竟发生了什么，他不用问，也能猜出大概。

雍宁被他说得无力反驳，退无可退，她刚才打他那一耳光用尽了全部的力气，此时此刻只觉得自己又累又冷，连带着腿上一阵发热发痒的感觉，逼得她连流泪的力气都没了。

她早该清楚，她是他一笔一笔画出来的魂，一旦执笔的人回来，她就连心都不是自己的。

何羡存拿了防冻伤的外用药，给她抹在腿上，两个人都在沙发上坐着，气氛突然变得格外缓和，打也打了，闹也闹了，他知道她心里这么多年实在委屈，还是由着她的脾气，让她发泄出来。

他的手抚上雍宁的腿，指尖微凉，揉开了药，他低着头微微侧过脸，于是那目光一时过分认真，又是那副让人迷恋的认真和克制。她控制不住战栗，下意识地抓住了他的胳膊，他手里的药瓶滚在了地上，腿是冻着了，药却来不及抹好。

何羡存抬头扫了她一眼，那目光让她发慌，脑子里倏然就乱了。她只看见他起来倾身而至，借着沙发上的角度，刚好把她按了下去。他低头吻她，慢慢地碾着她的唇角，时轻时重，一口气沉下去，又恨得无可奈何。

雍宁一向就是这么乖戾特殊的性子，他把她藏在院子里，早有千百种的办法把她制服了，偏偏又舍不得，他模模糊糊地和她说话，那声音就落在她耳边，"结束了就再开始，没关系就……"他把雍宁的手按在了头上方，让她躲无可躲，于是那句话就落在耳边，"再发生关系。"

　　她再也控制不了本能，所有的反应都显得太诚实，早以为自己刀枪不入，这一次何羡存回来，她做好了和他针锋相对的准备，却根本没想到……他扔过来几个字而已，竟然能让她浑身都软了。

　　何羡存松开她的手腕，雍宁一时空落落地不知道该怎么办才好，干脆抱了他的脖子想要坐起来，还没等她用上力气，他的手已经顺着她大腿上的伤口往上探过去，她瞬间被激得蜷缩起来，抓紧了他的胳膊，只觉得自己又被打回原形，近乎喘不过气。她的眼睛明明能看出各种颜色和光线的区别，独独一到了他怀里，她就觉得自己满心满眼只有他，紧绷着的情绪和戒备轻易瓦解，周遭的一切统统再也看不清。

　　雍宁完全方寸大乱，这地方是卧室外间的沙发上，还明晃晃地开着灯。她挣扎着想尽可能找回点理智，忽然又觉得不太对劲，她这点力气抓在何羡存的胳膊上，却能让他不舒服，他忽然有点不耐似的皱眉，拉开她的手把她推开了，她猛然生出一种微妙的念头，她觉得他的手指在发颤。

　　凡是何羡存身边的人，都知道这双手对于他的重要性，以至于雍宁刚刚冒出了这个念头，瞬间整个人都惊得僵住了，她不知道是不是自己今晚太紧张的错觉，也不知道该怎么开口去求证。身前的人已经把她拉了过去，她没反应过来，直接坐在了他的腿上，这姿势又打乱了她的想法，让她浑身都泛了红，半句话都说不出来，就记得抱着他，非要说一句，"把灯关上。"

　　何羡存低声笑起来，雍宁有个怪癖，一遇到这事躲不过去，就来来回回地念叨着要关灯。她眼睛敏感，在光线亮的地方一切能看得清清楚楚，于她而言是加倍的刺激。

　　可惜灯的开关近在咫尺，两个人摸索着谁也没关上，院子外突然又传来一阵急迫的门铃声，打散了暗影里的纠缠，直惊得房上的猫忽然跳起来，叫着跑远了。

　　这一夜似乎再也过不去。

方屹越想越觉得不放心，当晚雍宁是一个人突然离开的石廊餐厅，而后手机打不通，他一路找了过来。

他刚到"宁居"之外就看见远处的后院还有灯光，一时放了心，却迟迟不见人来开门，他借着晚上灌下去的那点酒起了执念，一直在按门铃，雍宁还是出来了。

夜里实在冻人，她已经加了衣服，套上了一条保暖的毛线长裙，只剩一张脸露在外边，看见方屹的一瞬间目光闪躲，竟然显得有些慌乱，勉强笑着问他："这么晚了，怎么突然过来了？"

方屹觉得这院子里气氛不对，于是等雍宁一开门他就往里走，四处看了看，和她说："我刚才不该喝酒，就能开车送你回来了，这么晚让你一个人走，我实在不放心。"

雍宁一直站在大门之后没有动，早就到了后半夜，她实在不能留他多坐，于是定了定神和他说："我没事，今天晚上的事……谢谢你，我实在不太会说话，没考虑那么多，但我确实没想让你难堪。"

方屹在她走之后似乎喝了不少酒，好在眼下人还算冷静，但目光里明显多了几分不甘，向着她走过来。

她看出来他情绪不好，尽量试着劝他说："方屹，你先回去，现在这样太突然了，你也给我一点时间。"

她话音未落，方屹突然伸手想要抱住她，她想也不想后退避开了。

方屹颓然地靠在大门上，突然笑了，笑声都透着讽刺，"就是这样，明明一直都在逃避我，但又非要勉强你自己，你其实从来都没有真正接受我。"

他低下头，面前只有一片门下的暗影，对着台阶之前那片清灰的地砖。他身边刚好是雍宁的影子，明明瘦而纤弱，却能让他怎么都握不住。

他和她说："我第一天来宁居，你也是穿了这么一条黑色的裙子，戴着手套，给我看空青石。"

其实方屹一向不相信宿命，直到他偶然闯进了"宁居"，这座大隐于市的院落，层层叠叠的花木，四面都是奇妙而迷离的颜色，连光影都让人应接不暇。这家店和它的店主一样，保持着疏远宁静的态度，却又对人有着致命的吸引力，一切完全和市区里快节奏的生活不同，他寻觅而来，一头陷了进来，仿佛真是冥冥之中的安排。

方屹看见了这座院子最传奇的所在，那时候的雍宁坐在前厅里，安安静静，从容不迫，四周的一切市井喧嚣都淡了，整座院落只是她一个人的国度。雍宁听说他想要找空青石，于是将几种产地的空青宝石取样倒在托盘之上，衬了黑色的天鹅绒，格外突出晶体鲜艳的蓝绿色。

方屹早就听说，这家"宁居"有数不清的古法颜料，但没想到他一来，却发现了更瑰丽的秘密。他看见她身后还放了无数珍贵的收藏，沉水的木粉、青金石颜料，甚至于国外中世纪的坦培拉……神秘的匹乌里黄，骨螺紫等，他却顾不上欣赏，只被面前素着脸的雍宁吸引。

一眼之间，谈不上惊艳或是诱惑，雍宁的美非常干净，她把自己藏在深重内敛的黑色之中，底子却是一片纯白，她眉眼的纯粹气质能从骨子里透出来，是未经风雨又不合时宜的存在，但是绝对珍贵。

于是从那天开始，方屹再也没能走出这座院子，她守着"宁居"，他就守着她。

此时此刻，月光稀薄，四下只有风穿过，就连远处的街道也车声寥落，什么都远了。

方屹的声音发涩，低低地说："那天你告诉我，你可以帮我预知未来的意外。"

雍宁还记得，回答他："但你不想知道。"

他点头，事到如今也一样，"我不想知道任何意外，我只相信自己。"他说着说着突然抬头，转了口气，"何羡存当年知道了他的意外，结果呢？他改变了命运，却没能和你在一起。如果是我，我绝不会为了自己把你扔下这么多年！"

她心里挣扎不下，也不想继续这个话题，拿出手机重新开机，她想着方屹喝酒了，先给他打辆车送他回去，结果面前的人却突然拦下她的手。

方屹并不想走，还在说："我不是傻子，自从何羡存回来之后，你整个人都不对了，头上的伤是怎么回事？还有他……"

她试图打断他，没等她再说什么，远处已经有人走了过来。

何羡存一路沿着东侧长廊绕到前边，过了月洞门，就站在廊下喊她说："宁宁，门口冷，过来把围巾披上。"

她背对着他来的方向，因而一直没注意，可面前的方屹却早早瞥见了后院的人影，因此三人对峙，却没有人露出惊讶的表情。

雍宁是真的觉得冷，冬天不下雪，冷风就非要憋着一口气，又干又硬地吹过来，把人的骨头都吹疼了，而这新年的凌晨实在太难熬，无论如何跨不过去，生生逼着她要做个了结。

方屹站在门口，一直看向何羡存，他自己也是美院毕业的学生，当然清楚对方的身份地位，恐怕彼此都没想过，会在这么荒唐的夜里突然相见。他又觉得这位何院长完全没有传言之中那么淡泊，对方已经换了灰色的居家衣服，手上拿了一条厚重斗篷式的围巾，于是整个人都显得落在了实地上，无端透着些烟火气。

何羡存看见方屹了，他隔着长廊向他说话，还能悠悠开口："我对你有印象，方屹是吧，当年在学校里，你的导师就说你成绩很好。"

"宁居"的主人从始至终没有更改，他站在院子里寥寥几句，主客分明。

这一切都让方屹不痛快，他直接把雍宁拉到自己身边，和他说："何院长有家不回，这么晚过来是什么意思？"他这一夜无论如何不能让雍宁再犯傻，于是也不留面子，"你也算师长辈的人，雍宁现在是我女朋友，何院长应该考虑下自己的身份。"说完方屹就拉住雍宁要往外走，只想马上带她离开。

她一时挣扎起来，试图让他停下来："方屹！"

"你不能再留在这里！他老婆去世了你知道吗？"方屹情急之下终于控制不住情绪，他脱口而出，"何羡存这么多年自导自演了一出好戏，他瞒着外人在国外隐婚，现在对方走了，他才回历城来找你，这种人你早该看透他！"

"不是你想的这样，你喝酒了，今天先回去。"雍宁试图让他冷静下来，可方屹已经听不进去了。

他一句话扔了过来，"他答应把院子给你，你就愿意继续给他做情人？你能不能有点自尊，从宁居搬出去！"

这话实在太直白，彻底惹急了雍宁，她咬牙推开他，方屹猝不及防地撞在了门上。突如其来的冷风正好顺着他的衣领灌进去，他发泄了半天，一口酒气也散了，明白自己失态就收了手，不再往下说。

何羡存隔岸观火，一直都没走过来。他就在远处看，任由两个人在院子门口争执，他又喊雍宁，还是只有那一句："先把围巾披上，你一感冒就发烧，不容易好。"

从始至终，雍宁没有回应，也没回身去看他，但她知道何羡存就在身后，就像这座"宁居"里的每块砖瓦一样，熟悉到甚至不需要去想。她把这里过成了唯一的退守，因为过去十年，她发了疯似的爱过何羡存，她为他做了那么蠢的事，确实连半点尊严都没有。

方屹的话说得难听，却字字切中要害。雍宁一直都无法接受别人，她在勉强自己离开何羡存，结果他突然一回来，她花费数年建立的防御，瞬间土崩瓦解。

她无能为力，她真的试过了，还是走不出去。

无论如何，雍宁改变不了过去，好在她如今已经有勇气坦然相对，所以她不想再瞒着方屹，她可以骗自己，但不能骗他。这世间唯有真心最难得，方屹的真心，她配不上。

雍宁忍下了一腔辛酸，逼着自己开口，她突然说起那些琐事，桩桩件件，无地自容。

"城南三十三号那家店，那是何羡存当年第一次带我去吃的地方，后来他工作忙，每次外卖只订他家的排骨面，我们一起吃了很多年，已经成了我的习惯。"

"我确实只穿天然材质的衣服，因为我过去有一件睡衣料子不好，他沾染化纤材料，手上就会过敏起疹子……"

"别说了！"方屹突然明白过来，实在听不下去了，愤然打断她。

"你总说不在意我过去的事，可是你不明白，已经十年过去了，我和他之间早就不是一段感情那么简单了。"雍宁把自己最难堪的过往都撕开坦白，到了这一晚，她才终于意识到，一个人只有不再逃避过去的时候，才能真正面对未来。

她自己捅破了这层窗户纸，反而突然下定决心，她面前的人原本意气风发正当年，正值事业上升期，他是个前途无量的男人，此刻却为了她颓然而至，整个人又气又怒，还带着酒后的疲惫，这绝不该是方屹该有的样子。

是她罪大恶极，这座院子已经困死了两个人，她不能再把方屹拖进来，也不能再耽误他。

雍宁抬起头，她在外边站得太久了，冷风把浑身都打透了，她冷得控制不住唇齿发抖，却趁着这片刻的光景，借着风能把人的心都冻硬，她强逼自己开口和他说："方屹，你回去吧。"

她声音都开始发颤，她身后的人还是等不下去，直接走了过来。

何羡存把围巾给她系上，所有的动作都很自然，雍宁苍白着一张脸，下意识抱紧了厚实温暖的布料，斗篷型的衣服把她整个人围起来，像是一簇落叶藤本植物，和那架风吹雨打活了这么多年的紫藤一样，枝叶瘦削盘踞，却永远透着坚韧。

方屹一直看着他们两个人，心里最后那把火都烧尽了，就剩下一句话，他对着雍宁提醒她："你说过的，你要离开这里。"

明明只差这一步。

何羡存不再让雍宁说话，催她赶紧回屋子里去。

他回身向方屹走过来，开口说："这里是宁居，是宁宁的家。人都是这样，一冲动就觉得外边好，都想离开家。"他站在了槐树之下，刚刚好挡住了雍宁的方向，声音平缓得不带情绪，仿佛只是句平平淡淡的陈述，"可冲动归冲动，家还是家。"

于是这一晚，不管对于方屹有多重要，但对于何羡存而言，只是一出闹剧。他似乎也习以为常，人年轻的时候都有动不动说爱说恨的心气，他早早领教过。

这时代爱上一个人实在太简单，多看一眼就是因缘巧合，可相守却从来不容易，那是把彼此的好恶都磨成了习惯，是把晨昏日夜熬成枕边的叹息，是清楚岁月始终立于不败之地，却依然想要撼动的痴狂。

何羡存送客的话也很简单："她怕冷，该回去了。"

方屹一个字都没有再说，他转身离开了"宁居"。

那大概是他度过的最糟糕的新年。

时间太晚了，雍宁累了，不管还有多少纠葛，都归于沉默。

她洗了热水澡，周身暖和起来，很快迷迷糊糊地想要睡，却一直都没有真的睡着。

黎明迟迟不来，何羡存拥着她，躺在她身边呼吸规律，似乎十分安稳。她看着他的手，好不容易轻轻翻个身，终于瞥见窗外。

天快亮了，卧室里渐渐有了一点光线。

她很快低下头靠近何羡存，她知道他睡着了，睡衣宽松，于是她的手指探过去，拉着他的袖口，轻轻往上扯。

她还没找到答案，身边的人就醒了。

何羡存根本没睁眼，避开她的手指，直接把她抱到了胸口。

雍宁的长发一动就蜿蜒散落，他闭着眼把她的头发都拢到了耳后，她难得乖顺地伏在他身上，两个人贴在了一处。她还不死心，踏实不到一会儿，继续去拉他的睡衣，最后把他闹得不安生，掐住了她的腰，直接侧过脸吻在她耳后。

黎明前才是真正的至暗时刻，仅有的微弱光亮很快又暗了，足够蛊惑人心。

光影晦涩，雍宁甚至来不及看清他的轮廓，却感觉到他的吻愈发地重了，让她周身像过电似的，连指尖都使不出力气。

何羡存顺势咬住了她的耳垂，雍宁立刻叫出来，抓着他肩膀，浑身都瘫软下去。他总算睁开了眼睛，知道她能看见自己的样子，于是翻过身直直地盯着她，那目光笃定而又直白，星火燎原。

雍宁刚好趴在了被子里，她不敢再乱动，浑身都烧起来，也是一夜困顿，脑子快打成了死结，只记得一件事，还非要去问他："你手腕怎么了？"

这一句倒提醒了何羡存，他睁开眼睛按下她的背，伸手在床边摸索，房间里实在太暗了，他懒得起来，就拍拍雍宁让她去看，"领带在哪？"

她一时迷糊，睁开眼替他去找，昨晚何羡存外边回来换的衣服还放在卧室里，她就爬过去，从一侧的椅子上帮他把领带扯了过来。

这日子突然倒回四年前，她起不来，继续赖床，没心力分辨，只以为他又要赶工作，一大早就出门，于是她放心大胆地躺回他身边，还问了一句："这么早，许际过来接你？"

他没理她，若有所思缠着那条领带，忽然按住了她。

雍宁趴在被子里有点幼稚地捂住了耳朵，怕他再找到自己的弱点，她想老实躺一会儿，等他走了再睡。没想到何羡存半点起身的意思都没有，忽然就拿过那条领带把她的眼睛蒙了起来。

这下雍宁完全懵了，偏偏还是个背向他的姿势，她彻底看不见任何东西，眼前黑漆漆一片，于是她浑身敏感起来，连翻身挣扎的时间都没有。她感觉到何羡存的手探进了睡裙之中，点点微凉，所有的碰触变得毫无规律，一路蔓延而下……她心里那一点凉透了的火焰死灰复燃，在他手下控制不住弓起背，贴紧了他的胸口，而他借着这姿势，轻易就把她薄薄一条睡裙都扯掉了。

雍宁困在黑暗里，呼吸凌乱，人在看不见的时候其余感官统统被放大，让何羡存每一寸的碰触都显得格外清晰。她试图把眼睛上的东西拿开，他强势地按下了她的手背，不让她再乱动，她没戴手套，因而本能地不敢再胡乱伸手。这感觉实在太刺激让她觉得又热又紧张，趴在那被子里快化成了一汪水。

她转过头摸索着身后的人，胡乱地想去吻他，低低地哀求："让我看着你，解开它……我受不了的。"她的话再也说下去，竟然感觉到他俯下身，细细密密地吻她腿上的伤口。她觉得自己浑身的血都要被他点燃了，那种微妙的感觉无异于极致的刺激，又疼又痒，让她溃不成军，她紧绷着放不开，一害怕就拼命地叫他。

何羡存的吻蔓延而上，安抚着让她趴下去，最后整个人覆在她身后，唇齿流连，他不许她躲，就对着雍宁最敏感的耳后说话，"宁宁，乖……放松，是我。"

他的声音带了隐隐的鼻音，重而熟悉，酥酥麻麻地吹在她耳边。她最受不了这样，何况这一场情事突如其来，半睡半醒之间的刺激太过于剧烈，他还非要蒙了她的眼睛……

何羡存最后两个字说出来的时候，尽可能克制着进入她的身体，两个人毕竟历经长久的别离，他心里留了几分，生怕她疼，没想到甚至都还没有动，竟然就已经让雍宁浑身剧烈发抖，她听着他那几个字，在他身下整个人痉挛着发了疯。

她对他的反应实在太诚实，还是过去没出息的样子，半点刺激都受不了，她只觉得自己头脑开始发晕，抖得连话都说不出来了，浑身软到翻身都没力气。

何羡存低声轻笑，她听见他的笑声更加无地自容，所有的委屈一股脑翻出来，眼泪都要出来了。他哄她，把她揉到了自己胸口，趁她缓过来这一口气的工夫，给她个痛快。雍宁压抑不住尖叫出来，完全控制不住自己身体的反应。

天光一寸一寸挪进了屋子里，雍宁近乎半趴在床上，她浑身的皮肤滚烫，终于透出了血色，她整个人都被他打开了，开成一朵淡粉色的花，长长的头发扫在了两个人身上，把他勾得也忘了分寸，力气愈发重了。

她是真的受不住，反反复复地求他，这事上她越示弱越有种古怪的吸引力，让他有点报复似的完全收不住。最后雍宁的嗓子都哑了，被他折腾得忘了时间，直到屋外再次起了风，刮得藤叶一阵窸窣的动静，远远地已经能听见邻近院子里的人声了，何羡存总算放开她，找回一点理智，把她眼睛上的东西解开。

他怕她着凉，擦她脸上的汗，看见她打完人又发狠咬破的唇角，于是手指揉了过去，惹得她重重地抽气，他顺势问了一句："疼吗？"

雍宁怔住又红了脸，她误会了他的意思，没想到何羡存会面不改色地突然问出这么一句，她摇头，迟钝了几秒才反应过来，尴尬得不敢看他。

他又笑了，不管如今"宁居"的店主在外面被传得多神秘，在他面前，雍宁好像永远都是张白纸似的模样，没经过什么人事，让他连逗逗她都舍不得。

他声音却沉闷，向后靠在枕头上，长长地叹气，雍宁和她自己较劲的毛病从来没能扳过来，他只说了一句："四年的时间，要走你早就走了。"

她忍了又忍，错开目光，一语不发。

何羡存看着她的侧脸，一瞬间想起过去的事。

他第一次见到雍宁的时候，何家画院刚刚完成对颜料坊的合并重组工作。

何羡存的母亲一向看不惯雍绮丽的做派，早年已经和对方没有什么接触了，徒劳留几分面子，表面客气而已。在大家印象之中，那位雍阿姨是老城区里最市井精明的女人，张罗场面上的事最拿手。

雍绮丽特意嘱咐，让她的女儿雍宁去画院见见前辈，还教她去和院长问好，无非是希望她能混个脸熟。

于是那时候的雍宁虽然不情愿，也还是去了。正赶上深秋时节，她放学后一个人坐地铁，满头是汗地赶到了何家画院。

那天何羡存正在忙项目，周围工作人员很多，都在一起开会，有人进来，谁也没顾上细看。他只扫了她一眼，好像雍宁还穿了校服，不过是个高中的学生，年纪轻轻，一双眼睛却透着孤高，是个有主意的孩子。

她不爱看人，只盯着他们墙上收藏的画，完全被画上的颜色所吸引。

林师傅领着雍宁在园区里走了一圈，那时候她永远攥着手心，跟人疏远，见到长辈也只会开口问好，多一句别的话都没有，实在不会周旋。

雍宁浪费了母亲出众的基因，只遗传到一张素净白皙的脸，连五官都平淡，勾着浅浅的轮廓……这已经是何羡存在当年对于雍宁的全部印象了。

彼此再见的时候，已经是来年的初夏。

马上就要高考了，雍绮丽已经出国再婚，时不时想起还有这么一个女儿，给雍宁打了无数通越洋电话，告诉她最好的出路就是考上美院，可历城的美院历史悠久，招生近乎万里挑一，雍宁学画晚，天赋不足，自己都没信心，于是雍绮丽又开始打听求人托关系，所幸她在颜料工艺转让的事上给何家卖了人情，因此兜兜转转，她又找到了画院里的人。

何羡存答应下来，学校那边他们说得上话，他可以去打招呼，但考试还是要正规去考，他就当给雍家的长辈一个面子，安排画院出人，专门指导雍阿姨的女儿。

那时候的历城刚刚入夏，却连日暴晒，气温过了三十五摄氏度，天一热，人也心烦。

何羡存难得有半个下午的空闲，他在园区里转了一圈，没回自己的工作区，只找了一间空房间，去看一幅画的全色情况，权当是休息。

他看见雍宁的时候，她一脸焦急，估计一直都没找到林师傅，自己走岔了路，绕到了他的门前。他这才想起雍家那位长辈出国之前的嘱托，还有这么一个女孩，于是他叫她进去，问她备考的情况。结果雍宁竟然一直盯着他手上的修复图看，直言不讳地告诉他，画院重新全色的部分有色差，颜色偏黄。

他突然发现这女孩与众不同。

何羡存看过太多文物古迹，每一件都历经千百年的时光，流传后世依旧震撼人心，他对于美过分苛求，却没想到自己还是被惊艳到了，那感觉实在玄妙。

她是真正的万里挑一。

于是何羡存第一次在工作的时候分了神。

天已经完全亮了，何羡存一直静静地看着雍宁，若有所思。

她周身一放松下来，只觉得脱了力，根本不知道他在想什么，却忽然听见他说："你考试那年，有一次留在我工作区里改作业，明薇去找我的时候，正好见到你。"

雍宁当然记得，何羡存不允许别人提起，他自己却一直都在缅怀郑明薇，这一下不管彼此还有多少温热的体温，瞬间都凉透了。

他没看见雍宁的表情，继续说："应该是她第一次见到你吧，后来明薇和我去吃晚饭，突然问我，为什么是你。"

那时候市里的新城区刚刚动工，整座历城正处于新旧交替的蜕变时期。夏天大风扬尘，冬日就会遇上深深浅浅的雪，而"宁居"这处院子也还没有名字，生活永远按着既定轨道前行，何羡存也刚接手画院，一天二十四个小时都不够用，根本没把郑明薇的一句玩笑话当回事。

雍宁想要打断他，可话没出口，听着听着却愣住了。

"我们在德国结婚那天，她已经只能坐轮椅了。我推她出去散步，又说起当年，她从没见我那么为难，对着一个小姑娘，每一眼都克制，每句话都在找分寸……她一口咬定，我那时候就喜欢你。"

女人的直觉实在可怕，以往何羡存绝不会在工作的时候犹豫，他对着千百年的书画文物没时间分神，但那天他的眼睛里，始终都有雍宁的位置。

后来……那个女孩果然成了他这一生最重大的失误。

雍宁摇头，不让他再说了，她捂住自己的脸，再度陷入黑暗之中，这样她才能什么都不去想，不用再去翻那些辛酸的过往。

她迷迷糊糊地扑过去，突然抱住何羡存发了狠，去咬他的肩膀，整个人累得连气都喘不匀，什么都顾不上再想，很快就缩进了被子里，彻底地睡了过去。

第 七 章

烟火盛世

　　新年第一天，历城的市中心一大早就开始堵车，上班族们好不容易等到一个元旦假期，纷纷外出。

　　许际赶到"宁居"的时间晚了，他想着已经快到中午了，直接去了后院，没想到那两位好像才刚刚起来。

　　雍宁正在厨房忙活，竟然是在做早饭。

　　许际觉得新鲜，从厨房的窗户露个头往里看，他看她动作熟练地熬了粥，一脸狐疑地退出来，又去书房找何羡存，进门就和他说："院长，那丫头不对劲啊，她是不是想毒死你？"

　　过去因为何羡存的起居和饮食实在不规律，所以雍宁曾经私下和许际一起商量，要好好学做饭，结果她那时候只是小试身手，让许际试吃，差点吃出胃肠炎。当时何羡存正在负责国家的项目，几天不眠不休，最后累到去输液，拔了针头就要直接去馆里开会，在那种节骨眼上不是她胡闹的时候，从此不管雍宁还有多少泛滥的少女心，也不敢再提什么给他做饭的事。

　　如今却不一样了，书房里光线柔和，何羡存刚刚铺开那幅紫藤的画。

他嫌许际挡了光，让对方往边上站，随口接了一句："不会，她还算计着我的院子，毒死我，就没人给她过户了。"他还有心思开玩笑，显然今天心情不错，说着说着顿了顿，"我以前总担心宁宁，她的能力被太多人知道不好，而且性格又孤僻，哪天真离开我了，自己过不下去，事实证明……是我想错了。"

许际听着院长的口气，嘴又快了，接了一句："其实这次您回来，无论雍宁过得好还是不好，您都觉得不痛快。"

所以没必要那么在意。

何羡存不再说话了，他对着那副紫藤细细端详，又用左手拿笔蘸墨，在一旁练习的宣纸上慢慢勾线，始终都没往真正的画上落笔。

眼下正是过节的好日子，许际想让气氛轻松一点，看他这样辛苦练笔，不知道该说点什么，好在很快外边雍宁叫人去吃饭，何羡存放下笔墨，准备过去了。

许际看了看时间，和他说："我先去车上等。"

何羡存让他把车钥匙留下，"不用，你回画院吧，今天我开车。"

许际有些惊讶，院长当年在山路上出事，以至于连累郑明薇重伤，从那件事之后，他不再亲自开车，今天却破了例。

何羡存摇头，许际知道劝了也没用，只好帮他把袖口处的扣子都系好，很快退出去了。

"宁居"的院子里种的是重瓣紫藤，雍宁把它养得很好，左右扩展，还搭出了新的架子，虽然冬日蛰伏，但它看起来依旧透着生机。

何羡存离开那一年顾不上这些事，后来想起这院子里的花草十分可惜，以为都要枯败了，没想到眼前一切如旧，还多了几只猫，连带着墙边的猫窝都钉好了。

"宁居"的主人和这紫藤一样，适应力极强。

雍宁在厅里看见他过来，依旧是一向规整的衬衫，她忽然心里一动，看向面前的餐桌，打算搬到窗旁去。她抬起桌子的一角用力拖拽，何羡存自然不得不来帮她，他的右手虚扶在桌子边上，左手用力帮她把桌子推了过去。

雍宁看清他的动作，什么都没说。

她很快把碗筷都端出来，清粥小菜，不算丰盛，但好在还说得过去。那粥是她这几年时常熬给自己喝的，粳米软烂，还加了薏仁和茯苓，一旁配粥的小菜放在了中式素花的小碟上，显得格外诱人。

她给他盛好，"六必居的酱甘露，南街老店买来的，味道一直都没变。"

生活就是这样，琐琐碎碎，但又无坚不摧，他们曾一起度过的好时光，再熬到重逢的时候，所有细节轻易就能把人都浸透了。

窗边的位置正好挨着紫藤架，何羡存一边喝粥一边看它，两个人难得平静相处，他和她说："当时怕你住进老宅子里害怕，想把它种在后院这里，能对着你的窗户，你看见紫藤心里会踏实一点……没想到一晃这么多年。"

紫藤是长寿树，好景好兆头。

在雍宁为数不多的记忆里，她和父母一家三口的好日子实在不多，那时候她还太小，只能断断续续地记起过去的事。他们老房子楼下有一条乘凉用的长廊，顶上爬满这样的紫藤。后来何羡存让人送来紫藤苗，两个人亲自动手种下，而后每年修剪枝叶，施肥浇水，都没经过旁人的手。

她盯着何羡存全部的动作，一直没说话，直到他快吃完了，才忽然换了话题，她和他开口说："我问过许际，你在车祸里只受了一些轻伤，人没事。"

他把筷子放下了，右手刚好扣在桌旁，小指微微发颤。

今天的天气实在不错，是个风轻云淡的日子，以至于何羡存坐在窗边，听见她这话眉目舒和，像是一张艺术的剪影，又是温良清净的模样。

他依旧平淡地示意她："人确实没事。"

雍宁心头又酸又涩，尽力让自己平静下来，继续问他："那你的胳膊怎么了？"

她说着说着伸手想要握住他的手，他不想提前预知任何事，于是避开了。

她没有过去那么痴了，她分明看出何羡存右边的胳膊不能用力，连带着他的手腕和手指都不复以往，他一直尽量避开露出右手，因而她开始怀疑那场事故里的真实情况，可何羡存始终避而不谈，一句话扔出来："与你无关。"

他的口气突然变得又冷又硬，说得这么干脆，倒显得她自作多情。

雍宁手里捧着碗，又重重放下，"一会儿我还要开店，你如果忙就先走吧，碗筷放着我收拾。"

何羡存一点没有赶时间离开的意思，还提醒她："今天是元旦，法定放假三天。"

他口气认真，把这么一句话说得多重要似的，让雍宁不由想笑，什么气都散了，"第一次听说何院长还有假期。"

他起来把门边的大衣扔给她，催她快点收拾出门。

雍宁一脸不明所以，他微微叹了口气："真是没良心……哪次新年忘了你了？"历城禁放严格，只要他在的时候，跨年夜一定会赶回来，年年都会带她出城放烟花。

雍宁直到上车才明白，想着想着忽然眼角发热，昨晚他回来，是因为又到了跨年夜。

何羡存想带她出城去过节，车的后备厢里早早放满了烟花，是她忘了。

今非昔比，如今的历城一赶上放假，出城的车流量远超乎想象，尤其城外近郊那几处地方，已经成了热门首选。

从老城区到水库，往常两个半小时的车程，今天他们足足开了五个小时，傍晚时分才到达。

何家画院在水库旁边有一处小型的度假村，一直作为培训基地，春夏两季定期会有学生过去写生。这片地买得早，因此地理位置极好，距离水边步行只要一刻钟。基地不对外开放，再加上如今天气也冷了，这段日子里再没有别人过来，两排楼里只有何羡存和雍宁，清幽安静。

接待他们的人是龚阿姨，她是水库旁边县城里的人，十几年前基地刚建成的时候她就守在这里了，后来两个孩子都跟着她过来，每年何羡存和雍宁来水库过新年，都由她在照顾。

如今几年未见，龚阿姨也有点激动，一直等在停车场门口，一看何羡存他们来了，高兴地追着他说话。

她怪院长一直太累，不懂得保养，这几年从国外回来，明显又瘦了。

何羡存应付着寒暄几句，走走停停，最后回身等身后的雍宁，喊她尽快跟过来，一点也不避讳，直接把她拉到了身边。

龚阿姨从过去看到如今，心里有数。她全程陪着他们没有半点不自然，聊天的话题是闲散的，越扯越远，却从头到尾绝口不提院长夫人的事，仿佛从来不知情。

她还搂过了雍宁，仔仔细细地看她，有些感慨似的说："隔几年看才觉得，这丫头真是大了……那时候还是个学生模样，清汤挂面似的小丫头片子，现在可漂亮多了，头发都留了这么长。"

天色渐晚，雍宁戴着的墨镜也摘下来了，这一下让她对着旁人审度的目光无处可躲，只好迎着龚阿姨的热情，和她勉强聊天，快步跟着何羡存回了房间。

他们住的地方一直是顶楼这一间，正对远处的水库。这里的水库是历城的后花园，水域连着好几条重要河道，面积极广。冬日林地里的绿意不盛，浅浅蒙了一层浅黄的颜色，西边还有山，从山顶到山脚的植被都不同，颜色深浅交替，虽然还没有花开，却显得入眼的一切线条硬朗，有着冬季特殊的美。

雍宁一直非常喜欢这里的景致，大自然里的颜色才最为瑰丽，眼前毫无修饰的天水一色，和城市里的灯光截然不同，这样的美连半分装点的必要都没有。她没想到自己还能回到水库这里，被眼前的景色所浸染，一瞬间心境豁然开朗，整个人都轻松起来。

仔细想一想，只有面前的山水才是真正属于她的，仿佛成了一份过分直白的写意，不用任何迂回的表达，这是何羡存对她的心思。

他确实从来不会说"想和她在一起",也不会有时间和她逛街约会,更不会配合她分分合合闹那些小儿女的脾气,他只会把她细心收藏,静静为她画一幅紫藤,会在新年满足她的愿望,会送这一方日月相对。

每每想到这里,她就佩服那人的定力,她很难想象一个人年轻时就被众人供上神坛,身上背负着太多责任和工作,逼得他连睡觉都成了奢望,在这样常年高压的环境下,他竟然还能事事从容相对……甚至于还能这么用心地对她。

雍宁站在落地窗前,静静看着远方的山谷河道,何羡存就在她身后,他同样靠在了窗上,刚好侧过身看她。她今天没有绾起头发,于是任由齐腰的长发散着,他轻轻地抚过去,说了一句:"留长了好看。"

雍宁的额头贴在了玻璃上,冰凉凉的,惹得她想笑。她和过去一样,仔细看玻璃上的人影,人贴近之后反射出层层叠叠迷离的光,何羡存侧脸的影子近在咫尺,她就在这窗子上吻他的轮廓。

他站起身,恰是在她的身后,于是一只手把她额头护住,向后一拉,把她整个人拉回到了怀里。他掌心的温度逐渐缓和了她额头上的凉意,一点一点散开,让她整个人都暖了。他俯下头亲她的眼睛、鼻子……以至于唇角,一时两个人都恍惚了,连这黄昏时分的霞光都和过去一模一样,从未偏离。

城外缺少霓虹,于是夜色来得更早,餐厅里很快准备好了晚餐,为他们特意做了新鲜的全鱼宴。

吃水库鱼讲究的就是不能浪费鱼身上的任何部位,从鱼头到鱼尾,乃至于鱼鳞都做成了不同菜式。雍宁最喜欢的就是鱼汤,饭没吃两口,一直在喝汤。

龚阿姨以为女孩子爱美都要减肥,唠叨着说雍宁已经很瘦了,鱼肉吃不胖,还是何羡存最了解她,直接戳穿雍宁的坏毛病:"她是嫌刺多,不愿意挑,小孩儿似的毛病。"然后他嘴上这么嫌弃,还是只给她夹了鱼腩。

龚阿姨看着他们都笑了,正想说话,何羡存的手机响了,他看了一眼是许际,于是让雍宁好好吃饭,自己出去接电话。

"院长，郑彦东突然来了消息，说他们家里要为夫人下葬，明天在东郊会重新办一场，问您去不去。"

何羡存回身看了一眼餐厅里的灯光，淡淡地回他："明薇临终的时候，我们已经把所有该了结的话都说清了，她最后的请求是送她回家，她在我身边挣扎四年已经够了，不想再见我。"

许际显然有些犹豫，他当然明白院长不会去，但郑彦东那边故意来问，无非是挑衅，外人眼里看见的都是所谓的情理，情理上何羡存送亡妻回国，却不出席葬礼……

所以他做不了这个主，还是打了这通电话。

"告诉他，如果做人还有点良知，就请他尊重他姐姐的遗愿，不要再拿她当要挟，这不是能开玩笑的事。这几年明薇无论是为了郑家还是为了我，牺牲得足够多了，别让她走了都不得安宁。"

许际答应下来，"郑彦东就是个混账东西，好在这两天您带雍宁去水库了，正好能避开。"

何羡存吩咐完了就挂断电话，一回身正好看见雍宁在餐厅里，正被龚阿姨缠住聊天。中年女人一热络起来那架势她显然招架不住，于是一直有些尴尬地在拢头发。龚阿姨凑近她不知道问了什么，话一说完就笑，雍宁脸都红了。

他走回去的时候，正好救了她。

雍宁赶紧想岔开龚阿姨的话题，没话找话追着他问一句："怎么了？"

何羡存摇头示意她没什么事，"是许际。"

他看她吃完了饭，年轻的女孩还是脸皮薄，最不擅长应付，于是给她解了围，叫龚阿姨和自己走，让她把两个儿子也叫上，一起去他车后把烟花都搬下来。

"水边冷，让宁宁先上楼换厚衣服吧，一会儿过去找咱们。"

雍宁一听这话如释重负，转身飞快地跑了。

她回到房间其实也没什么事，很快披上了外套，坐在窗旁往水边的方向看。

这会儿林子里只剩下浅浅的月光，楼下有车开过去准备放花。

雍宁已经太久没有过期待的心情，她一直盯着远处，心里涌出的都是难以名状的兴奋。这一切都显得不真实，仿佛她在"宁居"里一场荒梦绵延未醒，何羡存如愿而归，生活一如既往，新年的时候，她能和他出来过上几天平静日子。

一切都让她贪恋，分分秒秒都不想浪费。

虽然不是跨年夜了，但也值得隆重相对，雍宁忽然想起她的头发还胡乱散着，毕竟不方便，于是去找了镜子，把自己收拾得好看一些。

很快远处就有银色亮光突然飞上半空，瞬间整片天空都被照亮，紧接着艳红色的烟花接二连三放了出去。

雍宁的手机响了，何羡存提醒她尽快过去。

他那边四下都是"噼里啪啦"放烟花的声音，十分热闹，他安排龚阿姨返回来接她，雍宁笑着说她的眼睛看得清，于是让他等等，自己马上下楼。

电话刚刚挂断，很快手机又收到了一条短信。

这年头很少有人发短信了，一看就是个陌生号码，发的是张图片。雍宁以为是垃圾广告，刚要锁屏出去，那张图却在一瞬间正好加载完毕。

有人给她发来了一张照片。

雍宁已经走到房间门口，低头看了一眼，立刻所有的欣喜统统被浇灭，周身如坠冰窟。她心里反复想要回避的愧疚和不堪死灰复燃，比烟花还要灼人……让她不敢再看照片第二眼。

她死死攥紧手机，对着那扇门，竟然无法迈出去。

雍宁僵持在原地，她也不敢转身，背后就是窗，恰好漫天焰火，照亮整片山谷，林木清幽，水清无波，她知道何羡存就等在水畔，他本来应该是最淡薄的人，却始终愿意为她站在喧嚣处。

烟花接二连三地飞上高空绽放，在她眼睛里是真正的万千颜色，映照出这一夜十万星河。

这是他给她的盛世烟火。

可惜她还是缺席了。

龚阿姨一直没有把雍宁接过去，她回来的时候没看见人下楼，以为她在打扮，于是等了一会儿，去餐厅里收拾碗筷，她再抬头的时候都过了快半个小时了，而河畔那边已经放完过半的烟花，迟迟不见雍宁的人影。

她跑到他们房间去敲门，没人回应，很快就连何羡存也已经折返回来了。

房间被打开，里边空空荡荡，看起来雍宁是穿好外衣，拿了自己的东西走的，显然不是玩笑。

他们找遍了整个度假村，都没找到她的人影，电话打过去，一直也不肯接。

龚阿姨完全没想到雍宁会突然离开，本来大家都很高兴，正值元旦假期，他们也好几年没来水库这边玩了。她一时惦记着外边天黑，路灯又少，这里距离县城虽然不远，但还要走高速……她越想越急，只怕雍宁跑出去找不到方向。

何羡存还有时间安慰外人，人心惶惶的时候，他的声音在一片嘈杂之中显得分外干脆："宁宁晚上也能看清路，所以她才敢跑。"

龚阿姨被他说得愣了，不明白他怎么还能这么冷静。

何羡存从找不到雍宁开始，就一直站在车边等，基地里留守的人都出来四处帮忙寻找，只有他一言不发。

他给雍宁打了几次电话，发现她根本不接之后，也就不再拨过去了。

龚阿姨急得团团转，直催他："您还是继续打电话吧，没准她就接了呢，她一个女孩子，万一出点事……"她看出他眼神都暗了，知道院长心里不痛快，不敢再往下说。

何羡存开了口，声音却格外低缓，近乎叹息，"我是不想再把她那倔脾气逼出来，不然她非要和我对着干，如果我一直打下去，她肯定关机了，这样她开着手机还能搜搜地图，不然更危险。"

雍宁说跑就跑，轻易又把所有的担心都扔给他，他只能继续替她权衡，又是这样，他一个人思前想后，怎么才能在最坏的情况下给她留条生路。

何羡存靠在车门上，半空之上的烟花五颜六色，一阵一阵灿烂光影，照得人脸上也明明灭灭，谁也看不清他的表情。只有龚阿姨离得近，越看他越觉得这次他们回来，不论是院长还是雍宁，都不似往年了。

龚阿姨是过来人，看得最清楚，何羡存过去也累，但只是工作上的累，今年看他这样子，却连整个人的心性和精神都不同以往了，像是熬干的墨，反反复复润笔之后，也只剩艰涩……他离开历城那几年，把前半生的心力都用尽了。

人的性格很难改变，只有在经历过重创之后，才有这样劫后余生的倦怠。

院里这些老人早都议论过，雍宁那丫头痴，一个人不肯走，在老宅子里等了四年之久，可是从来没人知道，何羡存又在那段时间里经历了什么。

远处水畔的人又来电话了，他们想问院长，还要不要继续放烟花。

何羡存点头，不让大家停，"继续放，放完为止。"

同一片天空，月光一视同仁。

雍宁跑得快，也看得清路，可是她没有车，终究也没离开多远。

她对基地这里的路线大致都记得，很快就走出林子，找到高速公路，但高速上不是打车的地方，她更不敢随便就在晚上搭车，幸好这几年她去过水库旁边的县城，不算陌生，于是她搜过导航，沿着高速一路往县城的方向走，留在靠近收费站的服务区定位，打到县城里的出租车，承诺给对方多加钱，请司机过来接自己。

天际一直都有烟花，就在她身后的方向，她越走越远，那光亮却还是很分明，遥遥地还能听见声音传过来。

雍宁不敢回头看，她跑进服务休息区里去等车，假期的时候这附近也不算僻静，不少路过的大巴停下来休息。

她一时难过，独自站在角落里，拼命握紧指尖，可惜无论她怎么用力，都看不到自己的未来。她知道何羡存在找她，还能听见身后漫天绚烂的烟花声响，一时控制不住自己，泪流满面。

他有他的执着。

雍宁开始厌恶自己这样总是哭，故意迎风而站，希望能把眼泪都吹干，最后她哽咽得仰头抽泣，隔着高速公路的护栏，盯着眼前的车一辆辆驶过，又哭又笑的样子，人人都以为她是个疯子。

好在冷风有点用处，雍宁逼着自己冷静，所有冲动的心思过去，人也平静下来。她已经二十六岁了，不能再玩那些离家出走的无聊把戏，于是她拿出手机，打算把原因告诉何羡存。她给他发了消息，如同她收到的那样，还是一张照片，其余的什么都不用再说。

那是郑明薇的遗像。

照片上的人大概和雍宁如今一样年纪，正好是郑明薇二十多岁的时候。她有着纤细的眉眼，微微抬起的脸上笑意刚好，并不媚俗艳丽，举手投足永远带着书卷气，年轻的女人身上很难得有她那样的文艺气质，透着家世和教养，不带半点矫揉造作。

雍宁不得不承认，照片上的人，和何羡存非常相配。

当年的雍宁只是要考试的学生，在何家画院偶然见到对方，彼此都不经意，可她一直偷偷抬眼看，她看见郑明薇去找他，又看见何羡存在和她说话，也看见过他对她笑的样子……她只觉得那画面十分和谐，如同欣赏一幅清淡的水墨，幸运的是他们能够有诗有酒，高山流水，那么繁盛的春花夏阳，再多一笔都冗余。

那时候雍宁虽然小，可她心里清楚，郑明薇和何羡存最初在大学里相识，在远远早于她出现的时候，他们本该是人人艳羡的一对。

可惜十年后，佳人已逝，照片被调成了黑白颜色，对比度过于强烈，提醒着所有人的不堪。

良辰虚度，破镜难圆。

谁也没想到会突然收到这样的消息，包括何羡存。

何羡存突然收到了雍宁的回复，只看了一眼瞬间脸色就沉了。他所有压抑下的火气突如其来，盛怒之下完全克制不住脾气，直接就把手机甩出去，一下砸在了车盖上。

所有人都被这声音吓住了，纷纷停在原地看过来，不知道院长怎么了。

龚阿姨也没想到如今何羡存的脾气这么阴晴不定，他没有任何预兆，不声不响就急了，把她吓得心惊肉跳，赶紧帮他把手机捡了回来。

何羡存背过身撑在车边，尽量冷静下来，他一看这照片就知道是谁发过来的，对方得知他明天不会出席葬礼，自然不能让他痛快。

他一刻都没有再等，转身上车，直接开了出去。

雍宁发完信息也没有再看手机，她已经离开了服务区。

她等到了约好的出租车，司机师傅是从县城特意赶过来的，看样子专门接夜活儿，只求挣得多，倒也不嫌远近。

雍宁留了一个心眼，毕竟时间晚了，她为了安全起见，看清了前方的服务卡，把这辆车的车牌号和司机名字都发给了祁秋秋，以防万一。

她本来想尽快回到历城市区里，可是一搜导航，赶上假期，对面回城的路已经拥堵两三公里，再耗下去时间更晚了，与其非要赶回城，不如先找个地方过了今晚再说，清早起来的路最好走，于是她干脆让司机师傅先把她送到附近的县城里去。

"我看你是从历城来玩的吧？有认识的人吗，我给你介绍个宾馆？"那司机师傅很快开窗开始抽烟，声音闲散。

雍宁警惕起来，又把自己即将去的目的地统统发给了祁秋秋，万一有什么事，起码保证有人知道她的下落。只是前后这么长时间，祁秋秋一直没回复，不知道对方又去什么地方鬼混了。

雍宁坐在后排观察了一会儿，看上去这位司机倒也没什么恶意，只是例行推销而已。县城里的居民靠近水库，一到旺季就会涌来很多游人，所以出租车的师傅大多都在小宾馆拿提成，和他们的人捆绑在一起揽客。

她渐渐放心，一路四下观察，车顺着高速，不到二十分钟就开进了县城。

如今水库附近的县城也发展得很不错了，两侧都是新修的居民区，冬天来这边的人虽然不多，但也不至于冷清。

雍宁心里踏实多了，和司机师傅说："去王枫福利院吧。"

司机以为自己听错了，频频回头打量她。后排的人看上去只是个游客，大晚上一个女孩要去县城肯定是为了住宿，没想到她竟然还认识这里的福利院，他又问了什么，但雍宁在后边根本没顾上听，她的注意力完全被反光镜里的车所吸引。

一辆从未见过的黑色奥迪一直跟着他们，从高速上渐渐开过来之后，对方几次转弯改道，最后却都重新出现在她的车后，甚至于她现在要去找一家最不起眼的福利院，那辆车也还是同路。

到底是有人跟着她，还是真的这么巧……

雍宁想起今晚这一切，突然改变主意，让司机师傅在县城主要的街道上绕路，说自己要按地址找朋友，可以多加钱给他。他们前后又绕了半个多小时，她发现后方的车似乎是被甩掉了，起码这一时半刻没再重新跟上她，于是她才重新去了福利院。

"这么晚了，你不找地方住，绕这么远跑这里来干吗？"结账的时候，司机都觉得她奇怪，尤其这家福利院一看就是私人开的，面积不大，挤在一条拥挤的小街道中间。这里两侧都是老房子，路也只是狭窄的单行道，只能进，不能掉头出去，于是就连出租车都不好停。他们本地人也不太认识，要不是雍宁记得路，根本找不到。

县城里很多人还习惯骑摩托和三轮车，全都乱糟糟地随意停在路边，占了大部分空间，他们实在没地方停车，司机只好往前开，一直开到快到道路出口的位置，才有空间让她能打开车门。

"我认识这里的老师，正好顺路，过来看看。"雍宁四下看了一圈，趁着这一刻街上没有其他人，赶紧下了车。

隔着几百米的距离，福利院里传出来阵阵安宁而平缓的钢琴声，她听得很清楚，算算时间，应该是为了提醒孩子们要去睡觉了。雍宁快步往前走，身后的路口突然又有了车灯的光亮，她一时紧张，回头一看，恰恰又是那辆奇怪的黑色奥迪，一路逆行开了进来。

对方故意开了远光灯，光线实在太过晃眼，她的眼睛受不了，看不清司机的位置到底是什么人，只记得赶紧往前跑。

身后的车开得很快，目的明确，雍宁一晚上担心的事突然成了真，果然有人在暗处跟着她。

她一下慌了神，突然意识到刚才那一路，无论高速还是服务站里，都算是人多车多的地方，可如今她自己竟然选了个没人的小巷子，还轻易下了出租车……她想先躲进福利院，可那里除了几个老师就剩下小孩子了，上次"宁居"里的事故历历在目，万一对方又是亡命之徒，她绝不能再连累别人。

方寸大乱的时候，迎面又有车顺道开了进来。这条狭窄的单行道完全没有错车的余地，两辆车相对而行，避无可避，而且车速竟然都很快。一共没有多长的小街，最后只剩下凄厉的刹车声。

雍宁的眼睛被两边的车灯晃得发晕，她用手挡住了眼睛，听见有人下车的声音，下意识躲在了树后的暗处。很快有人追过来，一把将她拉进了怀里。

她头晕目眩，甚至还来不及反应，恐惧之下刚想挣扎，却突然感觉到对方满怀都是她熟悉的味道，清淡的雪松木，今夜还混合了浓重的焰火气，缠缠绕绕，让她的心都静下来。

何羡存显然跑得非常急，他一下车就冲过来，喘息未定，抱紧雍宁才稍稍定下心。

她万万没想到他能这么快追过来找到自己，只记得老老实实躲在他怀里，整个人被她的大衣围住，不再乱动。她耳边都是他极快的心跳，她没见过他这么急的样子，一时只记得和他说："我没事，没伤着，坐车过来的。"

何羡存长出了一口气，她这么一开口，他才意识到自己是真的紧张了，他过去面对繁重而严苛的工作，已经习惯于对精准度的极端要求，一根弦绷得太久了，他甚至不记得松懈的状态，他已经很久都没有过这么难以承受的情绪了……这一路上，他仿佛忘了过去事故的阴影，不断加速，只怕一切又来不及。

何羡存挡住雍宁的眼睛，不让她再面对强光，把她送回到自己车上。

他的手机很快又响了，他只扫了一眼，没有马上接通，附身把雍宁的安全带给她系好，又告诉她："坐好，别下车，我接个电话。"

他不想让她听见通话内容，于是把车窗和车门都上了锁，正对着不远处那辆不速之客的车，站在路边的树下接电话。

对面那辆车没接到下一步的指示，于是卡在那里，不动也不走，而电话里的人懒洋洋的，还是一副无赖腔调："何大院长，您可真是公务繁忙，不愿意出席自己老婆的葬礼，原来是忙着带小情人出来鬼混呢……"

"你姐姐确实救了我，这是事实，所以我始终让着你。"何羡存的声音越发缓和，他冷静下来之后，语气毫无波澜，"事不过三，这是第二次了，如果你再敢找宁宁的麻烦，不用等到今年开展，你们过去做过的事已经足够量刑了。"

"哟，别啊，何院长动不动就拿四年前吓唬人，你现在手里拿证据吗？据我所知，你那小情人对你死心塌地，结果你却和我姐结婚了，她被你抛弃，还算有点硬骨头，恨你恨得牙痒痒吧？我的人去了，虽然没拿到存档，可她是不是也没还给你？否则你为什么天天守着她？"电话另一端的环境纸醉金迷，似乎一群纨绔正在喝酒，全是闹哄哄的音乐声，郑彦东一边笑一边说，"我没有恶意，就是听人说过，宁居的店主有个特殊本事……她能看见未来的事，所以我想请她到家里聊聊，帮我们看一看，今年开展的时候会出什么事，仅此而已，这样你都不舍得啊。"

何羡存显然没心情和他废话，"让你的人退回去。"

郑彦东突然想起有意思的事，越笑越大声了，和他补了一句："退？我要是让他们撞过去呢？何院长，你怕不怕再来一次车祸？上次让你……"

"郑彦东。"何羡存打断他，依旧静静地站在车旁，盯着不远处那辆黑色的车，又加重了语气，"我说，让你的人快滚！"

电话对面的人还在磨磨蹭蹭，仿佛不想这么快了结。

何羡存提醒他："郑馆长知道当年的事吗？"

那边的音乐声突然远了，郑彦东冲口而出吼了一句："你什么意思！"

"我不但有画院的存档，还有当年车祸的调查报告，你姐姐已经去世了，我是不是应该给你父亲送过去，让他看看，到底是谁丧心病狂，害死了他的女儿。"

对面的人突然不再说话了，仿佛咬着牙忍了又忍，连骂了两句脏话。

很快何羡存对面的那辆车开始后退，笔直地从出口处退了出去，把路全都让出来，飞快地离开了。

不远处的钢琴声不知道什么时候停了，四下寂静，树梢的枝叶还没等到春天，空荡荡地守在风里。

何羡存重新上了车，他若有所思地把手机随意扔到一旁放着，好像过了一会儿才突然想起雍宁，又侧过脸盯着副驾驶位上的人，没有开口说什么，只是沉默。

雍宁躲无可躲，他这么冷静的态度，反而让她承受不住。

她知道有人故意发遗像过来，而她还是莽撞地以身涉险。她从小与众不同，曾经被当作怪胎，被诊断为病人，早早没了父亲，又被母亲扔下，最后还和何羡存分别……她经历过世间太多生离的苦，熬过去了，照样活到这么大，所以她骨子里的乖戾改不掉，总以为自己没了谁都能活。

千言万语，她不知道还能说什么，车里的环境始终幽暗，何羡存为了让她的眼睛好受一点，他一直也没开灯，就这么陪她坐在黑暗里。

她想要解释，都是她自己的主意，"我认识福利院的老师，这里收养的都是一些有精神障碍的孩子，我来当过几次义工，所以今天晚上堵车回不去，想起这里有宿舍可以住，也比较安全……"

她看他不说话，只好继续问："你是不是找祁秋秋了？我只把地址发给她了。"她说来说去，只剩三个字："对不起。"

何羡存听见她的道歉，终于开口和她说："宁宁，我知道你长大了，你把颜料店经营得很好，把宁居收拾得像个家，连紫藤都养得比过去高了。你在试着和人接触，认识了方屹……你在普通人的社会里也有生存的能力，我都知道，但是我希望你明白，有些事，你一个人做不到。"他又看向前方，"每个人都有自己做不到的事，我也有。"

承认自己做不到其实很难，尤其当一个男人年少成名，半生辉煌的时候，他以为一切万无一失，却因为雍宁的一句话，付出了巨大的代价，而后又用了四年的时间，才肯承认这一点。

这年的冬天还是下雪了，车窗上渐渐飘了点点的雪花，细细密密地很快起了雾气。

外边的温度愈发冷了，雍宁心里却像着了一把火，微妙的灼热感让她又疼又暖，所有的煎熬都被何羡存说出来，一颗心却前所未有地宁静。

何羡存的声音就在耳畔："你改变过我的未来，可你看不见自己的人生，这就是我最害怕的……"他的目光深重而笃定，"我回来了，你不能有意外。"

陋巷暗夜，前路未明，只有他的眼睛成了唯一的光。

第 八 章
月光白

近郊放起烟花的时候，远处历城市区的夜色就没那么轻松了，纷纷扬扬，这一个冬天终于在新年的时候落了雪。

久违的降雪带来了湿润而干净的空气，却没能打破城市忙乱的节奏。都市之中的白领永远有忙不完的时间表，新年之后就要过春节了，所有工作全都挤在最后一个月的时间里收尾，不少人连元旦假期都要加班。

当天夜里，何羡存一通电话打给祁秋秋的时候，历城这边的雪才刚开始下，但市里的交通状况已经濒临崩溃，路上再也没有空的出租车。祁秋秋晚上还有事，正想办法赶时间，没注意来电，等她匆匆忙忙接起来的时候，口气很是不耐烦。

电话里的声音和这雪一样，凭空而来又透着冷清，但口气显然很急切，对方上来就直接问了一句："宁宁在哪？"

祁秋秋的脑子有点死机了，她站在马路边上反应了三秒，只觉得这声音似曾相识，连对方叫人的称呼也熟悉，她终于想起来了，震惊得"啊"的一声差点把手机扔了，赶紧讨好地换上一副规规矩矩的好学生口气，直接用上了敬语，

"何院长，您好！"

"宁宁能联系的人不多，肯定找过你。"何羡存想找雍宁其实不难，高速公路堵车，雍宁不会白白浪费时间回城，这么晚了，她在夜里还能联系的人，一只手都数得过来。

祁秋秋不知道最近发生什么事了，心想何院长既然人都回来了，雍宁肯定蹦不出他的手掌心，为什么突然来找自己问？这些吐槽的话已经滑到嘴边，又不敢真的和电话里的人说出来，只能干笑着解释，自己今天加班，下午忙活动要进场，一直没接过电话。

她一边这么说，一边赶紧想办法弥补，帮何羡存翻微信找消息，突然看见雍宁发过来的地址，赶紧和他汇报："她说人在水库的服务区，打到了车，给我发了出租车的车号……哦，她后来去了那家福利院……"

祁秋秋十分欣慰，发现雍宁如今警惕性挺高，还知道夜里出门留个心眼了，于是就把信息都转发给了何羡存。

难得何院长千年一遇亲自联系她，祁秋秋想起文博馆即将开展的事，她一定要去看那幅国宝珍品《万世河山图》，因此想借此机会套个近乎，和他打听馆里百年庆的消息，结果她一个字都没问出来，对方已经挂了电话。

祁秋秋对着手机屏幕发呆，一脸莫名其妙，一抬头才发现雪下大了，她再耽误下去打车越来越难，还是操心下自己的事比较好。

祁秋秋没骗人，她今天是真的忙。

最近她的公司接了一个饮料的上市活动，今天她奉命去找带绿叶的树枝，作为舞台装饰。下午的时候，她找了市里好几个公园也没找到合适的，最后天黑之后，她才忽然想起来，方屹的公司在创意园，那里的景观和绿化特别好，她立刻联系上对方，马上就要赶过去。

没想到天公不作美，突然下雪，连叫车软件都要加钱再排队了。

方屹看到祁秋秋的时候，她已经不知道在外边走了多久，羽绒服上都是一层细密的雪。他让她先进公司里暖和暖和，又叫前台妹子给她倒了一杯热咖啡，总算得到她两句感谢。

他忍不住问她："你要植物布展就联系花艺公司，这大冬天的，你还打算徒手去砍树啊？"

祁秋秋翻了个白眼瞪着方屹，勾勾手指让他凑近了，这才小声说："这不是预算不够了吗，我随便折点没人管的，只要是树上的就行，他们想要捆在舞台两边，再往上边挂装饰用的，不是什么重要的东西。"

方屹当然明白她心里那点小九九，故意揶揄她："行了吧，预算不够还不都是你们中饱私囊的结果，你可真够抠门的，这点钱也省，我才不信方案里写的花艺部分，是让你出去薅公家羊毛。"

祁秋秋冻得脸都红了，吸了吸鼻涕，一点也不生气，随他说什么，毕竟是她有求于人。

方屹虽然无奈，但好在早已经习惯了，祁秋秋这么多年不是一次两次东拼西凑了，每次她的活动进场，看看朋友圈就知道了，她求助大家帮忙的都是一堆稀奇古怪的东西。

这次只是帮她找点树枝，其实也不难。

方屹等她喝完了水，穿上外衣，和她一起走去园区。

创意园里的草坪容易积雪，这会儿的雪虽然只留了浅浅一层，但气温骤降，很快变得湿滑难走。方屹在前边开路，心想祁秋秋好歹也是个姑娘，出来干活都不容易，他一时心软，回身和她说："慢点，看清楚脚下，摔了可没人救你。"

"好好好，我不会麻烦方总的。"祁秋秋嘴里嘟囔着，走路却不老实，东张西望，脚下不稳，她干脆伸手扯住方屹，直接把他当成了拐棍。

方屹懒得理她，看在都是朋友的面子上，腾出一只胳膊给她借力。

他越走越觉得这种事实在丢人现眼，最好赶紧找个僻静地方，于是他带祁秋秋往楼后的方向走，那里有一条景观散步道，天气不好，今天肯定人少。

祁秋秋跟在他身后，嘴里还不闲着，不忘了表扬他说："还是方总考虑周全，我本来要提醒你的，盗亦有道，咱们可不能去有灯的地方。"

两个人在园区里像做贼一样，专门避开人，偷偷摸摸去找还挂着叶子的树，想尽办法揪树枝。

"麻烦姑奶奶了，以后这事千万别找我了。"方屹给她抱着一堆破树杈，实在想不明白自己跟着抽什么风，为什么非要答应这个神经病。

散步道这里路面平滑，现在一有雪就冻成了天然冰场。两个人好几次差点摔倒，方屹还得抽出工夫来盯着脚下，生怕把这位活祖宗摔坏了，回头指不定要敲诈他多少医药费。

方屹这么想着，满心都是祁秋秋惹出来的这出闹剧，他眼看她冻得满脸通红，还贼兮兮地笑，又觉得有这么一个朋友也不错，她突如其来闯过来，把他低落的心情都全打散了。

方屹一直没离开公司，他故意让自己特别忙，法定假日还拼命加班，拉着员工开会，就为了能让自己不停下来，没有时间胡思乱想。

此时此刻，天寒地冻，他莫名其妙地在园区偷树枝，竟然成了这个新年第一件让他觉得高兴的事。

祁秋秋隔着灌木丛，一连喊了他好几句，方屹正在出神，只盯着怀里的东西，一直没理她。这位姑奶奶果然急了，在树后抓了点雪，直接弯腰，冲着他砸了过去。

她一辈子的准头都用在今天了，对面人根本没反应过来，直接被雪球砸中了脸。可悲的是积雪还没大到能攒成团的地步，以至于她所谓的雪球里，大部分都是土。

祁秋秋哪知道自己真能砸中啊，眼看方屹挂着一脸土转向自己，她立刻傻眼了。

方屹的脸色越来越差，眼看就要爆发了，她赶紧讪笑着把他拉到灌木里，让他弯腰不要出声，小声和他说："嘘，那边有人过来了，别说话！"

方屹抬手把脸上的脏东西都蹭掉，脸色铁青，回头瞪着身边的人，显然生气了。

祁秋秋低着头，不敢看他的眼睛，等到远处的人都走过去了，才站起身。她最识时务，给方屹赔不是："抱歉，我是为了方总你着想，你现在也是有头有脸的人物了，万一被其他同事看见在这里偷树枝，多没面子……"

说完她还伸手去给他擦脸，两个人的身高实在有差距，祁秋秋踮着脚，直接用手指去擦他脸上留下的痕迹。

"吃土吃土，挥金如土，看看，多好的兆头啊！"

她满嘴胡扯，方屹忍不住笑出声，他抱了满怀的树枝，身处灌木之中，连个退路也没有，只能由着她胡闹，冷不丁被她这么一碰，只觉得身前的人连手都冻僵了。

他当然不能真的和祁秋秋计较这些，只好安慰她说："好了，找够数量就赶紧回去吧。"

祁秋秋看出方屹的眼神有点闪躲，她赶紧收手，这才意识到彼此的姿势尴尬，她没想到自己顶着花痴的名号，纵横情场多年，虽然经验多，却半点实战价值也没有。身前的男人侧脸沾了雪，声音却在这寒夜里愈发透着温柔，祁秋秋越看他越觉得颜值这东西真能当饭吃，就比如方屹，明明小伙子长这么好看，没事创什么业啊，又辛苦又累，不如让人多看看……

她一张老脸都红了，脱口而出："放心，别说砸一下，你就是让车碾了也一样帅。"

方屹被她气得只想骂人，忍了半天，只憋出一句："快滚！"

祁秋秋确实该滚了，她完成任务却没有车，只能抱着一堆破树枝去打车，大晚上的接连被拒载，所以她可怜兮兮地站在方屹公司门口，用叫车软件排队，排了很久都没人接单。

方屹看她实在不容易，决定好人做到底，开车送她回去。

大雪突袭历城，而且这雪攒了一整个冬天，很快纷纷扬扬就下大了，路面情况十分糟糕。

导航上显示，所有回祁秋秋家的必经之路都是拥堵路段，无奈之下，方屹的车也只能堵在了车流之中，他百无聊赖，有些放空，烦心事乘虚而入，让他一时又有些烦躁。

祁秋秋坐在副驾驶的位置上，她今天完成任务心情很好，完全没注意方屹的情绪，她自顾自地打量两侧的街景，正好看见商场门口都是新年装饰，于是随口问他："你跨年夜不是计划好了要去找雍宁吗？怎么样啊？"

这话一问出来，方屹明显有点不耐烦，他眼看车也走不动，干脆松开方向盘，很快转向了另一侧。

祁秋秋不依不饶地追问道："怎么了？"

方屹被她问烦了，直接告诉她："她拒绝我了。"

他看向另一侧的车窗，并不想让人看到他失落的表情，因此祁秋秋只能听见他的回答，声音明显怅然若失。

她一时语塞，心里清楚何羡存回来了，可她实在不擅长安慰人，只能傻看着前方的红绿灯变了又变，两个人一直沉默，最后方屹终于把车开出了这个街区。

祁秋秋不轻不重地开口，尽量把事情说得简单一点："雍宁拒绝你，是因为心里还有何院长，你要给她时间，毕竟他们在一起有太多过去……"

她想安慰方屹，时间是剂良药，只是火候还不够。

方屹没再说什么，只是专心开车，很久都没回答。

他们完全过了拥堵的市中心商业区，很快开进祁秋秋租住的小区里，两边的道路空荡荡的，只有他们这一辆车，方屹重重地踩下刹车，长出了一口气，想让自己摆脱脑子里打成了死结的想法。

祁秋秋正在玩手机上的"跳一跳"游戏，车身猛然一停，她屏幕上的小人立刻摔死了，她拿着手机骤然抬起头，爆发出一声尖叫。

方屹冷不丁被她吓得额头一跳，忍不住吼她："干什么！"

身侧的人气得要死："我只差十步就超过第一名了，大哥你会不会开车啊！"

这下方屹不管还有什么烦心事都顾不上了，恨不得一脚把她踹下去，忍着火气和她说："姑奶奶，活祖宗，麻烦睁开眼看看，您已经到家了。"

他说着说着自己也笑了，祁秋秋总是轻易就能把大家的心情拉到和她一样放松，仿佛天塌了回去睡一觉都能忘掉，这可真是个好本事。

他看她骂骂咧咧地打开了车门，忽然又开口问她："你着急回去吗？"

"不急啊，晚上也没事了。"

"请你喝一杯。"

祁秋秋看他一眼，又潇洒地把车门重新关上，她可不是个犹豫的人，直接说了一句："走。"

那天晚上，方屹没喝太多，他一直在听，听祁秋秋讲起她和雍宁上大学时候的事。

雍宁一直很怪，从她还是大一新生开始，就表现出异于常人的性格。她实在不爱和同学混在一起，她的父母也从未出现过，每次过完假期之后，有专门的车送她返校，却没见司机下过车，渐渐地在女生圈子里有了各种不好听的传言。

雍宁我行我素，性格孤傲，很容易就让同龄人觉得她自恃清高，再加上她有个很别扭的怪癖，非常怕旁人碰到自己，日常生活中偶然有人肢体接触到她，哪怕对方是女生，她也会像触电一样，表现得十分离谱。

只有祁秋秋心最大，完全不懂看人眼色。她对雍宁一开始就有极强的好奇心，她们是中国画学院的同班同学。一间宿舍四个人，另外两个女生家在学校附近，都不怎么回来，只有祁秋秋是从外省考进来的，一开始根本不受人待见，只剩下她和雍宁终日结伴。

艰难岁月才有人惺惺相惜，祁秋秋一直没什么城府，也有用不完的热心肠，雍宁不爱外出，她就帮她打水买饭，一直照顾她。时间长了，雍宁不知道怎么才能礼尚往来，最后两个女孩反而有了默契。祁秋秋上大学时谈恋爱，雍宁就在宿舍帮她赶作业，节假日的时候还把祁秋秋带回家去住，她这才知道她身后的人为什么那么低调，竟然是何院长。

那个男人对于美院那群小姑娘而言，完全是遥不可及的男神前辈。何羡存本人拒绝各种授课邀请，名誉头衔也不要，愈发传得邪乎了，夸张到真当他不食人间烟火一样供着，他和雍宁的关系一旦传出去，事件的惊爆程度足够震塌整个艺术学界。

如今的祁秋秋说起这一切的时候，直接开了威士忌，几口下去，喝得有点上了头。

她迷迷糊糊地笑，盯着方屹看，话题一停，忽然又扯回自己身上，还和方屹吹牛说：“那会儿我已经有两个男生追了，油画系那边一个，还有……学雕塑的？忘了，反正每天都忙，没空做作业，都是雍宁帮我。”

方屹点头，又有些惊讶，他知道雍宁上了两年学，因故离开了美院，从此再也没有见她拿过画笔，起码在他面前，她提都没提过自己也会画画。

他的错愕显而易见。

祁秋秋笑了，摆摆手示意他说：“她是被吓到了，不想再学。有个专业课的老师，不知道什么毛病，特别喜欢手把手教人勾线稿，雍宁当年为了画画，还没有戴手套，不愿意让人碰，那态度把老师惹急了，好几次让她去看病，弄得同学都误会她有怪病，讨厌男人碰她……你也知道吧，无聊的女生凑一起，八卦劲头上来，越说越恶心了。”

人言可畏，雍宁人前人后都要被同学议论，尤其她不合群，好事者的嘴里又永远不干净，关于她那双手的传闻越来越具体，原本就看不惯她的人编排出下流至极的谣言，足够酿成一出可怕的噩梦，彻底毁了雍宁对于学画的期待。

"但是她对颜色非常敏感，你听说过四色视觉吗？"

人的眼睛十分奇妙，普通人有三种标准颜色视锥，大约可以看到一百万种左右的颜色，而四色视者则会多一个视锥，所以这部分人能感受到更广的色觉范围，他们可以看到普通人看不到的颜色。目前能够证实，只有极少数的女性才具有这种基因，而雍宁就是其中之一。

这也成为阻碍雍宁学画的一个重要的原因，她对于颜色细微的变化实在过于敏感，而外人却根本感受不到。她在意的一些细节对于其他普通人，甚至于很多老师而言，毫无区别，她的执着成了胡闹，根本没人在意她的努力。

人可以孤独，但如果永远无法获得认同，那才是真正的痛苦。

"后来我才明白，她那么辛苦考上美院，一心想学画画，是希望能帮助何院长工作。她想变得好一点，优秀一些……才能配得上他，可是这条路比她想得还要难，年龄、阅历、成就……包括其他太多东西了，她和何院长之间云泥之别，就算她可以改变一切，但是改变不了自己在他心里的位置，你能明白吗，她在他面前永远是个小姑娘，越没自信越要和他争……"

方屹渐渐发现祁秋秋喝多了，他抢过杯子拦下她，反而被她一把抓住了手，他也就只好顺势扶住她。

祁秋秋说别人的事说得太多了，只觉得自己有点困，于是直接就趴在了吧台上。

灯光昏暗，她枕着方屹的手，一双眼睛里亮闪闪的，笑嘻嘻地抬眼看他，忽然嘟囔着抱怨："真是奇怪，当年在学校里，我怎么没去追你呢……"

这原本是家安静的酒吧，夜深了之后，音乐渐渐换成了一首摇滚歌曲，越发嘈杂。

她身边的人显然没听清她到底说了什么，方屹只想把她扶起来，让她喝口水缓一缓，可她懒得动。

一时之间，两个人只能这样僵持着，话题戛然而止。

祁秋秋看着方屹的脸，他已经安静下来，目光落寞，反而多了几分特别的神采。她的思绪飘得远了，想方屹可真是有一副招人喜欢的样子……酒吧里的灯光让人目眩神迷，祁秋秋胸口一热，又开口想要说什么，却已经来不及。

室内空调的温度太高了，空气里又都是酒的味道，混合着清新剂带来的特殊香气，这时代永远不乏诱惑，缘分仿佛也能随机投放，让人心猿意马。

方屹不想沉浸在这样的氛围里，他忽然问她："雍宁为什么离开学校住到宁居去了？"

他还在关心雍宁的故事，这才是他们今晚相处的原因。

祁秋秋敲敲台面问他："我又不是义务讲解，告诉你有什么好处？"

方屹很清楚要投其所好，于是他笑了，忽然凑到她面前，一双眼睛直直地看过来。

祁秋秋一瞬间只觉得自己眼睛都花了，整颗心快要跳出去，所幸她喝醉了，才能为非作歹，故作镇静。

可惜，这种时候男人永远煞风景，方屹眼睛里半点波动也没有，他毫不犹豫地和她说："以后你缺什么材料都来找我，我给你想办法，还负责车接车送，怎么样？"

朋友之间，不用客气。

祁秋秋突然坐直了，想也不想又干下去一杯威士忌，差点呛出眼泪来。她仰头看着灯影，五光十色统统混在一起，她过了很久才把这一口辛辣灼烧的东西都咽下去，还是那个嘻嘻哈哈的祁秋秋，笑弯了眼。

她狠狠拍了一下方屹的肩膀，豪气冲天地和他说："成交。"

所有青春岁月，终将成为每个人记忆中最痴傻癫狂的日子，哭笑谩骂，一晃到了如今，不是只有祁秋秋一个人记得。

城市的另一端也有人想起当年。

大雪封路，高速的收费站已经封闭，他们无论如何回不到历城了，何羡存还是把雍宁带回水库，在基地里住了一晚。

龚阿姨当时正在担心，坐在门口偷偷抹眼泪，忽然看见院长把人找回来了，总算放心了。

她满心疑惑，但回来的两个人谁也没打算和她说话，一路回房间去了，外人不好再多问缘由。

近郊这里本来温度就低，下雪之后明显更冷了。

雍宁回到房间里才觉得自己头疼，忍着不敢说。

何羡存一看她的表情就知道她冻着了，于是口气重了，"你这臭毛病真是改不了，从上学的时候就这样，一急什么都干得出来，这么晚了，你还敢往树林里跑！"

她骨子里其实硬得很，怎么敲打都不服输。

雍宁刚才是打定主意要走，没觉得算什么难事，于是低声反驳一句："路不远，我也不怕黑。"

何羡存给她拿过浴衣，刚想让她去洗澡，忽然听见这话，他连气都懒得生了。他一时有些自嘲，冷冷地说了一句："当年也一样，你说要救人就真往湖里跳，说去帮祁秋秋也真去了，你做这些事的时候，从来不为身后的人想一想。"

他全部的火气，无非也是因为这个缘由。

好像在雍宁的意识里，谁都比他重要，她全部的肆意妄为都不计后果，从来不考虑他会担心。

导致雍宁离开美院的那场事故，起因也只是冲动而已。

第九章
爱如归途

　　大学时候的生活，雍宁自己想一想都觉得荒唐。好像人在那个年纪，不闯出点祸来都对不起青春年华，所以她和祁秋秋也没能免俗。

　　事情的前因，其实是她这位好闺蜜惹出来的一段麻烦。

　　二十岁的女孩，正好是游戏人间的年纪，祁秋秋和雕塑系的男生在一起才两个星期，对方竟然就火速劈腿撩到了系花。她经历失恋的痛苦，在学校对面的美食街上找了一家饭馆喝酒，晚上喝多了，吐了店里一地。阴差阳错，那家店的老板姓山，是个外省人，三十岁的年纪，竟然对酒后失态的祁秋秋一见钟情，从此负责她的一日三餐。

　　雍宁后来和何羡存说起过，那两个人在当年确实像模像样地交往过一阵。

　　可惜她们太年轻，终究只是学校这座象牙塔里的小女孩。外边社会上的男人心思多，没到一个月，山老板就逼着祁秋秋搬出去和他同居，她当然不同意，有了分手的念头，结果把对方惹急了。

　　雍宁害怕室友出危险，预知到祁秋秋未来的意外。她看到她贸然冲出去找山老板摊牌，却被他们胁迫欺负，那画面把两个女孩吓坏了，因此祁秋秋听从雍宁的话，不敢离开学校，干脆躲了起来。

山老板那边可没这么容易糊弄，他毕竟也是街边摸爬滚打混出来的人，被一个学校里的丫头片子给耍了，自然越想越气。何况一连好几天，祁秋秋一直当他是个死人一样，一直晾着他，让他愤怒起来，彻底失去了理智。

事故突如其来，天黑之后，山老板找了好几个兄弟一起混进了美院。

祁秋秋回忆起来的时候说过，对方一行人拦住她的时候，正好就在学校中心的湖边，那湖叫静波湖，是历城著名的地标，很多游人特意来美院游览，就为了能在静波湖边留念。

那时候天气已经凉了，下课之后很快就是晚饭时间。湖边人少，山老板一行跟踪祁秋秋，她彼时刚打完热水往宿舍走，湖边成了必经之路。

对方眼看四下没人，突然冲出去，捂住祁秋秋的嘴，把她拖进了湖畔的树林。

美院建校八十年的历史，第一次闹出这种事。

那天晚上何羡存也在，他并不知道事情的前因，只是因为工作上的事情，特意抽时间赶到学校，原本是要去开会的。

他随行的司机是许际，许际一向心细，在车上发现路边有摔碎的水壶，于是减速，小心开过去，忽然觉得不对劲，又把车停在了路边。

这里是学校，可他隐隐听见湖边竟然传来一阵惨叫声。

何羡存让许际先过去看看，结果发现一群校外的男人混进校区，拖着一个女孩往湖边走，鬼鬼祟祟，那动静明显不正常。

机缘巧合，当天他们停了车，幸亏祁秋秋命大。

对方一直扯着她逼问，祁秋秋被人摔在地上满脸是血，对方是三四个男人，她哪里有挣扎的余地。她吓得以为自己要死了，惊慌之下只记得胡乱按开手机，拨给了宿舍里的雍宁，但手机马上就被扔开了，于是只剩下听筒里焦急的呼喊。

最后雍宁顺路找过来的时候，正好撞见何羡存下车。

　　四下昏暗不明，万分紧急的时候，只有他突如其来，成了那一夜唯一的月光白。

　　何羡存也顾不上多问，他不让雍宁贸然往里闯，先安排许际过去，又把她护在自己身后，两个人一起进了树林。

　　学校里的地方无论有多僻静，还是公共场所，一群乌合之众闹事成不了气候，许际很快就把那群人赶走了，但湖里有人影挣扎，那群无赖把祁秋秋打了一顿，竟然把她推下了水。

　　"她不会游泳！"雍宁急了，拼命冲湖里的人喊，让她不要害怕。

　　祁秋秋已经顾不上听，在远处挣扎，克制不住惨叫。

　　当年许际根本不认识祁秋秋，他只是帮忙而已，一看见何羡存过来了，就记得跑过去先和他说情况。这场面显然是一个女学生在校外得罪人了，被人报复。他刚想问是通知学校还是报警的时候，身边的雍宁已经跑过去，直接就往湖里跳。

　　许际没研究过美院的环境，也不知道这湖是天然湖，他以为学校里的景观水域不会太深，人不至于有事，但没想到雍宁急了，一时半刻都等不了。

　　何羡存甚至还没答话，他眼看身后的人已经跑出去了，雍宁对着一片幽暗湖水连眼睛都不眨，人就真跳了下去，完全出乎他的意料，他下意识大声喊了一句："宁宁！回来！"

　　来不及了，雍宁入水，他立马就着急了。

　　许际都傻了，一脸诧异。打从他跟着何羡存开始，从没见过什么事能惹得他们院长沉不住气，何况这不过就是路过帮忙，这点事故甚至算不上麻烦。何羡存作为前辈师长，既然路过不能不管，但没想到他也不顾分寸，直接追去了水边。

　　这静波湖可真是见了鬼。

　　许际被吓得血压直往上升，眼看两个人已经掉下去了，他生怕自家这一位也发疯似的再往下跳。他赶紧拦住何羡存，飞快地和他说："我去救人！没事……这湖应该不深。"

何羡存被他一挡，总算回过神来。

他盯着远处的水面，一字一句地告诉许际，声音都低沉了下去，"湖心有两米，这不是人工景观。"

许际不敢再耽误，无论报警还是叫人，再等外人支援，显然来不及了。

秋天的水还不算冷，但雍宁毫无准备，突然跳进去还是被激得打了寒战。她其实会游泳，可充其量只是游泳池里的水平，所幸她的眼睛还算有用，在黑暗之中，水下环境颜色变化对她而言非常清楚，所以她迅速在漆黑一片的湖水里找到祁秋秋的位置。

真到了水里，雍宁才清楚自己有多冲动，救人和游泳，完全是两回事。

水的阻力极大，而落水者惊慌失措，完全靠本能拼死挣扎，以她这点游泳技能，想要拉住对方根本不可能，她一靠近祁秋秋，直接就被对方手脚并用狠狠蹬到了一旁，差点连她自己也呛了水。

附近渐渐有人听见了动静，很快围了过来。大家齐心协力，祁秋秋终于在许际的帮助下被拖回岸上。

雍宁不再勉强，跟着他们游了回来，没想到她刚靠近岸边，突然小腿抽筋，连带着一阵抽搐。那种钻心的疼痛突如其来，她甚至来不及呼叫，直接向后仰过去，一下就扑进了水里。

那时候雍宁真的慌了神，她只觉得湖水冰凉，刺激之下剧疼无比，她根本无法伸开腿爬上岸，于是一口气闷在了水里。

人的脑子一乱，什么也顾不上想了，她很快就连踩水也踩不住，水下的一切骤然安静下来，所有声音都被隔绝。她模模糊糊地听见喊声都搅在了一起，连带着眼前的画面全成了深浅不一的墨块，边界晕开，轮廓线格外清楚……岸边近在咫尺，可她什么也抓不住。

她脑子里一片混乱的时候，忽然看见水面上有暗影逐渐放大。

有人过来向她伸出手，四下还有晃过的手电筒的光，但只是一瞬而已。

何羡存在喊她，声音愈发大了："手给我，快上来！"

他整个人快要融进夜色里，眼中分明透着焦急，试图把她拉上来。前后不过几秒钟，于雍宁而言，她当时只觉得不知道过去了多久，她怪自己实在太蠢，没本事还非要救人⋯⋯

何羡存没时间跟她废话，他直接俯下身，揪住雍宁肩膀的衣服，顺势把她拉过来。雍宁完全僵住了，腿部抽筋让她弓着身体舒展不开，他摸索着一把抓住了她的手，在许际的帮助之下，终于把她从水里拉上了岸。

没有人知道发生了什么，就在那一天，雍宁和他手掌交叠的片刻，她看见了何羡存未来的意外。

那是某个黎明时分，他进入一栋暗红色的建筑，她只能看见它修建在山顶之上，而后他就在里面被人持枪威胁。

事发突然，当天何羡存显然顾不上和雍宁聊什么未来，他已经被她气得险些失控，压着火气，又怕她生病，先带她去医院检查过后，直接把人接回了"宁居"。

老宅四方天，清灰一片，因为静波湖的事故，那段时间雍宁没有再住在宿舍。

当时的"宁居"还没有名字，也没有对外营业，那只是何羡存的私人收藏。他在院子里藏了数不清的颜色，雍宁沉迷于此，只觉得这像是一座巨大的万花筒。

她以为自己是最没用的人，却帮了何羡存大忙。

何家画院在秋天的时候承接了隋朝山水画的修复工作，因为历史年代久远，是当年所存最早的青绿设色画作，因此能用于参考的资料少之又少。早期的山水画流传至今后，损毁严重，在同一幅画之中，颜料的风化和剥落情况也各不相同，因此在画院进行修复工作的时候，颜料材质的选用成为最后的难题。

自古以来，文人雅士都有青色崇拜，而这也是一个非常模糊的颜色定义，涵盖现代光谱原理命名的绿、青、蓝甚至于黑色等诸多颜色。一般古法制青，所选用的都是孔雀石，可它经过现代提取之后颜色过于纯净，不符合修复需求。于是画院紧急开会讨论，试验了一个月的时间，一直没能找到更符合原画真迹上的矿物颜色。

对于色彩的观察和判断，有时候非常主观，普通人的观察和感觉会有偏差，因此画院最后将问题报到了何羡存这里，他突然决定，让拥有四色视觉的雍宁试一试。

当时那幅隋朝古画颜色的剥落情况非常复杂，雍宁花费了很长时间比对实验，才发现孔雀石提取之后的颜色必须掺有杂质，要夹杂一定比例的石青，也就是蓝铜矿，而所含杂质的比例需要实验才能确定。

何羡存和她在一起，几天不眠不休，终于找到了所需要的青色。

因为忙碌，日子总比想象中过得要快，两个人累到忘了时间。何羡存的专注力非常可怕，忙起来完全像进入了另一个世界，不分昼夜。

雍宁一直以为，何家显赫，工艺又极受国家重视，他家中还有很多师傅带着后辈徒弟，再烦琐的工序如今也可以简化，总不至于还要让他们院长亲自动手，可何羡存却从来没有脱离实际操作，他认真起来的态度一丝不苟，遵循古法，亲手研磨，提纯，十几道工序下来，他带着雍宁一点一点完成，最后兑胶画在不同材质的绢本上。

有时候雍宁实在太累，他就先让她去休息，自己整夜通宵地忙。

那是一段十分美好的温存岁月，爱如归途，有些人的相遇，并没有太久远的过去，可是在一起的每一天，都像用尽半生铺垫。

而后很快就是冬天，学校里临近期末，何羡存又要出差，雍宁才回到了宿舍。

一场静波湖事件虽然没造成什么严重后果，但当天的围观群众却"不小心"传出了种种流言，有人说亲眼看见何院长抱着一个女学生上了车，有的说为了救那个女生，何院长当场跳湖，浑身都湿透了，他连衣服都顾不上换，一身是水地赶去和学校领导开会，等等……

半真半假的说法里，倒有一件事是真的。

当天何羡存确实被雍宁身上的湖水弄得极其狼狈，他根本没时间收拾，后来还真就浑身是水地赶去开会了。

那大概是何院长心情最差的一天。

整件事情在祁秋秋眼里不算稀奇，彼时她已经养好了身体，学校里无数人找她打听这段奇闻，而祁秋秋热衷于扮演劫后余生的戏码，要端出看破世事的态度，和他们一一感慨："艺术家嘛，对女人都有特殊的审美，大家要理解。"

这段小道消息在校园里火热了很长时间，自然也传到了校外，都传言说祁秋秋的好朋友很有背景，这事又让人盯上了。

山老板那群人不信邪，专门等着她们回到学校，找机会带人把祁秋秋围了，逼她去学校新修好的停车场。

那地方根本还没有完全启用，又是一个僻静的死角。祁秋秋差点就要被塞上车带走，所幸雍宁提前预知过她的意外，当天突然发现人不见了，她马上找去了停车场，果然看见她正被人欺负。

山老板发现雍宁竟然还敢来多管闲事，冲过去想要打她们。雍宁当时什么也顾不上，也不知道哪里来的力气，她抓起角落里的消防栓，直接往那几个人的方向砸了过去，幸亏人都躲开，没出大事，但消防栓直接砸中停车场里的车，前挡风玻璃碎了一地。

学校的停车场修好还没一个月，只有老师的车辆持证才能停进来，他们一群人打起来之后现场十分混乱，惊动保安赶过来，一场闹剧才被强行制止。

所幸是白天，学校里人来人往，保安来得快，人都没出事。可两个女大学生和校外不明来路的人厮混，有了感情矛盾，竟然还敢在学校里大闹，误砸教师的车……整件事于校方而言，影响十分恶劣。

她们差点把学校闹了个天翻地覆的时候，何羡存完全没有时间关注学校里的事。

他人才刚回到历城，但很快还要出差继续忙项目，临走之前赶上周五，于是想接雍宁陪她过个周末，可雍宁却一直都没露面，只给他打了电话报平安。她说学校里期末的课程太多，她还要赶着交作业，回宿舍住最方便。

至于她惹出来的那些麻烦，她一个字也没和他提。

不到一个星期，学校里的流言蜚语快捅破天，可于外界而言，这不过都是些小事。美院终究是所学校，几个学生惹出来的事无非是个笑话，等到何羡存知道的时候，雍宁和祈秋秋已经被停了课。

何羡存让许际去学校里问清楚，许际办事最利落，很快就有了答复："还是那群无赖，就住在学校附近，又去骚扰她们了。这回事情闹大了，美院一直标榜自己校风严谨，又是历史名校，这么多年没出过这样的事，而且雍宁倒霉，她急起来砸的那辆车，正好是德育处徐主任的，那老头儿心眼最小了，莫名其妙地遭了殃，心里窝火，非要拿她们俩开刀。"

何羡存得知这一切的时候，他当天按计划外出，人已经到了机场。

行程太紧张，许际和他说话的时候，难得抽空找到一个空闲时间，只能趁着推行李的间隙，一路追着他走。

何羡存一时没说话，许际想了想又问他："我还是晚一天走吧？我去学校，和徐主任谈谈，这次的事请他大事化小，简单处理，只要咱们提出来，校方肯定会给面子的。"

何羡存脚步不停，摇头说："不用。"

许际没想到他竟然不打算帮雍宁，只能提醒道："如果我们不出面，按照现在的形势，学校肯定会做严肃处理。"

"宁宁自己不和我说这件事，就说明她不想让学校知道我们的关系。"他的话也很简单，"你去安排，找到那几个闹事的人，这次把校外的隐患彻底解决。"

何羡存很快已经登机了，他知道出了事，但没有联系学校，也没有多问雍宁，整件事他尊重她自己的处理方式，最后逼得许际都替他干着急，"院长，雍宁她一个女孩子，遇到这种事……"

"上次那么深的静波湖她都跳了，她既然想救祁秋秋，就认为值得，这次也一样。"何羡存上了飞机也没时间休息，继续看相关的项目文件。

院长虽然这么说了，可许际心里明显还有忧虑，他心不在焉地在一边琢磨，怎么才能劝一劝。

何羡存看出他在走神，虽然不满，但还是静下心来和他解释："宁宁还小，人在年轻的时候都要经历这个阶段，为了朋友，为了自己在意的人干傻事……她该经历的事都要经历，你在她这岁数的时候不也一样？在保证她人身安全的范围里，她应该按照自己的意愿生活。"

当年许际确实也没多大岁数，何羡存这番话一说出来，说得他都愣了。

道理是明白了，可许际心里有些犯嘀咕。他们院长恐怕是这阵子忙晕了，对雍宁的事也太沉得住气了，这会儿看着何羡存是不着急，可别一会儿突然想明白了，人都远在千里之外了才开始心疼，那到时候还是他们身边的人倒霉。

许际决定提醒他，非要把话说下去："雍宁本来就不招人喜欢，这下彻底得罪了老师，他们绝对不会给她留情面，真把她开除了怎么办？"

何羡存连眼睛都没抬，他觉得今天和许际说话严重拉低效率，于是直接甩了一句："开除就开除，她不用讨谁喜欢，我喜欢就行了。"

这一句话扔在当场，直接把许际震住了，从此他再也没有半点疑问。

春天的时候，一整个学期宣告结束。

雍宁独自接受了处分，安安静静地离开美院。她没有求助于任何人，也没有半点留恋，这条学画之路，于她而言，一直没能留下好的回忆，她宁可揽下过错，保证祈秋秋能顺利完成学业。

最初，她拼命学画是为了雍绮丽，她母亲一门心思替她筹谋未来，无非为了她自己在国外能心安理得，才死活想把女儿塞进何家，再去考美院。雍宁知道她母亲的打算，她也努力不做个拖油瓶，为了让雍绮丽放心，也为了能在何羡存身边有意义，她咬牙拼命逼自己做到了，可惜从此，这条学画之路也让她心生反骨。成年之后，雍宁心里永远堵着一口气，人如果勉强自己，用尽力气之后只剩失望，她越来越发现自己和整体环境格格不入，以至于并无留恋。

何羡存知道结果之后完全不意外，人间千百种活法，他在这件事上没有对雍宁做任何矫正，他不想让她心存怨怼，一直活得不快乐。

他曾经说过，"每个人都想尽办法要把宁宁变回一个普通人，包括她的父母。他们怕她，逃避她，带她去看病，又试图解释她的能力，怪罪她的眼睛……她活到这么大，从来没人欣赏她。可是鸷鸟不群，注定不合世俗，如果一个人生而珍贵，就不应该强求她按照我们的方式生活。"

逼雍宁去做一个普通人才是折磨。

芸芸众生，一定有人另负使命。

六年前的历城，春季气温始终在十几摄氏度，迟迟没有暖和起来。

那是个日新月异的年代，何家老宅那座院子也有了变化。雍宁在前院认真开起了颜料店，既然看起来像个店铺，总要有个名字，她去找何羡存起名，没想到他不做高深功夫，只是简单把院子命名叫作"宁居"，这名字很快就在街头巷尾传开了。

私底下知情的人早就明白了何羡存的意思，但没人知道他甘愿以祖宅相许的女孩是什么来历，大家只知道他对她格外钟情。

外人眼里看着，这种千年冰山一旦动了心，一定会有感天动地的戏本，以至于他把对方收藏进那座老宅，像找到了稀世珍宝，藏尽一眼惊鸿之色，于是让艺术圈里的传言都多了几分旖旎。

可惜何羡存忙得连听这些传言的时间都没有，许际早就习惯他什么都顾不上的状态，曾经特意来和雍宁叮嘱说："院长夜里如果想吃排骨面，给我打电话，我直接去给他买比较快，省得送过来都凉了。"

雍宁傻乎乎地跑去问何羡存，许际说的到底是什么排骨面。

何羡存当时手上全都是青金石的粉末，虽然戴了遮挡用的面罩，还是担心带起气流，于是他一直没回答，过了一会儿把粉末都收拢到了研钵里，才抬头和她说话："城南三十三号那家的排骨面，可以全城外送。"

何羡存在工作状态里，对于生活细节根本顾不上，一直只吃那一家的面。

后来他手上的项目终于完成，陪雍宁出去玩了一天，晚上带她去找那家城南的小店。

雍宁去了才发现，三十三号这家店面果然非常小，一共只有四张桌子，难怪承诺全城外送，因为它堂食的地方太拥挤，没人会在店里吃。

老板是位年纪非常大的婆婆，头发已经全部银白，慈眉善目，笑得非常和蔼，是那种看上去连皱纹都带着福相的老人，何羡存叫她张婆婆，雍宁也就跟着他叫。

张婆婆看起来依旧康健，听力也不错，她一直坐在收款的柜台后，不多说话，打过招呼就看着他们笑。

雍宁知道这家店一定有故事，否则按照何羡存的性格，不会莫名其妙地念旧。

她看见后厨一共也只有三个人，个个动作利落，应该都是张婆婆家里的后人，而张婆婆本人只负责在门口坐着，一直在看报纸，纯粹当作消遣。

雍宁一边吃面一边问他："你很早就认识张婆婆了吧？"

何羡存当天穿了灰色的羊绒长大衣，质地精良，显得他整个人优雅干净。他直接坐在了狭小的板凳上，周身和这店的气质格格不入，但他从进来之后就对一切非常熟悉，似乎完全不觉得别扭。

他看了她一眼说："没什么特别的故事，小时候我刚上学，就在前边那个路口，现在已经拆迁了。我父亲经常要去文博馆工作，如果来不及接我回家，就让我在婆婆的店里练字，还负责管我吃晚饭。"

他指着墙角最里侧的一张小桌子说，"那张桌子稳，最方便我写字，晚上会专门留给我。"

雍宁有点意外，没想到何羡存也有过这么市井生活的日子，他看出了她的意思，环顾四周，又和她说："这里一直没怎么变，大概中间重新装修过一次吧。我小时候总觉得这里地方很大，现在不这么觉得了，很少有这么小的店铺了。"

她知道何羡存的父亲很早已经过世，他这么说，恐怕这家店就是他关于父亲最后的记忆了。人的成长永远有迹可循，此后只剩他和母亲，导致何羡存很年轻的时候已经接手祖业，他太早就学会担当，从小到大没有一刻放松。

他永远是冷淡、温和的样子，可骨子里沉稳和强势的烙印太深，不动声色。

那天他们都不算太饿，但两个人还是坚持把面都吃完了，这才是对于食物本身以及制作者最大的尊重。

张婆婆对于何羡存回来看自己十分高兴，但她什么都不说，只是冲他们笑，笑得很是开心。吃完饭，两个人和张婆婆道别之后，雍宁陪着何羡存沿途散步，去找城南的老街巷。

一路上，很多老房子已经被拆迁清退，街巷蜿蜒狭小，常年拥堵，明显已经跟不上当年的发展，早晚都要顺应时代而做出改变。

何羡存看见街角那棵巨大的槐树还在，它已经被保护起来，挂上牌子写明百年的树龄。他指着那棵树和雍宁说："以前这里有个小公园，夏天的时候，很多老人来树荫下棋，他们会把鸟笼子挂在树枝上，我那会儿刚上学……就是个孩子，经常过去逗鹩哥说话。"

现在公园已经被拆了，树的两侧都扩成行车道，只留下这棵树当作凭证。大约这树的根系已经深入地下，人挪活，树挪死，不管是什么东西活过百年都成了宝贝，于是轻易也动不得。

它得意扬扬，依旧枝繁叶茂，百年荣枯都过去了，俨然成为过去与现在唯一的赢家。

雍宁看向面前川流不息的车海，忽然有些感伤，和他说："以前总觉得世界永远都是灰绿一片，有数不清的树和屋檐……可惜现在都变了。"

人面对变化容易生出无力感，何羡存告诉她："留不住，就记住。"

传承的意义比什么都重要，它是不死的信念。所有往事的终点不是死别，而是被人遗忘，存在过的一切只要还有人记得，永远都有意义。这也是何家发展至今的原因，他们可以顺应时代发展去做矿业，但画院的传统将会一直传下去，传承是一种使命，让人能在这个浮躁的时代坚持守住祖业。

后来很多年，雍宁一直留在"宁居"里。她一个人点过很多次排骨面，每隔一段时间，总要尝尝它的味道，一碗面送过来，她就知道那家小店还在，一切安好，好像她吃着面都能看见张婆婆慈祥的笑，只是她从来没有再回到店里去。

原来念念不忘，绝非易事。

那需要极大的勇气，需要一个人与自我，与旧日，与现实，与痛别所爱的悲恸相抗。

而成长就是，她最后还是做到了。

第 十 章
不 絮 于 怀

元旦过后，"宁居"再一次开门营业的时候，已经是一月中旬了。

老街巷隔墙有耳，很快邻里之间家长里短地又说起来，"宁居"的店主不知道跟谁出去玩了一圈，回来就病了，拖拖拉拉发烧不好，让她那家颜料店也停业了两个星期才开门。

雍宁确实怕冷，从水库回来就折腾病了，直接开始发烧。她一烧起来头脑昏沉，难受得只想睡觉，于是一连几天都窝在床上犯困，再加上历城一场大雪连日不停，天气不好，让她睡得昏天暗地，谁来谁走都不知道，反正有药就喝，有人过来让她加衣服就穿上，只有在这种生病的时候她才没了棱角，毫无攻击力。

后来雍宁渐渐好了，知道是何羡存把她送回城，又一直守在"宁居"。

他以前就担心她发烧不退的毛病，嫌弃她足够麻烦了，不能再把脑袋烧坏，于是趁她难得听话老实的时候，又让许际请了医生过来看，确认她只是冻病了，不会有事。自从元旦的冲突之后，雍宁也没了心气再闹下去，她实在不想给何羡存添麻烦，只能老老实实做个病人。

等她的病基本养好了，何羡存好像又自然而然地回到画院忙起来，一直没再过来。

雍宁不问任何多余的话，照旧过她自己的日子，早晨起来还是一样，各个屋子看一圈，打扫前院，再去开门。

书房里那幅紫藤的画被人反反复复打开过，她好起来之后就去收拾宣纸，纸上深浅错落，都是练笔的笔墨，但画上始终大片留白。

很快又快到过年的日子了，学校已经放假，颜料店里一直没生意，直到下午才有人来。

客人是一位三十岁左右的男人，身材不高，看着虽然不像无业游民，但明显心性不良，一路进来不怀好意，让雍宁只能打起精神应对。

他一见到店主，开口不是为了买颜料，反而上来直接骂骂咧咧，追问雍宁是不是号称有特殊能力，非要曝光她是个骗子。

闹了一番才明白，来的人就是上次那位杨甄的前男友，他和外边的小三打算结婚，万万没想到婚前条件竟然谈不拢，女方也是个狠角色，眼看和他结婚不成，立刻打掉他的孩子，及时止损，从此和他一刀两断。渣男受挫之后满心空虚，这才回头想起和自己同甘共苦的杨甄，又想用两句软话把她哄回来陪自己，没想到那个曾经软弱的杨甄，宁愿自杀求他回头，竟然在来过一趟"宁居"之后性情大变，突然振作起来想通了。她不再纠缠前男友，重新换了一份工作，听说已经搬离了市区，让他再也联系不上，死生不见。

这可真是大快人心。

雍宁听说了这件事，顾不上考虑眼前的麻烦，只觉得高兴。她得知杨甄没有再做傻事十分欣慰，于是心里也有了数。

这种男人只是窝囊废，毫无本事，无非想要泄愤。

光天化日，胡同里人来人往，雍宁还不至于怕他，于是她靠在椅子上不理人，自顾自拿来拂尘打扫桌面，请他尽快离开，还是悠悠一句话："我这里只卖颜料，不算命。”

　　“放屁！我都听说了，你的店里肯定有古怪，不是什么正经地方！你是不是告诉杨甄让她离开我？我们之间的事跟你有什么关系，你是设套想骗她的钱吧？”

　　说着说着，这人无赖起来，站在店里死活不走了。他什么也不想买，更不守规矩，只嚷嚷着要让雍宁预知他的未来，他要看看这么一个苍白瘦弱的女人到底能有什么本事。

　　雍宁不想和这种直男癌继续废话，她拿起手机示意对方，“你再不走，我就报警了。”说着还真的开始按屏幕。

　　对面的人一下急了，跳起来要抢她的手机，狠狠推开雍宁。

　　她猛地没站稳，倒下去的时候肩膀撞在了桌角上，赶上一股巧劲，只觉得钻心地疼。她咬着牙，知道自己面上绝对不能示弱。眼看对方还想抢她的手机，她干脆伸手就在桌上摸，拿到什么就用什么扔对方，直接把研钵砸了过去，研钵碎在地上，这架势唬得对方也有点慌了，不知如何收场。

　　院门还开着，很快有人进来了。

　　方屹今天过来完全是临时起意。

　　他为了公司的业务外出，原本约好合作方在老城区谈事，事情办完之后，他经过东塘子这一带，还是决定来一趟“宁居”。

　　没想到他一进来就撞见雍宁摔在地上，还以为出了什么大事，下一刻又看见她倒在地上还不忘拿东西砸人，就像后院那几只多毛的猫似的，一旦被人惹急了也能厉害起来，竟然把一个大男人砸得左躲右闪，完全慌了手脚。

　　他赶紧帮她把闹事的人轰走了，又把雍宁扶起来。她只是被人推搡滑了一下，腿上的旧伤隐隐作痛。

　　方屹四处查看，确认没事了，又去问她：“何姜存呢？”

　　雍宁正在捡地上的碎片，让方屹站着别动，小心扎到，然后她去拿扫帚打扫，听见他的话，也只能示意自己不知道，反正人没在"宁居"。

"他既然都回来了，还把你扔在这里任人欺负？"方屹的语气也不怎么好听。

地上都是粉碎的器皿残骸，大块的扫不动，雍宁戴上手套，小心地弯腰去捡。

方屹伸手想拉雍宁起来，怕她伤了，想帮她清理，结果他手都伸出去了又僵在半空。他盯着地上的影子，从跨年夜过后，他进门也只是客人，于是他硬逼自己站着没动。

人都有自尊，何况何羡存有句话说对了，"宁居"确实是她的家。在这里发生的一切，方屹根本没立场插手。

连日来历城阳光正好，院子里的玉兰出了新叶，一如既往。雍宁跟往常一样，黑衣黑裙，可方屹今天一眼看过去，却觉得她不似以往。

那是种极微妙的感觉，过去的雍宁活成了画上的影子，喜怒哀乐都隐忍着，可随着何羡存一回来，她就和那架紫藤一样，熬过连绵阴沉的雪夜，终于有了光，一切都随心，可以肆意生长。

那是他给不了的安全感，所以他心里不痛快。

方屹突然想起自己上次和祁秋秋出去，最后的时候对方喝多了，方屹叫了代驾把她送回家。祁秋秋早就看出方屹的心结，于是她在回家的路上晕乎乎地和他说："其实啊，他们在一起的那段时间，是雍宁这辈子过得最高兴的时候，她被学校开除，生怕何院长回去要教育她，不能由着她闹脾气……没想到何院长什么都没问。"

他们说起这个话题的时候，当时的方屹不屑一顾，顶了她一句："你懂什么，何羡存太自私了，如果真的为了雍宁好，他就应该想办法把学校里的麻烦解决掉。"

祁秋秋笑了半天，拍拍他肩膀，一脸世故地说："是你太年轻了！"

也许其他女孩都吃这一套，但雍宁从小到大被当作异类，缺乏的是认同而不是保护，"你想想，一个人，为了和原本遥不可及的爱人一起爬到山顶，拼尽全力，突然撞得头破血流，实在坚持不下去了，在那种心灰意冷的时候，雍宁是希望听见对方给她分析利弊，逼她陪自己痛苦地向上爬呢，还是希望他说没关系，即使她一辈子只能做到这样，他也不改初心……在雍宁走不动的时候，何院长愿意为她停下来，这比什么都重要。"

当天方屹不以为然，因为无法感同身受，然而此时此刻，他再见到如今的雍宁，突然在一瞬间明白了祁秋秋想要表达的意思。

雍宁不知道门口的人一直愣着在想什么，她已经把地上扫干净了，于是和他说："你先进去坐。"

她看方屹脸色不好，也明白他一进来就问何羡存的意思，于是又和他说："我不是为了他，跨年夜那天……是我自己想通了。"

她和何羡存之间回不到过去，哪怕所有误会都能从头来过，那张遗像却是不争的事实，人死不能复生。

方屹摇头，示意她不用解释，"我今天来是有别的事和你说，王枫福利院那条街的拆迁批文下来了，原址那片地，未来是商业用地，这事已经定了。"

雍宁担心的问题果然还是发生了，和他说："我就怕那条街不能回迁，只能尽快想办法，帮王老师和孩子们找找新的地方吧。"

方屹点头安慰她说："我们会和基金会一起去找新址，争取年底前能定下来，尽快让福利院搬过去，赶在明年拆迁之前完成。"

"我之前去了一趟，县城那边因为水库的旅游业，房价连年攀升，福利院想要完全重建，各方面都需要资金，尤其王老师照顾的孩子情况都很特殊，需要尽可能减少外界对他们的刺激，对疗养环境还有一定要求……"

方屹对她说的这些当然都想过，王枫福利院现有条件已经不能满足需求了，未来一定要扩大新建。精神疾病的患儿需要特殊护理，所以福利院以后要申请资质，聘请专业医务人员，这些都在计划之中，"你先别着急，基金会最近都在接触一些慈善活动和大型企业，筹款的事一定会解决的。"

他说着说着看见不远处，他送给雍宁的那个红色套娃还摆在桌上。方屹停了停，笑着指指它说："幸好你砸人的时候手下留情，没把它给扔出去。"

雍宁一看那娃娃笑嘻嘻的样子，整个人都松弛下来，她笑得真心实意，"我很感激你，方屹，这些年你对我很重要。"

她煮了咖啡拿过来，两个人坐在一起把话说出来，心里舒服多了。有些话真摊开说，反倒不再觉得难堪。

这四方天空，在她曾经终日沉寂如死的生活中，只有方屹的出现掀起过涟漪，他给过她对未来的期许，他的出现如同投石入水，或许无关结局，但已经足够终生难忘。

方屹离开之后，"宁居"一直冷冷清清，没有客人再登门。

傍晚时分，雍宁早早关了门，自己去了后院，她看向院子里的砖瓦，心里十分犹豫，上网查了查房价，只是为了打发时间。

可她低估了房产中介的实力，如今这种大数据时代，不论是谁，只要稍微在网络上搜索关键词都能被记录，何况她一直关心东塘子四合院的房价，很快中介公司那边又收到了消息，于是一窝蜂地想要来联系房主。

再到天完全黑下来之后，院子里才又有了动静。

何羡存回来了，明显心情不太好。

他走进来一言不发，许际也没有和他一起来。

他自己将大衣挂在门边，整个人不动声色地扫了餐厅一眼，还是工整严谨的模样，但脸色却一直阴沉着。

雍宁只给自己做了饭，两菜一汤，简简单单，没想到还会多个人。她看见他过来，就去厨房拿了碗筷，放在桌子对面，然后继续低头吃饭，也不说话。

何羡存看看餐桌上的菜，西红柿鸡蛋和红烧排骨，还有冬瓜汤，如今的雍宁确实饿不死了，连做饭都学会了，人却不肯长进。

他不陪她吃饭，只坐在一边的沙发上，忽然开口问她："你又找中介干什么？"

"我只是看看相关业务，他们是不是又乱打电话了？"她一边说一边吃饭，表情也毫无意外，半点波澜都没有。

"雍宁。"何羡存连名带姓地叫她，每一次他这么说话的时候已经十分生气了，所以她停下筷子，好歹摆出一副认真听训的态度。

"你听清楚，方屹的公司现在经营状况良好，该有的融资一分不少，他和他的公司要干什么都不需要你再资助，所以你根本不用着急筹钱，就算真卖了宁居，对他而言……"

雍宁不想再听下去，忽然听出他话里的意思，于是打断他问："你还在找人监视我？否则你怎么知道方屹的事。"

她明白原因，何家人一定收到消息，方屹今天来找她，晚上又发现中介公司有动静，所有的事赶在一起，导致何羡存认定她是在背后默默支撑方屹创业，是她从头到尾被骗，所以他才这么生气。

而且此时此刻，何羡存对于她的问题没有否认。

雍宁这才发现一切都变得异常可笑，他们从水库回来之后，何羡存现在这样又是什么意思？继续把她藏在这里当情人？

她忍下心里的厌恶，逼着自己和他说："你不用找人监视我，反正你想来就来，想走就走，以后我几点起来，几点睡觉，主动和你汇报。"她骨子里对于旁人异样的对待非常敏感，周身的刺仿佛忽然就探出来，以至于气得口不择言，"你晚上过来，我是不是还得提前洗好等着你？"

何羡存从沙发上突然站起来，连眼神都变了。雍宁一看就知道自己又把他惹怒了，但她话都甩出去了，乖戾的性子上来从不服软，故意不理他，继续吃自己的饭。

身边的人走过来，直接把她的碗推开，让她抬头，"这么多年都没教会你自重，是不是？"

她死活不肯看他，最后被他掐得狠了，抬手就去打他。

何羡存揽过她的腰把人按住了，雍宁忽然咬他的右臂，十足发了狠，玩命当成发泄，就想让他疼，他右边的手臂果然有问题，立刻松开她。

她这一闹，似乎让何羡存很不舒服，他缓了一口气，退开坐在沙发上一直在揉手腕，过了半天才重新开口和她说："你发烧的时候我就不该管你，让你烧死得了，省得这么不知好歹，玩命来气我。"

"我和方屹之间的事，没你想得那么不堪。"

何羡存背对着她笑，声音有些低了，"那你解释清楚，你一直计划卖掉宁居拿到钱，到底为了什么？"

"这是我自己的事。"

"雍宁！"他再次警告她。

她的回答一针见血，只能把两个人逼上绝路，"就像你不能跟我坦白那份存档怎么回事，还有你的手到底出什么问题了一样，我不是你的附属品，我也有我的秘密。"她如法炮制，告诉他："何羡存，我的事，与你无关。"

他回身看她，那目光里似乎有太多的情绪混在了一起，刹那之间让她想起前几日的那场雪，一下起来就不停，最后气温低了，满地残雪混成了冰渣子，直直冻到人骨头疼……除此之外她什么都不看清，他眼底所有翻涌而来的颜色终究一点一点都沉了下去。

何羡存起身去了书房，雍宁自己低头大口大口吃饭，把菜都倒在碗里，拌着米饭全吃了，一刻不让自己停下来，最后她撑得难受，手肘撑在桌子上捂住了眼睛。

房间里并没有安静太久，何羡存去书房拿了文件回来，直接扔在她面前。他开口声音平静，仿佛一切都是公事公办，"赠予手续办好了，明天上午去完成过户，你很快就能拿到新的房产证。"

雍宁拿过所有的材料，抬眼看他。屋子里为了吃饭，灯都打开了，于是所有目光无处可逃。何羡存好像已经不再生气，眼神之中只剩下疲惫，那是一种累到极致之后的倦怠，让他连声音都轻了，也没了平日里一丝不苟的轮廓，笑一笑都散了形。

她明明达成所愿，却觉得这一切都不对，心里所有的不安突如其来，她想问他怎么了，可是问不出来。

事已至此，无话可说，成年人的世界里其实很简单，凡是谈不下去的感情，变成交易最实际，所以她听见自己说："我把画院的存档还给你。"

雍宁不敢再看他的眼睛，直接推开屋门去了院子里，径自走到院墙之下。

所有人都想在院子里的房间里翻东西，她偏偏能把最重要的东西藏在外边的院子里。

何羡存也没想到她竟然会把那么重要的文件收在院墙里，一时有点无奈。雍宁做的那排猫窝虽然是临时起意，但她到底动了个心眼，在其后的院墙上安装了一个小暗柜，里边就是隐蔽的密码箱。

她过去把箱子拿出来，统统还给他，"除了《万世河山图》的存档，里边还有一些其他资料，都是你当年留下来的，是不是还有用我也看不懂，反正全部密封过，都锁在这里边，密码是你当年去露山会馆的日期。"

何羡存接过箱子放在长廊下，又拿手机叫许际开车回来接自己，然后走向了书房。

雍宁以为他还有什么重要东西要找，结果他只是把桌案上的那幅紫藤的画收了起来，卷好一起拿出去，除此之外，他对于屋子里别的东西似乎毫无留恋，也没有再多看一眼。

何羡存就这么走了。

天边夜色染得重了，屋檐上连最后一线日光也褪尽了，"宁居"的院子里只亮了壁灯，草木寂静，一时看上去分外宁和。何羡存走得很快，所有藏起来的那些情绪露不出头，压抑着渐渐麻木了，都成了怅惘。

他想这院子给雍宁了也好，人总是想求个心安，如今他亲眼看见她长大了，有能力生活，有了自己的家，他才算无牵无挂。

他踏着灯影向外走，过了月洞门一直没有回头，而后院里的人还遥遥地站着。

雍宁总以为他还会说点什么，但偏偏什么都没有，如今到了往事和前半生所有爱恨一笔勾销的时候，并不如她想象中快慰。

她忽然意识到何羡存这一走不会再回头，整座"宁居"已经交割清楚，唯一能让对方担心的秘密都已经还回去，不管再有多少明天，今夜已经算是真正两清的结局了。

她想着想着，突然有些受不住，只觉得胸口像有什么东西骤然炸开，所有的回忆又酸又涩地涌上来，连感伤都算不上。她无法再细想，忍不住追着他跑出去，夜风把她的长发卷起来，她顾不上管，一路跑得飞快，到了前院才停下。

刚刚入夜，街巷安静，远远地能听见胡同口已经有车声。许际没能走远，很快就折返过来接他了。

何羡存知道雍宁追出来了，于是回身看她。他整个人恰好就站在前院的拐角，庭前新栽了玉兰树，开春就到它的好时节，一棵花树枝叶高挺，挡了光，他停在那角落里，一时廊下光影裁剪，分明又入了画，徒劳剩一条冷清萧索的影子。

从旧日到如今，他一直如此，靠着一道淡漠的影子就能碾碎她整颗心，让她能疼到喘不过气。

雍宁克制不住自己，眼泪都卡在眼角掉不下来。她冲到拐角处，突然拉住他，一句话再也忍不住："这四年，我一直都在等你。"她只觉得这花树的影子太迫人，一层一层打在脸上，让她竟然看不真切，不知道何羡存此时是什么表情。她又说了什么，连自己都糊涂了，"从很多年前开始，从你当年在这里教我做颜料开始，我就喜欢你……何羡存，我是真的爱你。"

她撒过谎，也骗过人，可这一句却是真心话，非要到了这时候，非要逼自己死死拉着他才能说出口。

何羡存叹了口气，他帮她把散乱了的头发都整理好，伸手抚了抚她的脸颊，和她说："我知道。"

这一方院子里种的早就不是花木，是雍宁自己的前因。

曾经她用尽全力想要追上何羡存，生怕他走得太快，因此她去学制作植物花青颜料的工艺，所有工序极细致，严格考验人的耐心，要一层一层把蓼蓝叶子铺在木板上，然后喷水，水雾细腻均匀，一定要确保叶片都沾湿，再用麻木袋子套好，等着自然发酵，发酵之后再喷水……循环往复，次数多了，直到不再发酵为止。

更简单的办法当然也有，只是最终成品的纯净度就会受影响，那就不是何羡存所需要的颜色了。雍宁不断失败，因为研磨和晾晒的分寸实在太难掌握了，她还要自己拿着研钵，一鼓作气擂上八个小时，才能兑胶，这么多道工序，成功之后，也只能撇出浅浅一层花青颜色。

那时候她无数次心灰意冷，又累又难过，凭着一腔执着，顶着太阳试了三百多次，觉得自己一事无成，抱着研钵，一个人蹲在长廊下出神。

何羡存出来找她，看她又累又沮丧，就站在她身后帮她，发现她手下真用了十成十的狠劲，于是提醒她："太重了。"

这力气太重了，她对他的那份心思也太重，不是她那个年纪承受得了的。

越是珍爱和迷恋的东西，越要释怀，否则难长久。

雍宁越想得到花青，越用了力气去研磨，反而适得其反，举重若轻，万物不絮于怀，是他希望她明白的道理。

可惜雍宁天资不足，命运给了她预知的能力，就好像拿走了她生活的悟性，她到了今时今日依旧用尽全力，这么执拗地追他出来。

何羡存按了按她的手腕，她用全身的力气拉住他的手臂。

他开口仍旧是那句话："宁宁，太重了。"

她知道他手臂上不同以往，或许真的把他拽疼了，或者是她这一腔翻江倒海的伤心实在多余，抑或者是她所谓的爱恨说出来实在太重，让他此刻觉得全无必要，总之……现在的她，不是他所希望的样子。

她想何羡存确实做到了，此时此刻他依旧神色淡然，一双眼里并没有她的轮廓。

何羡存再一次准备离开她，他并不伤心，也不惋惜，不絮于怀，他才是高手。

雍宁只能松开手。

大概这一生，都要和那幅紫藤的画一样了，只能到此为止。

一切都不顺遂。

那一夜何羡存回家的路上赶上晚高峰，一路走走停停。司机还是许际，连他也被这倒霉的路况逼得有些焦躁。

这就是搬去新城区的弊端了，虽然一切充斥着现代化的繁华，但出行永远堵车，还不如老城里这些七扭八歪的小胡同，车根本开不进去，大家就都断了念想，任凭你是什么人，一律都要脚踏实地往里走才好。

许际一时无聊，想得远了，偷偷回头打量坐在后边的人。

何羡存从上车开始，一直闭着眼睛，不知道是不是真的睡着了。

许际不敢说话吵他，只好百无聊赖地轻轻点着方向盘，他正在发呆出神的时候，身后的人冷不丁清了清嗓子，换了个坐姿向后靠了过去。

许际看向前方的十字路口，明显还是堵得水泄不通，于是他和后边的人说："院长，这个时间回家特别不好走。"显然话里有话。

今天傍晚，何羡存忙完市里的会就回了"宁居"，结果眼看着没出半个小时，不知道两个人怎么又闹起来了，许际也真是服了雍宁那个冤家，每次都能把院长气跑。

这下好了，放任何羡存自己回家，只有两种选择，要么他睡不着觉去吃安眠药，要么就去没日没夜地工作……许际心里默默吐槽，他们院长能撑到今天真算奇迹了，照他这样折腾的人早都垮了。

他有时候真不知道何羡存靠什么吊着这一口仙气。

何羡存一直不理他的抱怨，再开口的时候，也只是吩咐许际回去就把画院的存档整理出来，然后又说："以后不用再去宁居了。"

"院长……"许际盯着前方路口混乱的人流，不敢过多表达惊讶，忍不住说，"郑家的人可还盯着宁居呢。"

"院子过户给宁宁了，她可以自己处理，而且存档已经拿回来了，她现在对于郑家没有具体的威胁。"

许际听出他声音里带着叹息，顺势开口说："当年的事情对雍宁而言实在太突然了，您在国外结婚，留下她一个女孩子没法自处，这么多年忍下来，她肯定委屈。雍宁脾气又怪，也不是一天两天了，让一让她吧。"

何羡存抬眼看向许际，那表情似乎有些意外。许际这么多年很少明面上来劝他，他微微眯眼靠在头枕上，想了一会儿才说："刚出事的时候，我怪过宁宁。虽然她是为了救我，可如果她当年不骗我，就算那天我真在露山会馆发生意外，也不至于扯上郑明薇，只要不欠她一命，就没有后来这四年了。"

"是，我明白您这四年是怎么过来的。"

"所以，你说这些事怎么才能算清楚？"何羡存突如其来轻松了不少，他一边揉着太阳穴，一边盯着车窗外，和许际说话，"算来算去，我实在是算不动了，不如遂了她的心愿，她说要那院子，我给她，她说不让人监视她，那就都不去了，她又说我这么夜夜过去找她不合适……好，那我就走。"

许际终于把车开出了拥堵路段，后方的人也一直没再说话，直到他们回到了主宅之下，许际这才发现车里的人仍旧没有下去的意思。

他回头去看，何羡存似乎刚才觉得头疼，于是在路上的时候一直按着额角，最后他也就那么皱着眉，倚着半边车窗上睡着了。

许际放轻动作，平静地熄了火，他没有下车，更没有叫醒他。

入了夜，主宅外围的墙上只留了装饰灯带。家里的下人已经听见动静，很快正门外的大灯层层亮起来。

管家禄叔走出来看情况，许际冲他摆手，示意他不要打扰后边的人，轻声说："他太累了。"

禄叔也看出院长还没醒过来，于是声音放低，但他觉得人在车里不是长久之计，还是担心，又问许际说："还是请院长回房间休息吧。"

许际看向副驾驶的位置，那里还放着密码箱和那幅紫藤的画，眼前还扔着这么多麻烦亟待解决，但凡有人把何羡存叫醒，他上楼去的一定不是卧室。

所以许际摇头，示意人都回去，哪怕只有片刻，何羡存确实应该好好休息一下了。

第十一章
除夕之夜

转眼到了春节，历城又下了雪。

老城区的冬天，空气里仿佛总有些焦灼的味道，又不像是烧了东西，也许只是远处街头的栗子香，是北方城市里最常见的味道，有雪的日子，这味道里又缠着点点湿气，变得格外好闻。

明天就是除夕了，整条巷子里突然热闹起来。家家户户开始采买准备过节，动作快的人家院门口已经贴好了春联，入眼又是一片红火。

夜里大雪已经停了，雍宁早起披上大衣，站在大门口扫雪，难得清净一会儿。她忙完了就四下看看，深深吸了口气，她喜欢空气里熟悉的味道，格外安心。

春节是最一年之中最重要的日子，街坊们来往频繁，很快有人看见她了。人总是在过节的时候要显得分外熟络，于是有人随口和她打声招呼，冲淡了"宁居"内外的疏离，好像连她这座院子都活起来了，这场面总算让雍宁的心情好了一点。

可惜今年这个春节注定麻烦，因为雍绮丽回来了。

对方不知道听说了什么消息，一声招呼也不打，突然跑回历城，下了飞机就来找女儿，直接住在了"宁居"。

雍宁一直不愿承认，私底下，她和她妈妈的关系实在糟糕。

她对雍绮丽一向没有好态度，从小到大，她有做累赘的自觉，对雍绮丽的生活一向不打扰不依靠，雍绮丽来找她啰唆她就听，找她张罗事她就去做，仅此而已。

雍绮丽历经两次失败的婚姻之后，和现任男友一起住在海边的叶城。雍宁只知道对方姓宋，一直也没机会见，只是在聊起来的时候叫他宋叔叔。那位宋叔叔在退休前有份极其体面的工作，也没有儿女，因而家底殷厚，再加上他本人热爱写诗，自诩是个文人，说话风趣幽默，深得雍女士欢心，两个人谈一场夕阳恋，浪漫程度却丝毫不输年轻人，这两年日子过得十分安逸。

既然如此，雍绮丽还能趾高气扬地赶回来，八成是因为她听到何家的消息了，知道何羡存已经回国。

眼看就要过年，雍绮丽自从来了之后，起得比雍宁还晚。她回一趟历城其实住不了几天，行李却不少，足足带了四大箱，今天起床之后就用一个小时的时间化妆和搭配衣服，等她终于吃完早餐的时候，雍宁已经把前院的雪都扫完了。

雍绮丽看见女儿站在门口出神，于是踩着高跟鞋过去找她，开口就问："何院长呢？他是不是要回来和你过春节？"

"他回家了。"

"家？这不就是他家吗？"雍绮丽问得一脸理所当然。她确实用尽手段保养自己，到如今完全看不出已经是五十多岁的女人了，身材依旧纤细，穿一件橄榄绿色的羊绒连衣裙，剪裁优雅精细，还是极其贴身的款式。

这院子里四下都是老旧的石砖，她穿惯高跟鞋，也根本走不快，干脆就站在了回廊下。

雍绮丽实在张扬，她一回来，事事都麻烦，"宁居"就算想营业也不能开门了，好在赶上春节，干脆停业休息。

雍宁厌烦她这样的口气，不愿理她，又去给玉兰花树剪枝，马上就要开春了，这几棵年年开花的树，都要悉心养护，但雍绮丽明显不想放过她，明知故问，对女儿的难堪表达不满，站在前院就冲雍宁开始嚷："你跟他过了这么多年！这里怎么就不是他的家了！"

这音量恨不得街坊四邻都能听见，还嫌关于"宁居"的闲话不够多。

雍宁被她喊得急了，冲口而出拿话堵她，"这不就是你希望的吗？是你非要让我考美院的，是你非要请他资助我，如果当年不是你把我扔给何家，所有的事也不会走到今天！"

路是雍宁自己选的，她并不后悔，只是她情急之下把话也说得分外难听，不外乎都为了赌气，谁来给她难堪都无所谓，偏偏是自己的母亲，她受不了。

雍绮丽气急败坏，踩着高跟鞋去追她，雍宁不想和她争，对方走到哪里她就躲开，最后把雍绮丽气得拖住她的胳膊，让她站住了，一字一句告诉她："我是你妈！不会害你，是你自己喜欢他，我当年怎么跟你说的？让你别犯傻！何家条件好，你留在画院里，一心一意好好学画就行了，别去招惹何羡存！你一个小姑娘能遇到的那些诱惑，妈妈早都经历过了，你要想清楚他是什么身份地位的男人，他比你大那么多……你喜欢他注定是条死路！"

雍宁忍下一肚子的火气听她说，转过脸不看她。

她母亲实在容貌出众，一生纵横情场都有资本取舍。雍绮丽最大的本事就是把一切都量化，亲情，爱情……无论是什么感情，在她嘴里都能论斤计较。

小时候，雍宁知道母亲世故，但她能理解她的境遇。雍宁的特殊能力让她从小就在旁人身上预见各种可怕的画面，多次被确诊为精神方面的疾病，只有雍绮丽一个人带着她，如果对方不通晓世故，就无法从命运的泥淖里爬出去，世故是雍绮丽的生存方式，很难让人分辨对错。

唯一有一次意外，雍绮丽当年看出他们两个人的关系，曾经拼命想办法联系雍宁，警告女儿一定不要犯傻，她根本不看好这段感情。

当时的雍宁一头陷在这座院子里，正是对何羡存一心一意痴迷成狂的时候，后来连电话也不肯再接了。她以为自己太了解母亲，雍绮丽越积极对她的事表达关心，越让她觉得不单纯。对方口口声声说怕她吃亏，但她眼里所谓的吃亏，或许只是条件还不够。

就比如现在，雍绮丽面上不依不饶，好像是为了她好，但话没说两句，又露了原形，"何羡存既然都和你在一起了，就得对你负责！"

"妈！什么时代了……我是个成年人，何羡存没欠我什么。"雍宁简直有点无奈了，甩开她的手，又提醒她，"还有，这事以后别胡说，他在国外已经结婚了。"

"他老婆去世了，这些我都知道。"雍绮丽既然回来了，肯定都打听清楚了，她早就算得明白，"你还有什么顾虑？人死不能复生，他和郑明薇已经是过去式了，你现在可以名正言顺和他在一起。"

"郑明薇是我害死的。"

这一句话扔出来，连雍绮丽都愣住了，"你……"她脸色变了，牙尖嘴利的模样都收敛起来，站在这院子里思来想去，总觉得这事和雍宁的能力有关，于是问她："你是不是还在看未来的事？"

雍绮丽一向认为雍宁的能力古怪，不管这是不是一种疾病，都不该为人所知，所以她想尽办法能让她隐藏手心的秘密，好好学画画，找份工作，做一个普通人。

雍宁的表情并不像是开玩笑，又低声说："所以我们不可能在一起，何羡存回来就是想清算这些事的，他没有亏待我，宁居这里的产权已经过户给我了，一切两清。你以后也不要再指望何家任何帮助。"

她不想再听劝说，直接把结果甩给雍绮丽，"现在这里是我的院子了，你愿意留下就住，不愿意就赶紧回去，陪宋叔叔过年。"

雍绮丽被她气了个半死，"宁居"这座院子吵吵嚷嚷大半日，一场闹剧终究没能演下去，她迅速决定甩手走人。

如同前半生每一次相见一样，她们母女之间除了争吵和互相诋毁之外，没有其他和平的相处方式。

当天晚上，祁秋秋的公司正式开始放假，她也要回外省的家里去过年，于是和雍宁同路打车，和她们一起去机场。

谁都能看出来，雍家母女显然争吵过，全程根本不和彼此说话，比陌生人还冷淡。

祁秋秋成了最命苦的人，她一边拖着行李，一边还要玩命活跃气氛，一口一个"阿姨"，想尽办法哄雍绮丽高兴。

好在雍女士爱美，被年轻的小姑娘称赞总能让她心情愉悦。

祁秋秋一直说雍绮丽是冻龄女神，说得她心花怒放，拉着祁秋秋的手，恨不得当场认她做干女儿，还开始关心起她怎么又是一个人回家，问她说："你性格这么好，比宁宁强一百倍，多招人喜欢啊，怎么还没找个人安定下来？"

祁秋秋嘻嘻哈哈地摇头岔开话题，车已经开到停车场，她赶紧去帮雍宁把行李从后备厢搬下来，又推着进了机场。

雍绮丽跟在后边，一路踩着高跟鞋，走得风韵犹存，还时刻不忘八卦，悄悄去问祁秋秋："是不是有喜欢的人了？"

祁秋秋差点被自己的口水噎住，竟然不知道该说点什么。她有一百种半真半假的回答，但人总会在一些微妙的时候动了真心，就比如此刻，雍绮丽一问，她脑子里突然闪过那个雪夜，有人抱着树枝站在灌木丛里发呆，那画面实在可笑，以至于她竟然走了神，想了一刻，都不知道自己该不该点头。

雍宁觉得祁秋秋有点反常，这要放在平常，她这好朋友自诩男神收割机，才不会欲言又止，于是她推推她，笑着问："你怎么了，过年回家没带脑子？"

祁秋秋的羞耻心不合时宜地复活，对着雍宁的目光有点不好意思，只能含糊地点头承认，又把话题扯远了，没想到手机在这时候响了。

屏幕上闪烁的是方屹的名字。

祁秋秋看了一眼，想起自己前两天和他提过一句，她春节要回家，已经买了机票。方屹当时正好没事，和她说他有车方便，可以来送她。

凡是方屹说过的事，都不是玩笑，他确实——认真记在心里，于是今天他看祁秋秋一直没联系，主动打电话来了，八成就是为了问她还需不需要帮忙。

但此刻祁秋秋和雍宁在一起，她不知道该不该接，手机一直在响。

雍宁有点奇怪她在发什么呆，低头想看看是怎么回事，结果祁秋秋吓了一跳，突然心虚起来，把手机翻过去，不让她看屏幕。

雍宁不明所以，催她别闹了："赶紧接，要办登机了。"

雍绮丽不知道什么时候已经转去了卫生间，一时之间，左右人来人往，只剩下她们两个人站在原地。

祁秋秋横下心，她想起电视剧里演到这种剧情，按照套路，她应该开始躲躲闪闪，制造出一连串的误会用以搅局……可她不能这么傻，不能连雍宁都瞒。

所以她抱着壮士扼腕的决心，转过手机给雍宁看，还故作镇定地说了一句："哦，是方屹打来的。"

雍宁才没她这么多的想法，她忙着送机，根本没有工夫琢磨，一边催她快走，一边说："你接啊，看他是不是有什么事。"

祁秋秋十分尴尬，她自己白白浪费了数不清的内心戏，最后还是坦荡地接了电话，她告诉方屹，现在雍宁已经陪自己来机场了，不用再麻烦他。

一通电话客气自然，谁都没觉得有什么不妥。

电话的最后，方屹停了一刻，忽然问："她最近还好吗？"

祁秋秋拿着手机看向前方，雍宁把头发梳起来了，弯下腰，正在帮雍绮丽整理行李。

祁秋秋心下怅然，一瞬间涌上数不清的情绪，早知如此，她也谈不上失落。

她面上的口气仍旧轻松，认真给方屹汇报："雍宁今天穿得很多，厚大衣，羊毛连衣裙，戴好帽子了，还有手套……她好得很，绝对冻不着，也饿不死。"

方屹在电话另一端也笑了，笑她尽职尽责的形容，笑他自己多余。

他放了心，捎带一句关心送过来，"你也注意安全，一路平安。"

祁秋秋没舍得挂电话，第一次忙不迭地想要找个话题，于是脱口而出："你过年就在家里？"

方屹想了一下，和她闲聊："还不知道，陪陪父母，可能再去看看亲戚吧，没什么特殊的事。"

祁秋秋又追了一句："那我初五就回历城了，春节期间不好打车，你能来机场接我吗？"

她说出来的一瞬间脸都发烧，从没这么丢人现眼，不知道自己这是抽哪门子的疯，一秒就变成纯洁的小白兔。

方屹大概想了想时间，很快就答应了，他答应得心无旁骛，反而显得祁秋秋更紧张。

一通电话很快挂了，祁秋秋避着人做了几次深呼吸，好半天才觉得自己缓过来。

从头到尾，机场里人来人往，办理值机的地方早就排起了长队，根本没人关心她的独角戏。

分别的时候，机场的广告屏上播放了国家文博馆新的宣传片。

恰逢百年华诞，七月份的展览无疑将是今年文博界的重要盛会，举世瞩目。祁秋秋拉着雍宁过去看，一脸兴奋。

她反复提醒雍宁帮她托人打听，百年庆的展览她一定要去看。

雍宁让她放心，然后开始留心关于《万世河山图》的消息，那无疑是大众最关心的人气展品。可在第二波宣传里，从头看到尾，文博馆明显淡化了关于那幅青绿山水画的介绍。

仔细想想，雍宁又觉得是自己多心了，国宝展品那么多，古画只是其中之一，官方的安排也有调整的时候，根本不能证明什么。

那段最新的宣传片不仅仅只有机场播放，它在春节前后特意推出专题，很快电视台和一些主流媒体上都在积极宣传。

何羡存看到的时候，正好是在晚饭前，他已经在家里的画室坐了一天。

许际上楼，给他看文博馆最新的动向，低声说："馆里心虚，想办法模糊公众焦点，今年对外展览的重点已经不是《万世河山图》了。"

何羡存把笔放下，许际看见他这一天都是在用左手练字，他此刻起来活动了一下手腕，慢慢地开口："国家公布的名单里有这幅画，点名要继续展出，郑馆长确实是没办法，所以他们才狗急跳墙，现在肯定要持续淡化宣传，不能让它像上次那样引起关注了。"

许际给他看画院的人整理出来的存档，"当年他们馆里将摹本送来的全过程都有记录，可毕竟是画院参与了修复，如果郑家人反咬一口是我们做了手脚，或者拿出其他借口说辞，始终是个麻烦。"

"所以今年是关键，关键在于百年庆馆里展出的这幅画。"何羡存看了眼时间，准备下楼去吃晚饭了，临出去的时候他叮嘱许际，"马上过年了，留心郑彦东。"

何羡存这段时间一直都在家，他母亲那边让人过来请院长保重身体，注意多休息，其余的话也不问。

家里上下都在准备过年，屋子里装饰得焕然一新。

何羡存难得清闲，借着吃饭去看望母亲，看她气色好了不少，抽出时间陪她。

他母亲庄锦茹这几年身体不好，心脏的老毛病严重了，一直都在主宅养病。太太居住的东侧也和何羡存彼此分割开，从何羡存当年接手画院开始，她只在逢年过节才见见儿子。

庄锦茹出身传统世家，完全接受了这样的生活，从她当年嫁到何家开始，已经做足准备，她不需要何羡存守在床前尽孝，她为何家养大的是一位合格的继承人，而她寡居三十年，从未软弱。

何况有些事，前前后后这么多年，她听了实在心烦。

眼看到了吃晚饭的时候，庄锦茹终于开口问了两句"宁居"那边的事。

何羡存请她不用挂心，庄锦茹从年轻的时候开始，一向看不惯雍绮丽的轻浮做派，连带着对她女儿也没有好感，所以何羡存从来不主动提起那边院子里的事。

但这世上哪有不透风的墙，何况庄锦茹毕竟还是何家太太，她自己的儿子一回国就还是去找了那个雍宁，她心知肚明。

一顿晚饭吃得和和气气，都是性格过分独立强势的人，赶着过年气氛好，谁也不去说破。

庄锦茹的排场极大，一顿饭而已，前后不到一个小时，整座主宅的东侧无人走动，上下安静，连说话的声音都压低了，大家都担心惊扰到太太。她几十年刻板端庄，前两年查出了冠心病，对日常环境的要求更严苛了。

许际最怕过来和太太一起吃饭，这场面让人浑身难受。好不容易等到他们母子说完了话，他赶紧跟着何羡存跑了，一路回他们自己那边去。

他一边走，一边长长出了口气，低声嘟囔："不让雍宁到家里来真是为她好，这气氛我都熬不住。"

何羡存刚走到画室之外，听见这话回身看他："你最近不用两边跑，是不是太闲了？"

许际"嘿嘿"笑了一下赶紧摇头。

何羡存还是绕回了他自己的卧室，他换上宽松的衣服，站在窗边向远处看，市区里红火一片，角度刚好，所有光影都像是浮在了幽暗的树梢之上，春节将至，让这人间的盛世烧成了一片火。

许际在门边调暗灯光，准备退出去让他好好休息。

何羡存的背影渐渐模糊不清，他那副山高水远的模样实在萧条，又显得不那么真实了，他忽然开口问许际："你老家那边，春节都是怎么过的？"

许际想了想，回答他："应该还是老样子吧，三姑六姨聚在一起包饺子，然后打牌，男人就看电视，通宵喝酒。"他说着说着，想起历城这边没这么好玩，"现在一到春节，整个一座空城，所有店都不开门，吃喝玩乐都没地方去，干什么都不方便，还不如乡下呢。"

何羡存关上窗帘，把所有光线都挡住，难得他今天准备早点休息。

许际出门的时候，他又在黑暗里说了一句："明天除夕，打电话给城南三十三号，请他们还按往年的惯例准备吧。"

何羡存人在国外那些年，年年如是，除夕的时候，城南三十三号会给宁居送一碗排骨面过去。许际一直在替院长办好这件事，可如今何羡存已经回来了，许际听他亲口安排下来，不知怎么只觉得心里一阵难过，以至于连声音都轻了，赶紧答应下来。

他又听见何羡存拉开抽屉，正在拿安眠药，房间很安静，药片在瓶子里发出响动，那声音就分外清楚。

许际劝慰的话冲到嘴边，又知道不能阻止他。

明天开始就要过年了，画院、公司、家里，数不清的人要借着过年的时机来拜访院长，未来几天何羡存事情非常烦琐，他不能不睡觉。他甚至还要打起精神和自己的母亲隐瞒情况，要陪庄锦茹去过年，一切无恙。

许际心里统统明白，愈发替他觉得辛酸。

其实雍宁早就学会做饭了，她会包饺子，春节的时候朋友也都回去过年了，她一个人吃不完，于是年年都分给街坊邻居和其他需要的人，过节不用再找地方吃饭了……

一晃四年过去，如今需要人照顾的，是何羡存自己。

除夕这一天成了一年到头最为漫长的日子，何家主宅里客人一波接一波，进进出出都是来拜年的人。

赶上文博馆百年庆又要开展，各方人士都想提前从何家画院这里打探情况，让这个春节过得格外嘈杂。

庄锦茹抱病数年，没人轻易打扰，画院的师傅也都回去过春节了，正月的日子里指望不上别人，里外都要何羡存去应付。

好不容易到了晚上，家里总算安静下来，闭门谢客，自己过年。

下人们说庄锦茹想早点吃晚饭，何羡存答应了，没时间喘息，又去陪他母亲。

他今天一天实在累了，坐在桌旁的时候脸色不好，下人们知道深浅，于是全都闭紧了嘴巴，气氛也格外沉闷。

庄锦茹很快就不高兴了，问他们："大过年的，怎么一个个都垂头丧气的？"

"怕你吵。"何羡存没有抬头，声音嘶哑，清了清嗓子，让禄叔去把厅里的电视先关上。

庄锦茹看出何羡存对这个春节心不在焉，他以往很少有这么阴郁的脾气，今天却一直不太痛快。国外这几年的生活实在让他筋疲力尽了，日日夜夜守在医院，面对着因为救他而重伤的妻子，那场面仔细想想，换了旁人分分秒秒都熬不住，他一个人面对了那么多年，实在伤人，最后的最后，他用尽全力还是救不了郑明薇。

庄锦茹一时动容，这辈子她过到如今的地步，终究只有何羡存这么一个孩子，她越想越有些感伤了，安慰他说："本来以为明薇能养好的，你把她带回来，一家人在一起过个年，我也能高兴高兴，没想到……"

何羡存抬头看了她一眼，突然把筷子放下了，他手下的动静极大，明显带了情绪。

眼看庄锦茹的表情也变了，一顿年夜饭岌岌可危。

做母亲的女人孤傲惯了，立刻有些下不来台，庄锦茹盯着儿子又要开口，远处的手机突然响了，总算打破了饭桌上的僵局。

许际悬着心，赶紧把何羡存的手机拿过来，给他当作解围，一脸郑重地说："抱歉，院长，有急事。"

何羡存回身看见是郑彦东的电话，面上却没什么表情。他总算是缓和了语气，让庄锦茹别再想那些难过的事了，过年了，先吃饭。

他自己起身上楼，很快就避开了其他人。

郑家人来的电话，肯定不只是为了拜年。

电话另一端的人仿佛从没学会好好说话，甩着嗓子，开口打招呼，"春节快乐，我的好姐夫，有些事，咱们趁着过年，赶紧了结吧。"

何羡存已经走回了自己的卧室，远处仍旧是一片灼人眼目的霓虹，天黑之后玻璃反光，就只剩下他一双眼沉郁而至，他靠在玻璃上问："你想结哪一件？车祸、摹本，还是你们今年开展的事？"

郑彦东一直低声笑，笑了半天才说："我说的是你那个小情人。"

何羡存没有接话，他侧身看向了老城区的方向，这一夜辞旧迎新，连那片晦暗错杂的区域都透了光，遥遥看去，千家灯火。

他顿了顿，捏紧手机告诉他："四年前的存档已经不在宁居了，画院拿回来重新做过整理，你不信的话……给你发过去一份，鉴定鉴定？"

"何院长的话我信，不用麻烦。"郑彦东声音越来越懒，听起来都要睡着了，"存档究竟在谁手里我无所谓，何家画院既然经手这件事，我永远清理不干净。所以最近我想了一个好办法，只要解决好你的个人问题，一劳永逸。"

何羡存的手扣在窗边，轻轻敲了敲，他转身靠在玻璃上提醒他："你应该清楚，你敢动雍宁，画院马上提交证据。"

"不敢，所以我把她请来好好照顾，试试这丫头到底能看见什么东西，逼得你死守她不放。"

卧室门外突然又有人敲门，许际声音焦急，明显有重要的事要说。

何羡存仍旧拿着手机，他不去理门边的动静，继续和电话里的人说："如果她出事，你们失去的绝不只是一个郑明薇。"

郑彦东口气轻松，像是没听见一样，笑着还给他拜了年，然后结束通话。

极远的地方似乎有了爆竹声。

近郊那一带的人在放烟花，声音愈发大了。这日子虽然辛苦，可不管多少辛酸坎坷，一年到头都该是家人团聚的日子了。

夜幕深重，何羡存盯着窗外有些出神，家家户户灯光都亮起来了，渐渐就在他眼前连绵一片，这俗世烟火烧得人心里发沉，明明该是万家欢腾的夜，却让人心烦意乱。

从郑明薇离世之后，早晚都有这一天。

他没有时间考虑郑彦东的话，回过神来就去打开房门。

许际刚刚从外边得到消息，心急火燎跑回来，甚至来不及进去，直接站在门边就和他说："院长，雍宁一直没回宁居，城南三十三号的人已经去送面了，等了很久没有人收，手机也是关机状态。"

一句话话音未落，何羡存突然推开他冲了出去，飞快地下楼，一路去车库。

许际不知道院长刚才接了什么电话，脑子里只能联想到最坏的可能，他慌了神，赶紧追了出去。

他们离开家的时候，禄叔正好从楼下经过。

老人刚刚从餐厅过来，本来是想提醒院长，太太那边的晚饭还没吃完，今天又是除夕，不管外边还有什么工作，都要放一放，先陪家里人才对。

结果不知道发生了什么事，楼上突然就乱了。

禄叔以为自己花了眼，眼看院长一句话都不交代就跑出去，等到他老人家反应过来的时候，又看见许际拿了手机和外衣，也追去了车库。

禄叔留在何家几十年了，他是看着何羡存长大的人，一晃三十多年过去了，他还守在这个家里，他最清楚院长的脾气，从他还是个孩子开始，就比旁人稳重，禄叔也是第一次见他这么失态，发疯似的往外跑。

何羡存不是急，他是怕。

衰老就一点好处，让人旁观的故事渐渐多了，心就静了。禄叔看着他们冲出去，也不再让人追了，他清楚，人活一世，最怕的不是苦难，而是失去。

　　人的承受能力远远超过想象，这世上不管经历过什么创伤，总有愈合的方法，靠时间或是靠药物，唯有失去才是永恒的死结。

　　何羡存也一样，能让他这么害怕失去的人，只有一位。

　　禄叔想着想着又笑了，他拖着时间，慢慢地才往回走。他心里明白，恰恰就是那位没人在意的女孩，何羡存始终没有把她带回来见太太。

　　何羡存费尽心思把她藏起来，半点难堪都不愿她受，那是真正的执着。

　　东边很快来了人，太太让人过来问，这么闹出大动静，到底出了什么事。

　　禄叔把闲话都压下去，他已经走回大厅里，把身后的灯光调暗，认真找了个借口，和下人们说："院长不舒服，先去睡了。"

第十二章
露山会馆

雍宁醒过来的时候，有一瞬间近乎失神，以至于她连时间都分辨不清。

她努力地找回了意识，抬眼观察四周，只看见天边夜色浓重，而她此刻所在的地方是片巨大的草坪，余下的就只有昏暗的地灯。

她什么都不知道，只知道自己是被人强行带上车的，原本车速很快，到了地方之后紧急刹车，带起一阵尖锐的声响，她什么都来不及问，又被人拖下了车。

已经要过春节了，雍宁从没想过会在除夕夜出事。

她这一整天都在干活，赶在入夜之前包好了饺子，等着福利院的人过来取。这本来也是"宁居"的惯例，年年如此。如果雍宁不去水库的镇上过年，也会提前准备好年货，王枫老师或是他的家里人总会来一趟历城，他们有车，经过老城区的时候顺路带走，算是她的心意。

这一天自然也不例外，傍晚时分雍宁接到电话，提着保鲜盒顺着胡同往外走。

　　老城区这里蜿蜒的胡同一赶上逢年过节更加拥挤，沿途都不好停车，于是她和福利院的老师约好在大路口见面。

　　她一路走出去，刚过了胡同拐角，却被人从后面捂住了嘴。

　　这些人显然早有准备，蹲点的地方是胡同里最幽暗的角落，几个自建房上边堆了太多旧物，完全挡了光。

　　雍宁确实毫无防备，眼下正是过节的时候，天都要黑了，人人回家团圆，正经街道上都没了人，何况是他们这边的老胡同，她连挣扎的时间都没有，很快就丧失了意识。

　　眼下雍宁的手已经被人捆住了，她头疼得厉害，正被人推搡着向前走，不远处只有一栋建筑，光线暗淡，并没有刻意的楼体照明。

　　她忽然发现这栋暗红色的建筑分明就是露山会馆，她曾经在何羡存的未来里见过，这一下她终于有了猜测的方向，也知道她恐怕已经晕过去好几个小时了，被人开车带上了露山。

　　这个地方是座非常庞大的别墅，看起来似乎只有三层的高度，孤零零地建在山顶上，是一家隐秘而低调的私人会馆。雍宁当年为了阻止何羡存涉险，特意花费时间查找，渐渐得知这地方远离市区，只有一条正经的山路经过，而它的存在对于历城而言是一个谜，显然建造者应该有极深的背景，成了历城地下交易的聚集地。

　　雍宁有些错愕，仔细回忆自己到底能有什么仇人，值得对方这么大费周章。她心里刚刚闪过了一个念头，就看见二层的窗边站了个人，手撑在护栏上正在抽雪茄，一见她就笑。

　　郑彦东那混账模样一点都没变，在烟雾之中还抽空抬手，冲她打了个招呼，很快就有人把她从后门带了进去。

　　整座会馆都是浓郁的红色，连内里也不例外。

　　走廊里的光线设置异常讲究，顶上的灯光随着人的步行方向依次亮起，而房间的门全部隐藏在墙壁纹路之中，显得四下分外安静。

雍宁心里愈发不安，这地方所有的陈设都透着令人不适的华丽感，让她心里越想越乱。郑彦东、文博馆、那幅《万世河山图》，还有何羡存不惜一切必须拿回去的存档……所有的一切统统指向了这座古怪的建筑。她隐隐觉得这一切都和四年前相关，所有事远比想象中还要可怕。

她没有时间揣测，走廊尽头的门已经打开了，而屋内的人才真正出乎意料。

雍宁万万没想到会在这里看到艾利克斯，她母亲的那位英国前夫。

对方穿着非常绅士而儒雅的西装，眼看头发花白，该是年过六十的人了，却保养得体。一双眼睛盯着雍宁上下打量，用流利的中文和她打招：“宁，见到你，让我更加怀念你的母亲。”

回忆起来，雍绮丽和艾利克斯的这段婚姻其实很短暂，雍宁也没怎么和他相处过，仅仅见过几次面。她过去确实不太喜欢这位继父，在她的认知里，她一直以为雍绮丽只是借着对方出国，再加上这位艾利克斯据说是位成功的商人，家底殷实，双方各取所需，也谈不上多少感情。

雍宁心里闪过无数念头，震惊于对方为什么会和郑彦东同流合污，她的话还没问出口，对方先做了个“嘘”的动作，示意周围下人让开，而后非常礼貌地请她进去。

房间里的布置一样浮夸，完全是中世纪的复古风格，欧式古董壁灯，窗边的一排黑色沙发成了唯一突兀的存在，正对面摆放着巨大的屏幕，可能原本是会馆里休息奢靡的休息区。

艾利克斯示意雍宁坐下，低下头想要碰她的手，她猛然开始挣扎，艾利克斯却非常耐心，解开她手上的捆绑，弯腰看向她的眼睛说：“他们对女士太粗鲁了，是不是？”

“你怎么会认识郑彦东？”雍宁心里的疑问越来越大，郑彦东想要报复她，她不意外，但艾利克斯的目的却让她紧张。

面前的人对她的疑问并不意外，他伸手抚过她的长发，又是一副长辈模样。

雍宁躲无可躲，也只能逼着自己冷静下来。

艾利克斯就坐在她身边，声音温柔地开口："你本来什么都不知道，这样最好，毕竟我曾经是你的继父，中国人重视传统，我也一样，不想为难你，可惜郑彦东发现了一些事，对你很不利。"

雍宁第一个念头就想起了郑明薇，她脱口而出问："是因为他姐姐？"

艾利克斯笑了，仿佛她的答案非常幼稚，他摇头说："不，是因为你不小心知道了一些秘密，再加上你的能力，让你很危险。"

雍宁想起前一阵，郑彦东突然去了"宁居"，那时候他的目的古怪，急于试探她的预知能力，所以这一切和她可以预知未来的事有关，她忽然有些明白了："他怕我看到未来。"

所有旧日的记忆都被撕碎，像是破损的画，无数片段拼拼凑凑，毫无头绪，却成了四年前后所有变故的引子。

人在极度紧张的时候浑身僵硬，雍宁越想越恐惧，连呼吸都艰难起来，这经年的阴谋成了蛀，她才撬开口就觉得用尽了力气，只好尽力逼着自己冷静下来，努力地想要理清楚这些线索，房间的门却突然被人打开了。

郑彦东下楼来了，他带着满脸虚情假意的笑容，仔仔细细地看了看沙发上坐着的两个人，冷不丁地笑着开口："难得，你们今儿这一出也算父女相见？"

"你到底想干什么？"雍宁实在忍无可忍。

"别着急，何羡存在家过年呢，顾不上你，咱们有的是时间。"郑彦东分外悠闲，他在房间里踱步，"我姐没白死，她死命熬着，这几年跟着何羡存，起码弄清楚了几件事，存档已经不在画院，何羡存也不可能信任外人保管，所以一定还在他身边，当年他走得突然，所以八成存档还在那院子里。还有……你这小丫头片子真有点本事，能看见未来的事。"

郑明薇临终留给他的信息非常关键，所以他去了"宁居"想要确定一下，却没想到事情跟想象的并不一样。

艾利克斯一直不动声色地坐在一旁，完全没有打断的意思。

郑彦东转到了一侧的书架下，摸索着随便找到了一盒烟，又给自己点上，屋子里很快充斥着呛人的烟草味，雍宁侧过脸不想看他，只说："这种话你也信？所谓的未来每分每秒都有变化，我就算看见什么，也不足以成为证据。"

"所以我们需要一个知道你过去的人。艾利克斯，正好解答了我的疑惑。你并不是什么未来都能看见，你只能看见意外……其实你把存档还给我那好姐夫之后，本来已经安全了，多亏艾利克斯提醒了我最关键的一点，你的眼睛。"

郑彦东说着说着走近雍宁，突然俯下身，他嘴里的一口烟喷在了她脸上，她一阵恶心，抬手想要抽过去，却被他狠狠抓住了手腕。

郑彦东声音玩味地说："你是天生的四色视觉，今年文博馆只要一开展，你就能轻易发现我们的秘密……"

他的手不断用力，雍宁的手腕被他掐得生疼，却顾不上挣扎，她骤然意识到他话里的意思，文博馆要进行百年庆，而此前《万世河山图》已经极具人气，郑彦东无法再避免它的展出，所以赶在今年所有过去的积怨统统爆发，他生怕在开展时横生枝节。

雍宁已经见过存档，那份存档上的内容就是证据，四年前何家画院接到文博馆送来的已经不是真迹了，只是一份近代摹本。

所有的线条都被连了起来，兜兜转转，都是因为那幅久负盛名的青绿山水图。

她后背发冷，没想到一份无意中看到的存档竟然关乎四年前后的阴谋，还有郑彦东口口声声所说的"我们"……他并不是一个人作案，国家文博馆内全是重要文物，各项规章制度森严，如果《万世河山图》都能在展出时诓骗世人，那馆里的内鬼绝对不只是他一个人。

他们既然能冒这么大风险，背后的利益驱使恐怕已经超乎想象，四年前后，古画的真迹下落成谜。

雍宁震惊到不敢再往下想。

艾利克斯看出她神情有异，慢慢拍了拍郑彦东的手，示意他不要这么用力，郑彦东也懒得再和雍宁多费口舌，叼着烟绕开了。

"宁，你要明白，能够牵制何院长的人，现在只有你了。还有，你的视觉能力可以证明一切，你们的存在本身，就是一种威胁。"艾利克斯的用词非常优雅，人一旦上了年纪，声音之中难免透着喑哑，但却并不难听。

他看什么都像观赏艺术品，因而对雍宁的目光也透着欣赏。

可惜这伪善的表象根本撑不了太久，墙壁上大片沉郁的红，愈发让人心里不安。

雍宁只有一个问题，她不得不问："四年前，何家画院不清楚你们的阴谋，所以直接按馆里的要求走完流程，可事后何羡存为什么不去举报你们？"她说不下去。

郑彦东总算把那根烟抽完了，他直接坐在沙发扶手上，皮笑肉不笑地盯着雍宁，"你放心，这人活着啊，都有弱点，缺钱的我给他钱，想要名声的给他名声，唯独我那姐夫什么都有了，他如果早能配合我们，我姐也不用枉死了！"他越说越激动，"我以为他多清高呢，还不是一样栽在女人身上！我倒要看看他这次还有几条命！"

他提到郑明薇的时候目光陡然变得阴狠，明显被姐姐的亡故刺激到了，他突然掐住了雍宁的脖子，直接把她扯到了地上。

雍宁用尽全力想要掰开他的手，郑彦东却发了狠，他手上拿着那根抽完的烟，明明灭灭还没有被按灭，他捏着烟头对准雍宁的眼睛，皮笑肉不笑地开口："我姐是替他死的！都是你这个贱货害的！"

他手下一沉，想用烟头对着她的眼睛烫下来。

雍宁死死闭上眼，浑身发抖，却无论如何也挣脱不开，只能被他们困在这里任人鱼肉。

烟头迟迟没有落下。

艾利克斯推开郑彦东的手，不动声色提醒他，"冷静一点，我们只需要破坏她的视力，如果留下外伤，一切就不好收拾了。"

郑彦东还在气头上，声音透着狠厉："留着她也没用，干脆从山上推下去，一了百了。"

艾利克斯仿佛半点都不生气，提醒他："我说过，既然大家需要合作，那么我在的时候不希望你们闹出人命。如果有人需要泄愤，等我平安出境之后，随你们。"

郑彦东死死瞪着雍宁，还是扔了烟头。他揪着她的头发，直接让她整个人摔在了地上，又气急败坏地冲门外喊，让人都进来。

房间的门很快就被打开，雍宁突然爬起来，想借着这一时半刻用尽全力冲出去，却直接被外边涌进来的人堵住。她知道自己是在做无谓的挣扎，可她绝对不能留在这里，今晚这些人的计划一定是用她来威胁何羡存。

她拼命大喊，只换来郑彦东的嘲笑。她完全不知道他们想要干什么，很快被人捆在了椅子上。

这些人显然早有准备，房间的灯被完全关闭，四下只剩黑暗，而她面前巨大的屏幕突然打开，不停播放强光。

雍宁本能地闭上眼，却被人强行用器械撑开眼皮，完全无法再闭合，他们逼迫她睁着眼接受强光刺激。

她很快泪流满面，疯了一样哭喊。

郑彦东对她的反应似乎非常满意，他总算心情好了一点，就靠在门边打电话。

电话接通的时候，雍宁突然屏住了呼吸，她连一句话都不敢说，被面前的强光晃得受不了，安静无声地流眼泪。

郑彦东好心地替她按开了免提。

电话里的人声音也有一瞬间的停滞，但很快何羡存已经反应过来，他什么都不问，就只是试探性地叫她："宁宁？"

雍宁下意识地答了一句，满脸是泪，开口也是哽咽，她一口气忍住了，不再出声，于是一阵沉默。电话另一端的人分明看不见她的样子，却又像知道了什么似的，于是连声音显得格外沉稳，忽然开口问她说："你还记不记得怎么晒蓼蓝叶子？"

她早已头晕目眩，这些人手段卑鄙残忍，想要毁了她的眼睛，折磨她的意志，恨不得逼疯她……她整个人濒临崩溃，却听见何羡存突然说起一件完全不相关的往事，连口气都太过平常，这一瞬间让雍宁觉得格外荒谬，眼前只有不断变化的强烈光线，仿佛彻底要把她的意识剥离出去，让她脑子里空荡荡的，只剩下了当年的影子。

那时候她藏着对他的心思，一个人蹲在院子里，千辛万苦地反复给叶片喷水，只因为何羡存教过她，晾晒湿度必须刚刚好，于是她循环往复。

她当然还记得。

今时今日，何羡存的声音平和，和眼下可怕的环境格格不入，"那天你数到了第几次？"

雍宁快要晕过去，眼前的白光晃得她生出了幻觉，她逼着自己努力地回忆，咬着牙回答他："三百四十一。"

她当年能蹲在烈日下为他吃尽苦头，百转千回，整整尝试三百四十一次，才得到他想要的花青。那是珍贵的植物颜色，也是她整个少女时代的全部贪念，一点一滴，都在指尖。

雍宁渐渐明白了他的意思，眼泪都流干了，整个人脱力之后反倒是真的彻底平静下来。

她已经看不清东西，就听见何羡存的声音远远地传过来："为了我，再数一次。"

她没有时间再回答，两个人之间的对话还是被打断。

郑彦东拿着手机，实在佩服何羡存的定力，"何院长不用演苦情戏，咱们谈谈条件，谈好了，她还是你的人。"他重新往屋里走，口气遗憾，"我猜你知道消息之后就要追过来，现在应该准备上山了吧？"

何羡存没有回答。

"而且你一定想把四年前的存档证据还给我，交换雍宁，所以那些资料也都在你车里。"郑彦东想得清楚，他走到椅子旁边，拍了拍雍宁的肩膀，继续和电话另一端的人说，"同样的冬天，同样的夜路，和四年前你出车祸的时候一模一样，如果何院长故地重游，伤心过度，因为应激障碍又冲下山……那咱们两家人的故事，就都能圆满了。"

剩下的话不用他说，彼此都清楚。

只要过了今夜，一切就都成定局，只能是事后调查。何羡存的存档是画院对摹本做旧的资料，郑家完全可以把一切栽赃到他身上，就算露山会馆后续被查，他们也有办法将事情变成是何羡存早年盗取文物，偷梁换柱，然后又深夜上山交易出事。

只有这样才能一劳永逸，郑彦东和他身后利益链条上的人才能彻底脱身。

残局无法收拾，干脆玉石俱焚。

郑家人很清楚，纸已经包不住火了，一旦在文博馆的百年庆上展出《万世河山图》的摹本，风险太大，随时可能败露，他们需要寻找替罪羊。

死人才能保守秘密，可惜如今的社会没人能一手遮天，法律之下，万万不能随意出人命。

"凡事都会留下证据，只有你自己动手怪不了其他人。你死，我保雍宁平安。"

这一局下到这里，郑彦东也已经赌上了所有，不能给对手任何挣扎的机会，他干脆利落地将通话挂断。

雍宁的哭喊完全没了意义。

郑彦东挂断电话之后，一直在房间外焦灼地踱步。

她渐渐也没了力气，眼前已经完全被强光刺激到重影一片，什么都看不清，人一旦痛苦到极致，反而强行镇定下来，她被逼到生死之间，反而豁出去了。

从小到大，人人都震惊于她的能力，她以前看过太多可怕的画面，此时此刻却只能靠它自救。

何羡存一定会来露山会馆，雍宁心里比任何人都清楚。正因为清楚他一定会来，她才更加不能坐以待毙。

她努力想办法听清四下的动静，房间外似乎又有人进来了，来的人声音显然并不年轻，却不是艾利克斯。

对方似乎知道她看不清，没有故意遮掩，说话的声音也很清楚。雍宁莫名感觉自己见过对方，一位老者，可惜她看不见，无从确认。

那人似乎对艾利克斯格外不放心，特意过来提醒郑彦东，雍宁有特殊能力，既然她人都在这里了，她还有价值。

对方说完很快就离开了，雍宁顾不上回忆那声音到底属于谁，突然心里一动，她开口喊郑彦东。

门口的人确实没想到雍宁还有力气说话，他以为她要哭喊求饶，实在懒得理她。

雍宁提醒他："我能看到未来的意外。"

郑彦东冷笑一声，对她的话没什么反应，似乎又点了烟。他越想越觉得自己实在是浪费时间，如果想毁掉一个女人的眼睛，多得是简单办法。

此刻无人经过，一不做二不休，省得今夜横生枝节。

郑彦东突然开门，吩咐人去拿硫酸过来。

雍宁听不清他究竟说了什么，但时间越长，无疑对她越不利。她声音干涩，拼着一口气逼自己开口："艾利克斯既然了解我的事，那么同样，我也很清楚他是什么人。你们的合作关系如果只是基于利益，你和他之前一定有问题，尤其是今晚……今晚这么关键，你就不想知道接下来会发生的事吗？"

艾利克斯那只老狐狸毕竟是外籍，随时可以从国内脱身，何况他原本就不是什么好东西。既然彼此心中都有鬼，那郑彦东为了郑家的利益，不得不防。

如果雍宁能替他提前预知风险，那郑彦东就能先发制人，他有时间改变未来。

这倒真是个诱人的主意。

没人记得，今天还是除夕夜，山上山下两处折磨，没有半点团圆的影子。

何羡存并没有什么选择的余地，他确实已经一路追过来，车都开过了半山，对方将电话挂断之后他紧急刹车，直接停在了路边。

他深深吸了一口气，有些本能的反应无法克制，他回到了这地方，头开始一阵又一阵地疼，许久都缓不过来。

今晚许际一直跟着他，却根本没机会替他开车，只能坐在副驾驶位上。何羡存一路超速，完全没有停车的空隙，以至于他连劝他的机会都没有。

此时此刻，对方荒谬阴险的条件已经开出来了，许际听得浑身冷汗，紧张的情绪紧绷着无法放松，他眼看院长真的不再继续往前开了，第一反应就是按住方向盘，脱口而出："别！"

何羡存把车停了，但一直也没熄火。他坐在那里若有所思盯着自己的手腕，许际情绪激动，反而让他笑了，他缓下口气，示意他放心，"郑彦东是条疯狗，我没那么蠢。"

许际很快冷静下来，他明白这条山路对于何羡存而言实在是场噩梦，兜兜转转，没想到四年后他们还是回到了这条路上……

许际不得不再次开口说："院长，还是让我来开车吧。"

何羡存摇头，他的心思明显不在这些事上，他思索着开口："宁宁不对劲，郑家的人恨她，不知道对她做了什么。"

他心里确实是急了，但越急的时候越要停下来，否则这山路危险，同样的错误，他不能犯第二次。何羡存不得不承认，电话里的人只有一句话说对了，他确实受过创伤，今晚山路漫长，他整个人都要被这灰暗无边的夜色吞没，只能停下车逼自己向前看。

一条路，四年前后，竟然完全没有变化，通往露山别墅的车道依然极窄，两侧路灯之间的距离遥远，导致四下光线昏暗，道路外侧的草木自然生长，连护栏也修得马马虎虎。行车道一路蜿蜒而上，开到高处几乎就是顺着悬崖而上，稍有不慎就容易出事，一旦入了夜，任何人开车走这条山路都必须全神贯注。

他们开了车灯，灯光唯一能照亮的前方，刚好就是当年出车祸的地方。

如今那些不平的路段总算是被修缮过了，当日折断的树桩也已经早就挪走了，几年下来，山上的荒草早就长疯了，眼下还是冬天，看来看去也只剩一地枯黄。

那场事故之后，何羡存直接出了国，再也没有回过露山。如今他返回这里，事发突然，让他终究有些克制不住，按在方向盘上的手指不断收紧，他渐渐感觉到自己的手臂开始疼，可他这些年实在太习惯这种疼痛感，以至于有些自虐似的重复用力。

许际开口喊他，强行打断他的回忆，伸手过去熄了火，试图让他放松。

何羡存猛地放开方向盘，向后仰着靠过去。他的失控完全没有预兆，突如其来，逼得他按住眉心，勉强让自己维持清醒。这么多年心底的负累，高度精神紧张的生活状态，早就一点一点把他毁了，只是他不肯承认，也自然没有人明白。

他早就是强弩之末了……何羡存一直都没能逃离这条路。

许际知道他们此刻进退两难，但也不能再等，这种时候无论再找什么人都一样来不及，不如直接报警，把所有的一切公之于众。

何羡存看出他想做什么，直接阻止他鲁莽的行为："郑彦东已经不计后果了，一旦有人报警，宁宁就完了。"

许际还想要争辩什么，没等他想到办法，山下已经传来警车的声音。

那声音尖厉警醒，不给任何人反应的时间。

他们迅速透过后视镜向后看，蜿蜒山路下的车灯光亮不断逼近，这里的路只有一条，警方上山的规模和动静已经无法掩盖，很快就会惊动露山别墅中的人。

何羡存的目光骤然收紧，他不知道是谁报的警，但不管是谁，今夜贸然惹怒山顶上的人，雍宁肯定要出事……

片刻之间，何羡存来不及思考，迅速开车往山上冲。

车速很快飙到了极限，许际知道院长心急如焚，此刻任何人都无法阻止。

他们的车一路渐渐靠近别墅附近，许际越发觉得山顶的位置不对劲，他打开车窗，很快一阵浓重刺鼻的烟雾顺风而下，迎面撞进了车里。

他被呛了一口，不敢回身去看何羡存的表情，他声音发紧，说不出话。

山顶失火，夜深风大，露山别墅已经成了一片火海。

警车的声音和火光很快搅在了一起，远处还有直升机起降的动静，人的耳朵已经无法分辨哪种声音更可怕。静谧祥和的冬夜很快就被嘈杂声所取代。

露山山顶如同被人突然泼下一池沸水，四下不断有惨叫声和仓皇逃命的人影。

这才真像场噩梦。

何羡存完全没有任何反应的时间，他靠着本能开上山，随后冲下车。他听不见许际说了什么，也没心思再追究到底是谁擅自报警，他只知道这些人第一时间就会知道山下来了警方人员，事情败露，他们被逼放弃露山会馆，一把火烧下去，雍宁凶多吉少。

天气干冷的日子，山顶这么大的风，让火势在十几分钟之内演变成席卷的态势，眼看就要引发山火。

变故明显是在一瞬间发生的，因为警方的突袭，而导致别墅内部的人第一时间决心出逃，并企图毁灭证据，但别墅里还有无辜的服务人员，显然没人通知他们撤离的消息，因而不断有来不及逃走的人从楼里冲出来。楼上的窗户也开始被人打破，有人从二楼慌不择路地跳下来，场面极其混乱。

何羡存这一夜是真的发了疯，所有泰然自若的本事都忘得一干二净，以至于身边的人冲过来拦住他的时候，他用了全力把人推开，直接就向着黑烟滚滚的地方冲了进去。

这么大的火烧起来，烟雾和温度都令人窒息，目光所及之处什么都看不清。

何羡存曾经来过露山会馆，但时间久了，他此刻也只能凭借印象，摸索着向里走。房子内部被人提前做了准备，用了易燃材料，显然早就想好一旦东窗事发就要鱼死网破。一层的火势已经大了，东侧的走廊尽头完全被烟雾阻住，他用外套捂住了口鼻，伸出手却看见自己的手指不断在发抖。

从刚才停车的时候开始，他就在头疼，那种感觉甚至找不到一个具体疼痛的部位，活像被人拉扯着割裂一样地疼，然而此时此刻他的右手手腕剧烈发抖，已经快要扶不住墙壁。何羡存尽量克制情绪，他不让自己去看，不断喊着雍宁的名字，猜测她可能会在的方位，然后一路去寻找楼梯……

可惜所有的一切早被那场事故割裂，昏暗的冬夜和天翻地覆的剧变让他的神经再也无法承受，不可避免突然回到四年前的那一夜。

他想去见她，但好像每次都迟了一步。

露山别墅里留下来的人都是值夜班的服务员，众人混乱出逃过后，带来的就是一阵诡异的安静，这种氛围对于何羡存而言却成了致命的刺激。

四下不断蔓延出火光，扭曲着形成了某种可怕的幻觉。墙壁将外界所有警车和救援的声音统统屏蔽干净，于是大厅里繁复奢华的楼梯倒成了唯一明显的标志物，其下有个转角，成了仅存的安全空间，四周温度持续攀升，就连燃烧的动静都格外微妙，轻易可以击溃人的神经。

他应该上楼去，可是眼看着楼梯近在咫尺，身体却开始不受控。他右手完全失去了知觉，无论是身体还是精神都到了极限，他愈发受不了，不断地呼喊雍宁，却得不到回应。

巨大的绝望突如其来，比四周越燃越烈的火还让人无法承受。何羡存突然就和四年前一样，被困死在狭小的空间之中。

他其实一直都记得，那年他所开的车整个翻下了山路，在经历过严重的碰撞和翻滚之后，车里的情况极其惨烈。

真遇到突发事故之后，人的身体和意识都在瞬间遭受重创，完全无力分辨周遭的一切。当时何羡存的第一个念头是感觉到周遭不断有血涌出来，那感觉温热而又可怖，逼人发狂，他甚至都无法分辨自己到底哪里受了伤，只知道周身似乎被变形的车门卡住了，完全无法动弹。他挣扎着缓过一口气，第一个下意识的反应就是抱紧了身前的人。

那时候他周身的无力感已经足够让人崩溃了，但那感觉并不来源于恐惧，因为人在真正经历意外的时候甚至没有时间害怕，更多的是突如其来的无力感。

那近乎千分之一秒之内，他猛然意识到那些不可挽回的人与事，他知道从那一刻往后，所有不甘内疚都成了笑话，总有些来不及说的话，来不及做的事，甚至来不及挽回的爱人，但无论要造成多少遗憾，他都无能为力，一切戛然而止，都是徒劳。

原来生活如此不堪一击，无论是谁，功成名就也好，庸庸碌碌也罢，所有的一切都在那一夜毁于一旦。他所有旁人引以为傲的人生，他的苦心，他的权衡，都抵不上生死之间唯一的念头。他记得自己近乎哽咽，把怀里的人按在胸口，不断地叫着雍宁，希望她能保持清醒……直到对方的血不断蔓延，染透了他的衬衫之后，他几近崩溃，却忽然意识到那并不是他的宁宁。

那时候何羡存已经渐渐反应过来，他努力找回理智，想要尽快确认彼此的伤势，却正对上了郑明薇的一双眼。她的面部快被血完全糊住了，在车内昏暗的空间里，只剩下一双眼睛的光，分外突兀。

她为他付出一切，直面死亡，终于证实了她想要的真相。

原来何羡存也有这么脆弱的时候，车祸之后，他最本能的反应才是真正伤她的元凶。

郑明薇那时候眼底的光清清楚楚，不是恨也不是愤怒。

她只是在笑他。

从那天之后，所有曾经翻天覆地的重创都可以被荒草掩埋，但那双带着血的眼睛成了无法消退的梦魇，与此后四年相伴的折磨一起，此消彼长，让何羡存再也无法安眠。

此时此刻，满天的火光之中，那双眼睛仿佛还在笑他。

他依旧来不及，他找不到雍宁，留她一个人受尽折磨，还要孤零零地死在火海里。

何羡存再也支撑不住，剧烈的窒息感逼得他完全失控，他的手使不上力，直接顺着楼梯栽了下去。

很快一切都变得格外的静。

人为的蓄意纵火，短时间内火势无法遏制，片刻之间楼梯之下就已经不再安全。高温让人意识模糊，何羡存忽然感觉到自己似乎被人扶了起来，但耳边却还是听不到声音，直到看见了许际。

许际已经豁出去了，拼了命冲进来找到他。对方满脸是汗，捂着口鼻，看出何羡存的情况不好，于是不由分说，强行把他推起来，想要带他离开。

许际也是知情人，即使何羡存从不允许任何人提起，但他知道，何院长曾经在事故中遭受创伤，一直留有后遗症，而今夜毫无预兆的火灾，显然诱发了何羡存的失控。许际看出身边的人开始产生严重的幻觉，甚至引发胃部抽搐，捂着腹部无法动弹，却死活不肯退出别墅。

整座建筑已成火海，两个人僵持在一层走廊尽头。

他们身后就是厚重的安全门，可以很快通往楼后。这里已经是一楼最靠西侧的空间，原本是厨房和服务人员工作休息的区域，不远处还有一扇小门，标着员工通道的标志，应该是留给工作人员使用的备用楼梯。

小门之后不断透出阵阵烟雾，显然楼上的地方应该也烧起来了，情况非常危险，绝不能再贸然上楼。

他们身后的安全门已经成了这鬼地方最后的生路，许际急得近乎大喊，试图让何羡存冷静，示意他这样没有意义，"院长！您进不去的！楼上是最先烧起来的，就算雍宁真在里边，现在也晚了……"

外边渐渐有专业的消防人员赶到山顶，为了防止造成大面积山火，专业救援人士准备从外部开始灭火，无论结局如何，他们此刻都不应该擅自行动。

就算他们不要命非要往楼上冲，但这座别墅这么大，房间太多，根本不知道雍宁会在什么地方，冲动的行为于事无补，只能徒劳增加无谓的伤亡，更何况……许际很清楚，此时此刻的何羡存已经无法自控，他的身体根本受不了。

何羡存胃部痉挛，只能倚靠在墙壁之上，浓重的黑烟逼得人快要丧失意识。他确实连反驳的力气都没了，他明白许际的意思，也看见对方拼死拦着自己，喊了很多话，每一句都关键，每一句都在提醒他，但他却只感觉到一片死寂。

他被牢牢地困在了那辆出事的车里，此时此刻，如同那个冬夜一样，温热的血液如鲠在喉，而他耳畔的一切却如死般静谧。

不能再等了，何羡存盯着那条通道，那是唯一还能上楼的路，竟然还能说出一句："是我说的……让她等我。"

许际愣住了。

很快火顺着走廊不断逼近，呛人的烟雾让人不适。两个人浑身上下都被汗浸透了，许际急得疯了，却眼看何羡存竟然还要往火里闯。

他大喊阻拦，却根本来不及，一口气呛住，险些窒息。他追过去，眼睁睁看着何羡存就像疯了一样，平日里所有的理智和克制都在这一晚消失殆尽，他看着他打开员工通道的门，浓烈的烟雾立刻涌出来……

谁都没想到，那道窄小的门后除了火光，还有人。

第 十 三 章
大梦初醒

整条员工通道空间拥挤，因而也异常昏暗，地上不知道被谁扔了一个手电筒，只在门背后突兀地露出一段光亮。他们强行撞开门之后，模糊地看见有人瘫在地上，似乎刚刚下了楼梯，却因为体力不支而摔倒。

对方是个陌生的女人，穿的是服务人员的衣服，看样子她原本试图在向外逃生，八成是被困在这里的无辜人员。

何羡存总算找回了一点意识，迅速把人扶起来，想把对方先从门里送出去。许际就跟在他身后，冲过来帮忙，这才发现地上其实不止一个人。

那位服务员身后还有同伴，因此她虽然人已经摔在前方，却始终弯着腰，异常艰难地护着后方的人。

看起来情况比预想的要好一些，这些人应该在楼上的时候已经发现起火了，所以做过应急准备，她手上还攥着打湿的餐巾布，可惜谁也没想到，一路下楼，火已经烧到这个程度，防护也早都没用了，这两个人估计是拼着最后一点力气，才能顺着员工通道冲下来。

地上唯一的手电筒也没多大用处，那点光线只能照亮脚下方寸之间的地面。四下幽邃，但上方清晰可见火影，绝对不能再逗留。

许际咳嗽不止，惊慌之下只记得把人先救出去，却突然看见身前的何羡存停住了。危急时刻，对方全然不敢不顾，竟然无法克制地再次俯下身。

上方的楼梯通道里不知道堆了什么东西，突然被烧断，直接砸了下来。

许际生怕坠物伤人，拼命过去想护着他们，却根本看不清方位，四周显然已经危险至极。

"院长！"

何羡存完全看不清到底是什么东西在往下掉，他甚至也没有时间抬头。呼吸之间窒息的感觉越发严重，人已经完全说不出话，他只感觉到自己的手突然被人抓紧了。

四下实在太暗了，墙壁上只有远处忽明忽暗的火光，巨大的烟雾熏得人连前路都无法分辨，在这样压抑而逼仄的黑暗之中，他们手掌之间的碰触却显得分外熟悉，他甚至能感觉到对方哽咽地颤动。

就是这样……曾经他就这样伸手把雍宁从冰冷的湖水里拉出来，那一刻的感觉他从未和人提起过，那是他第一次感觉到心慌。

他看见她突然消失在水里，只怕自己没能把她救出来，如同今晚一样。

那一年的雍宁实在太年轻，冲动而孤僻，还是个会在学校惹事的傻姑娘，他也并没有想过日后的一切，甚至从没想过自己对着她能有那么可笑的悸动。他日日面对高压的工作都能够习以为常，却在静波湖畔忘了分寸。

直到后来那座院子有了名字，何羡存才慢慢想明白，爱这东西……是一幅描不清的画，越克制越牵挂，他从此就要受尽胁迫，要承认有个人轻易就能撼动他所有过往。

此时此刻，烈火高温，人的精神濒临崩溃，但那种感觉又回来了。

何羡存感觉到掌心另一个人手指的抽动，他周身的血液都冲上了头顶，骤然清醒过来，整个人像突然被推回了现实，所有剧烈坍塌和燃烧的声音同时撞进了他的脑子里。

两个人手掌相握的瞬间，他甚至来不及想她会看到什么，只是意识到自己多一秒都不能再耽误，同样的生死之际，这一次他知道是她。

何羡存根本看不清前路，但他丝毫没有犹豫，顺着那双手的方向，直接把人抱到了怀里。

火势愈发蔓延，他们冲出去的时候，山顶的风越来越大，空气里全是逼人的焦灼气味。

别墅园区和林地交界处已经有人严阵以待，消防人员分散准备，预防山火，而救援人员在安全区的边界搜寻伤者，警方顺着山后隐蔽的撤离路线一路追踪而去，数不清的灯光和探照设备将地面映成白昼。

露山的山顶林地虽然多，但开发后的面积有限，很快有人发现了他们。许际算是情况最好的一个，他迅速带着医护人员赶回去接应。那位护着雍宁出来的服务员已经晕倒，很快被人送上了救护车。

大家身上已经十分狼狈，但何羡存却一直抱着雍宁不敢动。他被扶到救护车旁，周围人试图帮他一起把怀里的人送到车上去，他却迟迟不肯松手。

他怀里的人闭着眼睛，好像此刻非常畏光。外界突如其来的亮度让雍宁整个人蜷缩着发抖，似乎是在哭，但是却只是抽噎着，眼里始终没有泪涌出来。

医护人员不断劝说着，众人合力，想将人抬上担架车，但雍宁完全丧失神志，手指不断发颤，仿佛恐惧到了极点，也不知道哪里来的力气，她又拉住何羡存的胳膊，喃喃地说了一句："我数了……我真的数了，三百四十一。"

这一句说出来，何羡存心里完全乱了。他无论如何不肯再勉强她，以至于周围的人全都停在了原地，最后去找他身边的人来，想让许际说服他们去医院。

车辆来往，光线极亮的地方，就连这场突如其来的大火都褪尽声势，只是……

许际刚回来就愣住了，骤然睁大眼睛，他此时此刻才真正看清何羡存身后的样子，扑过去撑住了何羡存的手臂，眼眶立刻红了。

高空坠物，最危险的时候何羡存显然只记得护住怀里的人，他自己肩膀上不知道扎进了什么东西，血已经浸透了外衣，如今看过去，连带着手臂后侧，暗沉的颜色蔓延了一片。

除夕夜的历城实在不太平。

初一早间新闻已经开始通报，露山山火爆发，山路封锁。市局反复提醒市民务必远离事发山区。这场事故虽然原因还不明确，事发突然，但当天夜里有人报警非常及时，以至于大火在天亮之前已经得到了有效控制，所幸并没有造成更大的损失。

太阳升起来的时候，露山综合医院总算安静下来，人来人往闹了一晚，谁都没想到除夕夜能出这么大事，医院紧急把医护人员叫回来。

何羡存的伤口已经消毒处理完毕，楼梯间高层的木质栏杆被烧断了，掉落下来的栏杆断裂面尖锐，木刺直接扎进了他肩后。

那场面实在混乱，他突然撞见了受伤的雍宁，再也顾不上反应，一口气提着，让他能平安把人送到医院，等到他自己被拉去做清创的时候，才发现整个右手臂都失去了知觉。

医生很快就发现了问题，如果只是昨夜造成的外伤，显然不会这么严重。

如今已经临近中午，何羡存才终于完成了检查。

许际一直在走廊里等着他，一路跟上去，低声请他放心，"院长，雍宁平安，有点缺氧，还有几处小的磕伤，别的都没事，目前昏迷原因还是考虑神经方面的诱因，应该很快就会清醒过来，主要就是眼睛遭了罪。"许际声音里渐渐透出了颤音，反复一句话，"您的伤怎么样了？"

何羡存没有接话，他已经换过衣服，此刻穿了一件暗色的衬衫，正慢慢地折袖口的边缘。外伤的疼再难忍也不过就是一阵子，他似乎早就已经平静下来了，很快整理好了衬衫，遮盖住手臂上的包扎。

何羡存脚步不停，一路往病房里去找雍宁，好像完全没觉得有难处，只叮嘱了一句："记住，昨夜的事，别和家里说。"

许际点头，他明白轻重缓急，眼下还在过年，院长的母亲庄锦茹沉疴多年，受不了刺激。他想了想也勉强告诉自己，如今再着急也没用，除夕夜一场大火，烧出来的鬼怪太多，眼下就还有数不清的麻烦。

比如到底是谁贸然报了警？让他们和郑彦东的人全都措手不及，导致露山会馆里的一群人被逼得狗急跳墙，为了毁灭证据不惜纵火。

如果当时何羡存没有找到雍宁，她随时都可能葬身火海，或是被活活呛死。

他们很快进了电梯，何羡存看了眼时间，追问许际："查出来了吗？"

许际一直盯着屏幕上不断攀升的数字，终于到了九层，他退后一步，电梯门很快打开了，"他已经到医院了。"

病房外的走廊里，方屹一直在等他们。

何羡存看见他的那一刻，其实并不算意外。许际自然也很识相，很快先离开了，整条走廊只剩下他们两个人。

方屹一直靠在墙壁上，他看见何羡存一步一步走过来，率先开口说："是我报的警。"

何羡存不动声色盯着他，直到走得近了，终于按捺不住，一把揪住方屹的领子，"你贸然破坏他们的计划，差点害死宁宁！"

方屹没有躲避，他面对何羡存质问有些颓然，尽力控制了情绪，"我只是想保护雍宁，那位一起出来的服务员叫杨甄，她曾经险些自杀，是雍宁在宁居的时候救了她。杨甄当时怀疑他们要伤害雍宁，我想尽快救人，有她接应，可以逃出来……只是我确实没想到会突然起火。"

赶上除夕这一天，还能留在露山会馆里上班的人，只有不想回家的外乡人。杨甄今年准备好了要攒钱在历城稳定生活，而过年这几天的值班补贴非常高，她刚好在这一夜留在了会馆服务，却意外碰见雍宁被挟持。情急之下，杨甄自然顾不上多想，她只记得联系方屹，两人暗中想办法，她留好备用通道的后门，准备送雍宁逃走，结果却中途被大火阻截。

　　方屹看向了一侧的病房，里边的人刚刚脱离危险，却始终没有醒过来。这一夜雍宁的遭遇无法想象，他一路追过来，只听见楼下的护士议论，这大过年的净是新鲜事，伤人专挑眼睛，明摆着要把人活活折腾瞎了……方屹深深吸了一口气，忽然又转向了何羡存。

　　这一刻面前的人，是真的不同以往。

　　何羡存好像很少有这么冲动的情绪，他眼睛里的愤怒太过分明。

　　方屹盯着他，一时也起了火气，嘲讽地质问他："计划？何院长明知道那群老东西有问题，还把雍宁一个人扔下，你根本不知道她这四年是怎么过的，你回家团聚的时候，想过她吗！"方屹甩开何羡存的手，低吼着告诉他，"就因为你留下一句话，你让她等，她这四年都要疯了！现在你回来了，你又干了什么？"

　　方屹想起跨年夜，雍宁的执迷不悟，直到为了何羡存，这一夜险些把她自己送上绝路。他越说越控制不住情绪，"何羡存，雍宁为你守着宁居，她什么都没有，宁愿受人威胁也苦苦相信那段感情，你呢？从头到尾，你受人敬仰，无论是家庭还是事业，就连过世的妻子你都能权衡得分毫不差，何院长……你站在这里道貌岸然地指责我的时候，你又给过雍宁什么？"

　　无论是爱情还是相守，无一兑现。

　　他们两个人前半生的纠葛，让方屹这个旁观者都觉得可笑。

　　何羡存松开他，没有再争执，"不知道不是祸害，迷惑才是。可惜迷惑的人往往不是因为不知道，而是你以为自己知道。"他让开方屹面前的位置，走到走廊另一侧，"我们的事，与你无关。四年前没有，现在没有……"

　　何羡存突然顿了顿，他微微皱眉，揉着右手的手腕，过了一会儿喘过一口气，才补了一句："以后的事，也和你无关。"

　　这逐客令却下得不容置疑。

　　方屹愣住了，很久之后才低声笑了。他偏偏没有立刻就走，只是慢慢走到一旁的椅子上坐下了。

一夜揪心，耗人心神，方屹也实在是累了。

他打开手机，很快查找出所有公司留存的账目截图，示意何羡存，"我知道你的担心，我其实无足轻重，但你总想弄清楚我为什么接近雍宁。"

所有的一切汇总在一起，是这些年雍宁私人捐助款项的全部去向，清清楚楚，她所有的积蓄都没有乱花过，全部交给了方屹，请他以公司的名义，用于捐助历城附近的福利院，而其中最重要的就是王枫老师所在的那一家，因为他们主要负责救助患有精神类缺陷的儿童，雍宁一直都在尽她所能，和王老师一起为那些可怜的孩子提供更好的生活和教育条件。

何羡存确实没想到，他知道雍宁从小就被当成精神病患儿，受了不少苦……他拿着手机的手指微微发抖。

他想起上一次在水库，雍宁突然不告而别，最后被人暗中尾随，那天她所选的目的地就是一家福利院。当天事发突然，何羡存没有时间留意，如今想一想，她对那处地方似乎很熟悉，显然早就去过。

自他走后，雍宁也有了自己的秘密，从来不肯公开。

方屹告诉他："这么多年的时间，雍宁从来没有浪费金钱，不管别人怎么说，我都看在眼里，她一直非常独立，她在想尽办法努力生活，为了对得起曾经的一切。"

远处有护士过来，打断了他们的对话。

方屹今天来还要把杨甄接走，杨甄只是被烟呛到，其他地方并没有受伤。她醒过来之后，得知雍宁平安无事放了心，一心只想尽快离开可怕的露山，想回到市区休养。

何羡存没有说话，他看着方屹和护士谈手续，忽然说了一句："帮我谢谢杨甄。"

"不用，杨甄都告诉我了，她差点就去晚了，多亏雍宁自己想办法让那伙人打起来了，她没有放弃自救。"

郑彦东中途改变主意，险些就要先下狠手，打算拿盐酸毁了雍宁的眼睛。情急之下，雍宁声称她可以预知到他的未来，那些人早就各怀鬼胎，形势过分微妙，郑彦东果然按捺不住，想要通过她的能力，先下手为强。

"杨甄去找雍宁的时候，会馆里已经乱了，双方差点当场火拼。"方屹想了想，"不知道雍宁和郑彦东说了什么，反正他的人一下就急了，杨甄趁乱才找到机会接近她。"

何羡存放下方屹的手机，转过身放缓语气，"她肯定说的是当天郑彦东就有危险，而且这危险还是内鬼出的问题，他当然坐不住了。"

走廊里只有一成不变冷白色的灯光，照得人影分明，方屹看了他一眼，目光落在他的手上。

何羡存放松右手，袖口工整，没有半点异样。

"我可以离开，也不会再纠缠雍宁，但只有一件事，我必须提醒你，何院长，你顾虑的东西太多了，我希望你能想清楚，你的存在，始终都会给雍宁带来危险。"

一句话说完，方屹拿回手机，再也没有回头，很快就离开了。

所有噩梦的后续，雍宁都没有亲耳所见。

她实在太累，导致受伤之后的这场昏睡远比医生所预计得要久，等到她清醒的时候，这个年已经快要过完了。

历城有传统习俗，团圆的日子过到破五的时候，家家户户还要再吃一顿饺子，医院里自然也没有例外。

雍宁虽然昏迷，但渐渐有了一些意识。她听得见周遭的动静，觉得远处的那扇门似乎被人打开了，顺着空气的走势，细微地飘进来一些食物的香气。

她一直躺着，似梦非梦，这种感觉实在折磨人，长久的安静，模糊掉其他感官，从眼睛到头部，一直胀胀地疼，让她无力睁眼。突如其来一股味道钻进了鼻子里，好像成了引子，冲破医院里万年不变的冷冽空气，直勾着她的意识，一下就让她突然清醒过来。

雍宁一口气呼出来，涌起来的念头连她自己都有些想笑。这久违的香气让她想起自己除夕夜的那些饺子，她费尽功夫包好那么多盒，却来不及送出去。

她渐渐感觉到自己确实是醒了，眼睛还是非常不舒服，头也跟着疼起来，脑袋里像有锯在磨，整个人稍微皱眉都能炸开似的。这么多天下来，她就带着这样可怕的疼痛感，一直被困在关于露山别墅的梦里，在那间受折磨的屋子里醒不过来。

她缓了一会儿，总算是勉强忍过一阵疼痛，她想开口叫人，才发现自己的嗓子完全是干涩的，已经说不出话来。她的眼睛被严密地遮盖起来，防止突然再见到强光。因而她也就只好慢慢地伸手摸索，试图感受周围的环境。

"宁宁？"

她的手腕突然就被人握住了，于是她也不再乱动。

雍宁听见何羡存在叫自己，连带着头都不再那么疼。她一时也说不出什么，半天就只是笑，笑着笑着，又觉得自己在除夕夜被吓破了胆，明明此刻确认了大家都平安，她却突然觉得鼻子酸得控制不住，又起了执拗，拖住他的手臂，偏要往他那边挪得更近一点。

何羡存俯身过来，先拍了拍她的肩膀，示意她别害怕，然后轻轻抱住她的上半身，让她能借力坐起来。

雍宁的眼睛还被遮着，又在昏迷的意识里困了好几天，于是一点轻微的动静都让她很敏感，他不急着叫人进来，只是耐心守着她，拿水过来，直到雍宁喝了水好受一些，确认她心情平复下来。

雍宁所剩的感官逐渐恢复，随着何羡存的动作，周遭的一切渐渐清楚起来，于是她又闻出他在病房里泡过茶，淡淡的祁门香，经年习惯的味道，始终藏不住。

他安慰她说："别急，眼睛肯定不舒服，你受了强光刺激，视网膜和晶状体受损，但医生说了，幸好时间不长，只要耐心休养，恢复的概率很大。"

她知道何羡存应该一直都在这里，她躺了多久，他也守了多久。那场事故留下来的遗患远远没有了结，千头万绪，逼得雍宁在昏迷的时候梦到了数不清的画面。她想着自己如果还有机会醒过来，一定都要问清楚，可是她躺了这么多天，确认了何羡存一直都在，好像瞬间释然了，这一时半刻，所有的话都不再迫切。

她开口，只记得冒出一句："我想吃饺子。"

何羡存似乎是愣了一下，很快就笑了，那笑声里透着无奈，无端端又像回到了过去那些年。

他起身去把刚才送进来的晚餐拿过来，今天肯定会有饺子，于是他拿了筷子，笑话她说："看来是真缓过来了，一连睡了五天，还没忘了吃。"

她也笑，还张了嘴，虽然看不见，却很配合，她认真地想吃点东西，只是没想到身边的人迟迟没有动作，半天才夹了什么过来。

雍宁唇边刚刚触碰到饺子，却又感觉到拿筷子的那双手持续在抖，不太严重，却在用力的时候近似于轻微的抽搐，于是对方夹到嘴边的东西不稳，连筷子一起掉在了她身上。

何羡存始终没有说话，沉默地开始替她擦，很快又将餐盒拿得近了。

雍宁听着听着觉得不对劲，忽然伸手摸索着，又顺着他的肩头，摸到了他的右臂。

何羡存的手臂之上完全都被包裹起来了，原本肩膀处似乎有过外伤，但他的小臂乃至手腕上也做了另外的处理，明显这段时间经历过其他治疗。

这是他的手，一双绝不可能出现任何问题的手，此刻突如其来的细致动作，却让他觉得勉强。

雍宁心里发沉，所有的话都哽住了，像是噩梦里的一切突然被证实，远比持久的昏睡更让人心惊。

她不肯再张嘴吃饭，突然要去摘眼睛上的遮罩，想要看清他的样子。

何羡存尽可能放轻声音，哄着阻止了她的动作，"听话，现在你的眼睛绝对不能再受刺激。"

雍宁干脆换了方式，她摸索着又去抓他，下意识磕磕绊绊地问："怎么回事？你受伤了？还是你的手……出了什么问题？"

对面的人任由她质问，没有再乱动，长久沉默。

她努力控制情绪，一口气咽下去，又像吞了什么膈人的沙石，一粒一粒，无法平复，硬生生磨得她用尽力气才能开口："何羡存，你瞒不住了。"

事到如今，前半生的一切，诸多磨难，她既然还有这一口气，她就要一个答案。

床边的人似乎也不再勉强，何羡存停了一会儿，慢慢收拾好了餐具，开口和她说："那次车祸的时候，我受了伤。当时车门严重变形，伤到我右边的胳膊，刚出事的时候情况比较严重，外伤导致臂丛神经撕脱伤，直接影响了我的手部功能，必须马上手术，就是为了尽一切可能争取治疗时间，我马上被送去了德国。"

短短几句话，但何羡存说得非常慢，这一段经历，他确实没打算从头细数。

雍宁不敢再听下去，她心里有过无数种答案，被证实之后又开始后怕。她想到他这一次回来的异样，却在人前只字不提，她只觉得浑身发冷。

她坐直了，努力往床边的方向挪过去，"所以你不只是为了救郑明薇才离开的？你也受伤了……而且是你的手……"她说着说着接不下去，完全不敢想象当天车里的情况。

对于何羡存而言，这双手就是他的命，整件事对他的打击可想而知，以至于车祸之后他突然消失，工作完全停止，甚至连任何交代都没有留下，刻意封锁了有关他的一切。

雍宁震惊到失声，挣扎着要起来，何羡存只好俯身环住她的肩，示意她没事。

雍宁多日昏睡，整个人苍白瘦弱，连嘴唇都没了血色，他看她这样子就觉得胸口堵得难受，什么也不想再说了。明明她才刚好一点，又执拗地非要提起这些事。

她看不见，就开口喊他，一声两声，渐渐带了哭音。

他一颗心都放软，偏偏还要加重了口气，才能让她听话，"想想眼睛，绝对不能哭。"

她不敢再乱碰他的手了，自己攥着病床旁的栏杆，越想越觉得不对劲，脑子里乱做了一团："在宁居的时候，你怎么都不肯让我看你的手，而且那幅紫藤……你还把它拿走了！你是不是……不能再画了？"

这一句话问出来，何羡存很久都没有回答。

他许久才找到合适的描述，三言两语，云淡风轻，实在没什么特殊的口气："是，右手拿笔一直不太方便。"他又吸了口气，"至于这些伤，确实没什么好看的，都恢复了四年，也差不多了，手腕上留下一道疤，还有一用力就容易控制不住，但是这次……"

她想起那场火，不由自主浑身一颤。

何羡存竟然还能笑得出来，又让她放心，"肩膀上这次都是外伤，医生考虑到曾经有过神经损伤，担心造成影响，所以才让我整体再做一次检查，目前看下来，没有更严重的问题了。"

他话音一落，病房外有人敲门，听着像是许际的声音，家里的下人们都知道院长最近守在医院的情况，估计是看时间晚了，不知道他有没有吃完饭，又特意来提醒他，记得早点休息。

早已入了夜，整座医院内外再也没了别的动静，天寒地冻的日子，就剩下窗外的风声暗自得意，预示着这个冬天还没过完。

何羡存很快走过去，他对外边吩咐了几句，让许际先离开。

雍宁什么都看不见，只能追寻着何羡存的声音。

四下的黑暗仿佛能把一切隐情统统抹掉，没有《万世河山图》的阴谋，没有针锋相对的心机，也没有露山会馆里的折磨，就连她自己的影子都没有，活活像是宁居的那些年，梦着他，想着他，却又见不到他，人都要糊涂了。

她想哭，不敢哭，隐隐觉得当年的情况远比想象中复杂。

雍宁越想越绝望，靠在了病床上，嗓子还哑着，却用尽力气喊出来："我知道你的手一定出了问题，你为什么不肯说？"

她真的没想到车祸导致了这么严重的恶果，曾经只在片刻之间编出的一句谎言，逼得何羡存逆行山路，四年离别，万劫不复。

他只字未提，他甚至也没有再和她有半点牵连，何羡存当年骤然远走，如同他落笔一样，毅然利落。

只是今天，梦后余生，他终于说了实话。

何羡存叹了口气，将雍宁散落在病床上的长发一一理顺，拢到了她耳后。他捧着她的脸，停顿了一会儿，似乎是在仔仔细细地端详她。他伸手敷在她的双眼之上，透过厚实的眼罩，那双手的温度却依旧清晰。

他说："不是不肯，是我不敢。"

她唇齿发抖，想问什么，终究没能问出来，扑到了他怀里。

他轻轻拍着她的背，一点一点地告诉她，"我受伤的事，家里没几个人知道，甚至画院都没有完全公开，你看……宁宁，我也有害怕的事，四年了，我做过所有的努力，都没能完全康复，这只手毁了就是毁了，可我心里不愿承认。"

雍宁低声说着对不起，她抱紧他，不忍心再问。

"有一段时间我也过得很不好，消沉逃避。尤其那段时间困在国外的医院里，每天做复建，情况一直很糟。我知道你还在宁居，就算没有我，你也能坚强生活。我当时那副样子……实在是不想再来找你。"他难得这么为难，自嘲地摇头，"后来时间长了，也就习惯。无论如何，那一晚郑明薇确实救了我一命，这四年我答应她的事做到了，把她送走，两不相欠。现在我既然回来了，该算的账就都要算清楚。"

"你的意思是……"

他的语气渐渐放缓了，愈发加重了口气，"四年前的车祸，不是偶然。当时《万世河山图》没有按规矩送出修复，何家画院清楚内情。我赶去露山会馆，就是为了阻止他们私下交易，但路上就出了事。"

文博馆中的管理层曾经出面，违规要求何家画院将一份近代摹本再次做旧，并伪造题跋，替换真迹，而后展出的时候只是摹本，整件事性质极其恶劣。根据工作流程，画院中一定留有修复摹本时的存档可以作为证据，只缺少真迹的下落形成证据链，因此何羡存曾经和他们相约在露山会馆约谈，企图阻止文物外流。

谁都没能想到，当晚的事情一再出人意料。

山路之上，何羡存因为雍宁的一通电话决定临时改道，他在急行之下仓促掉头，没想到所开的车竟然已经暗中被人动了手脚，刹车失灵，天冷路滑，山道上的视野也极其有限，何羡存的车失控出事，一切无可挽回。

那一局棋关系重大，文博馆幕后的利益集团肯定动了封口的心思，何羡存既然敢去，当然心里明白，他不会贸然涉险，但偏偏就是因为他一念之下的权衡，反而颠覆了所有人今后的生路，毁了三个人。

"事后我才知道，是郑彦东暗中想除掉我。当天我受邀去露山谈判，为了提防郑家人，特意请郑明薇同行，想让他们有所顾忌，没想到他主导的一场车祸，阴差阳错把他亲姐姐害了。"

此后数年，何羡存查清了事情的真相，可郑明薇已经重伤垂危，为救他几乎赔上了命，她只求他能陪在自己身边，一起度过最后的时日。她在重伤之下却分外果决，甚至不惜自我牺牲，作为制衡双方的筹码。

她坚持要求和何羡存结婚，从此只要她活着一日，何羡存就要如约保守秘密，暂时放过她的家人，而作为交换条件，她保证郑彦东不会再出手，历城一切平安，只要雍宁什么都不知道，就可以如常生活。

雍宁听得愣住了，全部的前因令人无法想象，全部都是她无法想象的危机，在日复一日看似寻常的生活之后，永远藏着无法探知的暗角。

人心难测，暗流汹涌，而她什么都不明白。

何羡存微微收紧了手臂，雍宁不再挣动，放松了一口气，埋在他的胸口。这一场火仿佛都把他们烧出了原形，再没了往日的脾气。

她嗫嚅着说了些什么，反反复复，也都是些懊恼的呓语。他打断她，只有一句话："我庆幸你不知道，只要你能好好生活，这四年无论我经历过什么……都值得。"

雍宁终究还是哭了。

很快走廊里有了动静，护士查房，知道病人终于醒转，安排医生过来检查。病房里脚步嘈杂，雍宁只能先配合。

她忘了那一晚自己到底有没有真的吃到饺子，好像迷迷糊糊地听见何羡存起身去和医生说话，又有人进来，大家都知道她醒了。

雍宁顾不上管外人在，满心就想着何羡存，一声一声地连着叫他的名字，直到确认他寸步不离，整个人才能踏实下来。

她想他曾经费尽心思保住"宁居"，保护她能避开所有阴谋，可她不自量力，永远都在气他。何羡存熬过了可怕的复健期，送走了郑明薇，好不容易从国外脱身，终于回来见她，可雍宁什么都不懂，她甚至还是一样自作聪明，认为他们之间的全部故事充其量是场交易。

雍宁记得他回到宁居的那一天，院子里出了事，她受了伤。第二天醒过来，雍宁狠下心肠，伤人伤己把话说得绝情，可是那时候的何羡存，清清楚楚地告诉过她，他只是想来看看她。

他对她的心思其实一直都很简单，相比于她从年少时就无法抑制的爱慕痴狂，他终究还是比她大，没有那么矫情的念头，所有的纸墨光影之间，轻轻浅浅画她的模样，都能被他收在心上。何羡存确实没说过太多的爱恨，他们真正在一起的岁月也谈不上有多少痴缠纠葛的往事，一处院子而已，四方院落，紫藤风月。

可她一直对他非常重要。

就比如这一晚，雍宁暂时还不能走动，困在病床上不断想起何羡存的苦心，眼泪止不住，压抑了太久的情绪终于无力控制，完全不可收拾。最后逼得医生没了办法，担心影响她眼睛恢复。许际和护士轮番进来劝她，最后还是何羡存的话有了作用。

又到深夜，这个年历经坎坷，却也终究过到了末尾。远处人间烟火暗淡，连窗外最后一点猖狂的风都静了。

"听话。"他难得威逼利诱，止住了她的眼泪，哄着她慢慢地睡过去，模模糊糊地一句话又成了叹息，"宁宁，你可以不在乎眼睛，但这次是为了我，你一定要好起来。"

凌晨时分的历城温度直逼零下，原本从傍晚时分有车就开进了医院，停在住院部楼下，却迟迟没人下来。

方屹在车里一直坐着，楼上雍宁病房里的灯光微弱，他盯着那光亮，恍恍惚惚地一直坐到了天亮的时候。

关于感情，所有的道理都无力，放下一个人，远比想象中艰难，更多时候，他唯一能控制的，就是尊重她的决定。

方屹已经不知道是第几次来医院了，却始终都没有再上楼去探望。他打算开车回去的时候才想起拿起手机看看，却发现它无意中被自己静音了，这一夜下来，已经有几十个未接电话，都是祁秋秋打来的。

方屹这才想起来，自己昨天答应了去接她。

祁秋秋回家过年没有久留，初五晚上八点钟回到历城的飞机。方屹本来说好帮忙接机，但没想到这个节过得这么艰难，一场事故把所有人的生活都打乱了，他昨天到了医院就守在楼下，一直没走。

方屹开车离开医院，他看了眼时间太早，没有回拨电话，只是给祁秋秋发了条微信道歉，说自己突发有点急事，很抱歉昨天失约了。

那位活祖宗肯定还不知道露山出了事，他以为她好不容易赶飞机回来，肯定到家就倒头大睡，眼下才刚刚早上五点钟，她肯定没醒，没想到祁秋秋竟然很快就回复了，她在微信里一个字也没说，只是共享了她此刻所在的位置。

方屹没顾上点开看地图，一时也不明白她是什么意思。过年期间，历城市区的街道在这个时间根本没有人，路上也只有他一辆车，方屹开得很快，等到红灯的时候才腾出手仔细看微信。

他打开祁秋秋发来的位置，这才发现她竟然还在机场。

方屹盯着红灯握紧了方向盘，直到红灯转绿了很久，他才终究叹了口气，突然绕路上了高速，往机场的方向赶。

人生这条路远远没有终点，无论多少新伤旧患，随着时间推移，总有转机。

雍宁出院的时候，历城下了雪。

眼下已经是三月初，节气到了，春意却来得晚，这周的天气都不太好，赶上了最后降温的日子。

她在火灾中受的外伤都好得差不多了，一开始吸入了浓烟有些肺部感染，后来经过一个月的时间也都养好了。只有她的眼睛还是受到了影响，她的视觉原本异于常人，在事故中受到严重刺激，留下了后遗症。

起初雍宁大多数时间都要戴着眼罩，托祁秋秋的福，那几天也不算难熬。

她这位好朋友回到历城就得知了露山的事故，天天闹着来看她。祁秋秋实在是个没轻没重的脾气，白天一过来就不消停，不能安心陪伴病人，老想帮着雍宁出去透气，好几次都让何家人劝回去了，而后假期结束，公司都开始陆续上班，祁秋秋来往不方便。

雍宁问过她，她说有方屹当苦劳力，开车送她，但对方也从来没有上楼来过病房。

雍宁心里明白，彼此再见都要为难，方屹对她的心思她十分感激，她实在不想自己在医院住着，却拖累他们两个人。等到她慢慢能睁开眼睛了，心情好了很多，也就不再让祁秋秋两边跑了。

她的恢复情况比预想中要好，虽然视力明显下降，外出还是要戴墨镜遮光，但这已经是不幸中的万幸。

他们疗养的医院靠近山区，当天事态紧急，没有时间赶回市区，而后何羡存考虑这边人少安全，也就一直没有转院。山区这边的雪远比城里更大，半个小时的工夫，大地已经白茫茫一片。

雍宁走出去的时候戴了帽子，大衣厚实。何羡存怕她冷，连围巾也给她系好。这种天气楼下也没人走动，地面上的积雪还没来得及清理，于是白花花一片全都晃到了她眼前。

雍宁隔着镜片都觉得四周十分模糊，又踟蹰地站在楼门口，一时有些犹豫。

何羡存让许际把车开到了楼前，打开车门，回身才发现雍宁孤零零地站在那里发愣，于是喊她过去。

雍宁这段时间一直在医院很配合，自从她得知了四年前的真相之后，她再也不想给大家惹麻烦，一切都按照何羡存所说的做，但到了此时此刻，她好不容易从医院出来，空气里透着潮湿的味道，雪天气温低，她已经不太适应这种温度，只觉得瞬间清醒了，连思绪仿佛都被这冷空气吊起来，提醒她此时此刻的处境。

这满目灼人的白，突如其来将雍宁周身包裹住，就像那些画上无声的留白，无法下笔，而她也不知该往何处去。

是她非要把宁居卖掉，是她非要把何羡存逼走，她在这城市里原本没有容身之处，就连母亲雍绮丽也走得彻底，她应该回去，可她还能回哪里？

何羡存就等在车门旁边，他肩膀处的外伤拆了线，手臂也都是神经上的旧伤。他早就经历过更糟的日子，如今日常简单的动作还能维持，已经算是幸运了，于是他也没有刻意再做掩饰。

　　他催促雍宁赶快上车，天冷雪大，先回去再说。

　　雍宁被他带走，一共只有几步的路，已经觉得冻脸。她上车后缓了一会儿，捂着自己的脸颊，看向车窗外，一直没有说话。

　　身边的人知道她在想什么，于是吩咐许际说："直接回家。"

　　许际从后视镜里向后看了一眼，很快点头。

　　雍宁一直有些出神，突然反应过来何羡存的意思，吓了一跳，又和前方补了一句："还是送我回宁居吧。"

　　虽然处境尴尬，但那院子终归还在她名下。

　　许际开着车，脑子却快，一句话抢着说出来，故意逗她说："你不是要卖了它吗？"

　　这是雍宁心里梗着的事，果然让人一点就着，她赶紧争辩说："我是为了那些孩子……福利院要拆迁了，而且当时还和你们赌气，我就一心想着要卖了院子。"

　　那会儿正赶上多事之秋，她急需一笔钱安置王枫福利院的孩子，而且当时和何羡存不欢而散，早已打定主意要和何家彻底划清界限，她才想出这么蠢的办法。

　　许际听得直摇头，一边开车一边说："你这脑子里都是些什么啊！怎么每天净想着和院长作对？你知不知道那两天把他气坏了，如果你真卖了宁居……"

　　何羡存一直没接话，忽然在后方清了清嗓子。

　　许际一下闭嘴了，他今天来接他们出院，心情不错，这才越说越没谱。他讪讪地转了脸，赶紧老实开车，不敢再多话了。

　　"你不能一个人待着，除夕夜那些人都有退路，他们安排直升机接应，所以才能在警方来之前全都撤了。现在对方在暗处，宁居太不安全了。"

　　雍宁转头看他，有些震惊，"可我也不能去何家。"

　　关于何羡存家里的一切都是她不好的回忆，雍宁曾经去找过他，却亲眼看到他和郑明薇在一起。当年她豁出一切，却只得到他的回避，这些击垮了她全部理智。

那段时间恰逢文博馆展期，彼时雍宁并不知道何羡存面对的困境，所有背地里的阴谋一触即发，她甚至也不清楚他身陷局中，更看不懂他为保护她而远离"宁居"的苦心，她一心一意认定了他实在冷情，不告而别，都是因为他还是和郑明薇走到了一起。

如今，她虽然明白了一切，却更不愿让他为难。

雍宁非常明白，在他母亲庄锦茹眼里，她只是个不清不楚的外人。她在何家人的心里，从很多年前就名不正言不顺地非要缠着何羡存，后来他毕竟和郑明薇结过婚，这些年下来，恐怕庄锦茹最厌恶的人就是她了。

何羡存知道雍宁的心思，于是又说："没有什么能不能的。以前不让你去，是你那时候太年轻，自尊心又强，你这样的脾气，家里环境太压抑了，不想让你委屈。"

但是在医院这一个多月，他终于想通了。

"方屹有一句话说得对，是我顾虑太多，所以以前才总想着，不要连累你，不能把你也扯进来。"时间还早，上午通往市区的高速路上车辆很少，一路开得平稳，于是显得何羡存的声音格外清楚，"但是你早就长大了，从你晒那些蓼蓝叶子开始，我就应该相信你。"

往日的每一分每一秒，她每一次的尝试，哪怕是在最危难的露山会馆，雍宁也从未放弃，她一直比他想得勇敢。

她早就可以和他站在一起，面对人生莫测，起伏艰险，无论前路风霜雨雪，她早就有面对的能力。

雍宁听他说着，唇角微微发抖，没有再开口。

车一直向前开，这是他们回家的路，窗外的树梢积了雪，极快的车速之下渐渐连成了线。雍宁的视力有所下降，不太看得清，她盯着久了，忽然又看出些青绿的颜色。

岁月漫长，岁岁枯荣，风雪藏不住春。

何羡存伸开了手臂，她刚好能够靠在他肩头。他身上有熟悉的祁门香的味道，让她浑身都能放松下来，于是她慢慢闭上眼睛，这一刻才真正成了梦。

他又开了口，不知道是说给她，还是说给自己听，"我在国外那些年，有时候想给宁居打电话，结果每次都先想起你那些讨人厌的毛病，只要一想起你非要气我那个模样，又觉得自己多余。"

爱一个人，不可能承受生别的苦，是度日如年，是分分秒秒想回到她身边，是包容一切，是每每午夜梦回不够豁达，又要翻出她的坏，辗转反复。

何羡存拥住了她，向后仰靠在头枕上，同样闭上眼。

他实在太久得不到安眠。

所以他一定要告诉她，"雍宁，我认命了。"

第十四章
朝夕如旧

天气真正回暖的时候，文博馆爆出了种种传言。

馆内高层管理开始陆续接受调查，但具体原因并没有公开，相关报道里都通报的是和正常管理换届有关，坊间逐渐有了猜测。今年按计划会有公开的大型展览，但展期还没到，文博馆突然增加闭馆时间，文博爱好者都开始担心百年庆会延期，没过半个月，渐渐连原本在媒体上投放的各类宣传也撤掉了，开始尽量淡出公众视线。

何家画院自然也被例行审查，导致何羡存最近这段时间没能回家，许际跟着他，家里就只有雍宁，日常都是禄叔在照顾。

外界纷纷扬扬正是多事之秋，但家里却没有预想中的难堪。从雍宁回到何家之后，一直没有见过太太庄锦茹。

主宅这边的空间都是后来设计的，现代风格，东西两座主体建筑，上下都有高大的玻璃通道相连，似乎一开始就刻意要分开母子俩的生活区域。庄锦茹病了太多年，她只在自己东侧的地方养病，雍宁没有见过她出门，又听说她基本不见外人，非常怕吵，平时在家里来往都没有人过去。

雍宁一开始还很紧张，她根本没有任何在何家生活的经验，后来发现主宅的气氛果然压抑。庄锦茹极少和儿子见面，整个家上下静如死水，从早到晚过分安静，所有的规矩又透着克制，里里外外都显得有些疏远。

原来不管什么样的家庭，都有自己的难处。

雍宁以为自己和母亲的关系已经足够怪异了，到了何家才发现，他们母子之间的淡漠，更让人难受。

就比如今天，不过是最寻常的一天。

雍宁的眼睛受伤之后需要复查，禄叔按时间约了医生来家里，于是雍宁起得早，查完了之后才不过八点钟。她一个人吃过了早饭，就在卧室里收拾昨晚看过的书。她刚好坐在落地窗旁边，于是又看见楼下有下人们出去了，开始清理草坪上的步行道。

步骤，时间，一切都和昨天一模一样，天天如此，还有人定时定点去修剪花木，循环往复，像设定好的程序。

这种生活很难简单地用好坏来形容，人人给自己都划清了界限，就显得不太真实，一直让她觉得别扭，对比起来，画院那边虽然人多忙碌，但更有人情味。难怪何羡存始终都留着"宁居"那处老院子，就像他还在吃城南三十三号那家的排骨面一样，人的念旧，都是一种伤怀。

雍宁抱着书倚靠在窗户上，这段时间医生禁止她用电子设备，她最多只能翻翻书，还要控制时间，她的眼睛视力下降，看不清之后对颜色的敏感度也受到影响，拉低了四色视觉的能力，唯一的好处就是让她对光线的敏感程度不再那么极端。

他们一直都住在一起，何羡存房间的风格实在简洁到有些无聊，她一时放空了心思，看着楼下的人慢慢地清理步道，冷不丁想起了雍绮丽。

她想她们之间也没什么温情时刻，永远都在吵架，只不过今天她心里有所触动，突然回头去想，竟然觉得有些怀念。

无论哪一种感情都需要出口，和何家相比，她们的争吵都显得有了烟火气，勉强能算一种特殊的沟通方式。

雍宁拿过手机，想要发个消息去提醒雍绮丽，让她千万不能再和过去那个艾利克斯有任何联系了，对方道貌岸然，参与了文博馆的文物案……她正在想措辞，又看见朋友圈里雍绮丽的最近动态。对方一连几天都在刷屏，和现在那位宋叔叔过得很好，他们两个人近日外出旅行，去了盐湖边，拍出了无数照片。

恍若天空之城一般的景色，雍绮丽现在很幸福。

她一时也不知道还能再给她发些什么，艾利克斯那个人对于她母亲而言，恐怕早就是一段往事了。

太阳的位置渐渐偏移，过了树梢，一大片阳光透过玻璃打在地上。

房间里是恒温，但日光总让人心生温暖，雍宁很久都没有晒过太阳了，她眯起眼睛避开了强光，拿着手机就靠在床边发呆，门口有人进来也没注意。

何羡存是忙过通宵之后突然回来的。作为何家画院的负责人，他这几天的作息不规律，什么时候能忙完画院的事，他才能回家，于是今天他径直上楼来找她。

一进门，他就看见雍宁穿了一条长裙子，自己抱着膝盖，靠在落地窗旁边。她一直没动，也不知道是不是睡着了，于是他下意识地放轻了脚步。

雍宁蜷缩着，找了个舒服的姿势，裙子把身上都遮住了，刚好就在阳光下露出两条细细的手臂。她常年对光线敏感，不爱出去，肤色白，眼下日光扫过去，又显得她这样子分外柔软白皙，像只猫似的。

他心里惦记着她的眼睛，俯下身先去拿她手边的手机，低声说了一句："现在不能玩手机。"

雍宁想得远了，完全没注意身后，突然有人过来，吓了一跳。她回身看见是他，眼睛里都是笑，于是满头长发散开，傻乎乎地仰起脸，还和他解释："没有，我就拿过来看了眼时间。"

何羡存抬眼正对上她没心没肺的一张笑脸，他很久没见过这样的雍宁，懒洋洋的，完全没有任何防备，眼睛里满满地就只有他的影子。他一夜没睡，浑身都紧绷着，一路上人也习惯了吊着精神放松不了，到这一刻才感觉自己真的回了家。

他放她自己晒太阳，去里边换了一身衣服出来，难得有这么清闲的时候，终于能陪她坐一会儿。

何羡存顾虑阳光太刺眼，降下了一半的窗纱，雍宁避开角度，又被他抱着腰拉到了暗一点的墙边。

她在地上顺着滑，"哦哟"一声，差点栽到他怀里。

他是故意的，看她猝不及防被拖走，真成了猫似的，急得直叫，于是把他逗得一直在笑。雍宁懒得生气，抓了靠垫过来坐正了，抬眼看他。

永远该是清雅端正的人，此时此刻也熬不过连日的疲惫。

何羡存没有刻意掩饰倦怠，她看他眉心蹙着一直放不开，实在有点担心，问他："昨晚没睡？"

他低低"嗯"了一声，伸手拥住她，额头就抵在她颈后靠了一会儿，很久之后他才开口说："整件事没那么好查，他们死活都要把画院拉下水，如果无法调查出和真迹下落有关的证据，馆里那群人肯定会串通作伪证，证明当年古画是在画院体检时出了问题，栽赃我们私藏真迹。"

雍宁知道郑家的人有多丧心病狂，何况眼下到了东窗事发的关键时刻。她忽然想起什么，侧过脸和他说："对了，我终于知道那个人是谁了。"

露山会馆那一晚，雍宁偶然撞见了一个老者。对方显然才是郑家势力背后的主谋，但当时她看不见，只能听见对方说话的声音似曾相识。后来她也回忆过，却怎么都想不起来那人是谁，直到昨晚，雍宁吃饭的时候偶然看了电视，发现此前国家文博馆宣传时，馆长曾经出面接受访问。她在那些视频片段里认出了那个人，她可以确定，露山会馆里出现的关键人物，就是郑馆长。

"我知道，如果只是一个郑彦东，区区一个书画馆的主任，他没这么大胆子。"

雍宁告诉他，"郑馆长曾经暗中去过宁居，我当时完全不知道他是谁，按规矩帮他看过未来的事，所以我总觉得那个声音非常熟悉，是我见过的人。"

那天在"宁居"，老人突然拜访，气度不凡，但雍宁实在没认出来，最多觉得是位成功人士，而且对方当时明显心情低落，是去找她求一个心安的。

现在想起来，那段时间郑馆长应该得到女儿离世的消息了，郑明薇坚持四年，还是没能熬过去，他承受着白发人送黑发人的痛苦，但当他找到"宁居"里去的时候，人还算镇定客气。

何羡存习惯性地转了转手腕，低头似乎还在考虑前后因果，雍宁觉得现在最需要休息的人是他，于是催他先去躺一会儿。

他不再硬撑，躺到床上去，闭上眼睛。

雍宁把头发拢起来，安安静静地在他身边陪着他。

他躺了一会儿，还是没能睡着，忽然低声开口："郑馆长年轻的时候就已经是非常有名的历史学者了，我父亲和他有过交情，但他年纪大了，走到高位，身边的诱惑太多，一旦把持不住就要陷进去……只不过，郑馆长终究比他那个混蛋儿子强一点，毕竟他还要顾忌身份，不会轻易耍混。"

雍宁明白他的意思，郑明薇已过世，郑家的人没有顾虑，郑馆长自己找到"宁居"，却没有直接给雍宁难堪。

她想起那天老人的神色，又说："他提到送走女儿这件事，非常难过。"

何羡存淡淡地笑了，很久之后才说："他毕竟是长辈，以前我小时候见到的郑叔叔，有风骨有坚守，不是今天这副样子，所以即使他们企图诬陷画院，我也还是为长辈留了最后一分颜面。"

雍宁没有说话，侧身去看他。何羡存眉目依旧，哪怕身处极端艰难的时刻，哪怕真的累极了，他还是想要周全。

她有些不忍，可何羡存还是说了下去："我也是回到历城的时候才发现，郑馆长不知道当年那场车祸有问题，这种行事风格确实不像他的授意。"人心越莫测，坚守就越显得弥足珍贵，"所以我没有告诉他，就是他那位好儿子，害死了他自己的姐姐。"

雍宁心里明白何羡存到底在坚持什么，于是笑了，拍拍他的肩膀，示意他不要再想。她撑起上半身靠在床边看书，看他眉头慢慢舒展，总算想休息一会儿了。

他似乎一直都很喜欢她的长发，忽然翻了个身，手指轻轻绕了她的发尾，就这样有一搭没一搭地摩挲着，渐渐地就要睡着了。

到了中午吃饭的时候，何羡存一直都没有醒，家里上下都不愿轻易打扰他，于是雍宁自己去吃了饭。

正好许际也回来了，陪她去院子里走了一圈。

他知道这段时间雍宁在医院和家里都憋坏了，又暗自关心画院和院长的情况，所以他干脆坦白说："我知道你一肚子问题，你问吧。"

雍宁难得看许际这么老实，于是一点没和他客气，"你先告诉我，卧室里那些安眠药是怎么回事？"

这话一问出来，许际目光有些躲闪，最后还是说了实话，"院长从车祸之后有创伤性的应激障碍，已经恢复了一段时间，日常看着还好，但他夜里长期失眠，非常严重，回到历城这段日子，基本只能靠药物才能休息，精神状态也不好。"

雍宁其实猜到了大半，她心里酸得难受，又想起他那时候去"宁居"能够睡一觉，实在已经太过难得。

许际安慰她说："其实露山那场火也不全是坏事，只要你能回到院长身边，只要你们好好在一起，对他而言……比什么都强。"

正午阳光肆无忌惮，许际跟在雍宁后边，给她打了遮阳伞。雍宁笑他这么讲规矩，她可受不起，她自己压低了帽檐，把伞抢过去，还是一副倔脾气。

许际和她开玩笑，两个人逗着逗着话都说开了。无论雍宁曾经有多少怅惘和遗憾，到如今总算都过去了，许际看着她说："有些话院长自己说不出来，反正我脸皮厚，我替他说。院长对你的心思，我们都看在眼里，当年他想和你在一起，可太受人关注，他是无所谓，但你太年轻，他要为你考虑。如果真把你贸然带回家，背地里什么话都有，而且主宅这里的情况你也看到了……他又要护着你的性子，于是想都没想，那时候都没和老太太商量，直接就把祖宅都给了你。"

"我明白。"

两个人已经走到侧门外的台阶上，雍宁直接坐下来了，许际也只好陪着她。

这个角度刚好能看见西边的花架，那里也植满了紫藤，看上去不是近期新种的，已经差不多养过几年，早已经成了势。今年越冬之后一直有人照料，紫藤枝条萌芽，正好快到它的好时候了，三月出过蕾，四月就是盛放的节气，再过一阵就要开花了。

雍宁一时看得怅惘，想起"宁居"里的那一架藤蔓。

许际顺着她的目光看过去，宽慰她说："你放心，院长都替你想着呢，宁居虽然没人住，但有人过去照顾了，包括你院子里的那几只胖猫，有人定期喂，饿不死的。"

晴朗的天空，半点浮云都没有，雍宁坐着坐着觉得有些热了，伸手把头发梳起来。

她看着一样熟悉的花木，心里踏实不少，话才都能说出来，"我不担心这些，我只是……"她顿了顿，又看向许际说，"这几天他不在家，我把那些药都收拾出来了，你帮我拿走吧，我们想办法控制一下，不能再让他乱吃了。"

许际点头答应，一时也不知道还能说些什么。

雍宁盯着自己地上的影子，"有时候看他这么难，我确实想过，假如一开始没有我，他的生活也许会完全不一样。"

如果她没有被逼来何家学画，不会撞见何羡存。如果她能克制自己的妄想，也不会真的动摇他的心意，如果一切都有如果，因她而引出的所有变故都不会发生，又或者说，哪怕她在静秋湖畔没有被何羡存救起来，就不会预知到他未来的危险，也不会在四年前的冬夜非要试图改变他的未来。

只要那场可怕的车祸没有发生，何羡存就不会受伤，他的人生虽然有波折，却肯定也有转机，不至于走到今天这一步。

雍宁的存在和能力，一直在给亲近的人带来厄运。生父忌惮，母亲远走，她好不容易长大成人，有了自己喜欢的人，用尽青春做一场荒唐的梦，遇见何羡存，却也害了他。

生命的玄妙，或者就在于永远存在悖论。

她不想再逼着自己胡思乱想，可是这些念头却像参差的线头，她一味想要齐刀剪下去，反而留了活口，散出更多的麻烦，凌乱地全都盘在了心里。

眼下这样难能可贵的日子，外人看在眼里都觉得他们苦尽甘来，雍宁却没资格心安理得。

身边的人对她这种想法好像一点也不意外，许际伸手往后躺了躺，两只手撑住上半身，长长地吸了口气，看着前方说："说你这姑娘聪明吧，从头到尾都在干傻事；说你糊涂吧，你又总是想太多。"

雍宁被他的口气逗乐了，推了他一下，差点把许际从台阶上推下去。

他一迭声抱怨着爬起来，好歹念在雍宁在火场里遭了罪，没跟她还手，嘴却堵不住："知道禄叔那天说什么了吗？说你们两个啊，就是痴。"他像模像样地学起老管家那副样子，背着手，直到把雍宁惹得笑起来止不住，他总算松了一口气。

午后的光景最舒服，然而许际闲不了太久。他看了看时间，又忙着跑回去拿车钥匙，一会儿还要外出。

雍宁披上一件衣服还是走出来了，她听见楼上没有动静，以为何羡存还在休息。她不困，午睡又睡不着，这会儿回去容易吵到他，因此也没急着上楼。

她放眼顺着一园花草看得远了，春天万物复苏，她用手轮换挡住左右的眼睛，模模糊糊地还能分辨出那些深深浅浅的绿。

所有的繁盛大多寂静无声，生命的宏大实在无可比拟，哪怕还有一点光，就算是半支枯藤都能熬过无数场冬。

她不再为难自己了，反正她做不成聪明的人，痴就痴吧，幸好还不到追悔的年纪。

很快花园里无人走动，一切都安静下来。

楼上的人其实已经醒了。

何羡存起床后坐了一会儿，看见楼下她和许际正在说话，于是没叫她，自己去了画室里泡茶。

他年前离开"宁居"之后，回来就在窗边摆了画架。本来是为了白天的自然天光，这时候一站过去，正好对着楼下的人和一整片远处的花。

他仔细端详雍宁的样子，找出过去自己没画完的那幅紫藤，工工整整地将画铺开了。

哪怕未来可期，可人生的际遇实在无法预测。

何羡存回忆自己多年前起笔的时候，他或许真的只是一时兴起，那会儿赶上节气好，紫藤盛开，算一算，差不多也是这样的季节，只是后来耽误了，画上大片留白，如今从头来看，又觉得心境完全不同了。

他重回"宁居"去找雍宁的时候，见到这幅画，终究遗憾，不知道自己还有没有可能画完，那种挫败感让他无法接受。

但此时此刻，他在楼上看着雍宁的侧影，忽然又打消了动笔的念头。

所有的留白依旧就那么放着，直接盖了印。

他有真正执着的人，别无所求。

　　此后的一个星期调查基本结束，画院里的工作也逐渐恢复了，于是何羡存一反常态，工作狂的毛病好像终于有所收敛，他已经和画院里师傅们都安排好，未来手艺的传承更多地需要培养新人。

　　他没有坚持守在院里，除非必要的外出，在傍晚时分一定会回家。

　　没有什么比得上规律的生活更重要，很快连下人们都看出来了，说院长最近气色好了不少。好像雍宁守在他身边，他就能少一些思虑，逐渐找回自主睡眠，于是就连偶尔克制不住的阴郁脾气都渐渐淡了。

　　同样有变化的还有历城的气温，这一年的春天气温迅速升高，尤其近期到了节气，又酝酿着要下雨，白天云多，室外极闷。

　　雍宁晚上洗完澡，看见外边热起来，去打开露台的门，靠在栏杆上梳头发。她头发留了这么久已经成了习惯，住在"宁居"的时候，只要天气好，她就去院子里坐着，一边喂猫一边在院子里晾干。

　　何羡存出来找她，看见她头发还在滴水，拿了毛巾给她擦干，"还没到夏天，早晚温差大，你这么出来站着，一会儿就冷了。"

　　他刚才在画室里忙了一会儿，帮院里整理制墨的模具。何家祖辈过去陆陆续续珍藏了近千副石楠木的墨模，其中一部分在搬迁主宅的时候带回家里封存，何羡存下午有空，挨个让人清理出来检查。

　　那些东西都有年头了，长年累月积了墨。早年制作墨锭的时候里边都掺过名贵香料，现在一打开，各种历经时光的厚重香气溢出来，染了他一身。

　　此刻微风，雍宁清清楚楚闻见他手上的墨香，也不知道是哪一方模子里加了兰花气。

　　她顺势回身，何羡存今天收拾东西，袖口都挽起来，腕子上的那道疤在灯光之下格外清楚，暗红色的印子。

　　雍宁摘掉日常戴的手套，抬手去碰那道印子，她格外小心，只敢用指尖从他胳膊上轻轻点过去。

他放开她的头发，看她垂着眼睛的样子乖顺而谨慎，于是笑了，和她说："已经不疼了。"

她这才放心，慢慢地抚摸，皮肤毁坏过后的褶皱逐渐萎缩，重获新生，但那只是表面的痊愈。

何羡存顺着她的动作却没觉得疼，只觉得有点痒，她这么一副听话又内疚的样子也实在难得，他一直拿着毛巾，忽然又觉得它碍事，干脆用它把雍宁整个人都围住了，一把拉到自己怀里。

雍宁仰着脸，挣又挣不开，眼睛里都是笑。

她头发半干，带着湿漉漉的水汽，这下长发全部被毛巾拥住了，直接贴在她的睡裙上，她开始觉得后背潮乎乎的，又开始发热，没等他的吻落下来，她还是那么没出息，耳朵先红透了。

何羡存贴着她的额头，看她这样子实在有意思，笑意更深。

雍宁总怕自己随便碰到他的手，于是两只胳膊也不敢乱动，老老实实，像个蚕茧似的被他抱着，整张脸都热了，没什么底气地说："我们回去吧。"

今晚夜色沉重，但他心情不错，非要顺着这话来问她："回去干什么？"

雍宁半句话也接不上，一抬眼又看见他眸子里的自己，红着脸不知道想到了什么，这下她羞得真连站也站不住，眼看就要急了。他不逗她了，赶紧把人抱住了往回拉。

所幸楼上的走廊里安安静静，也没有下人来往。

雍宁被毛巾裹着，走得艰难，不停低声让他放开，又不能如愿。何羡存分明是故意的，看她惨兮兮地委屈着也不理，半拖半抱地把她带回了卧室。

她被他按在床上的时候，刚好对上床头的光，于是抬手挡了眼睛。她睡裙的后背处都被头发弄湿了，于是成心报复他，故意缠着他不松手。

何羡存顾忌她眼睛不能再受刺激了，于是把灯关了，卧室里一到晚上都拉好了窗帘，落地窗外半点光线也进不来，黑暗之中，瞬间到了她的天下。

雍宁的衣服和毛巾早都揉在了一起，他伸手过去扯，才发现毛巾连带着睡裙都被她自己挣掉了。这下她的头发可真的再也干不了了，湿乎乎的触感，乱七八糟卷了他一手。

何羡存手下一碰她就收不住，直接用了力，掐紧了她的腰。很快都觉得热了，他手下的皮肤反而有了微凉的触感，简直把他勾得呼吸都乱了。

她的反应反正他看不见，雍宁就得了意。她的眼睛还能看清他的样子，于是就去咬何羡存的肩膀，他下手也狠了，两个人彻底纠缠在一起。她整个人都软了下去，不知道哪里来的潮气，又觉得自己像要浸在水里似的。

偏偏何羡存在这一时片刻想起了什么，哄着问她："露山会馆那天，你拉住我的手，看见什么了？"

雍宁浑身一颤，突然握紧手指，摇头告诉他自己根本不记得了，"那地方烟太呛，我晕过去了，脑子里都是乱的。"

他怕她又看到了什么不肯说，声音都压在了她耳边，"宁宁……"

她当然明白，没让他再问下去。

这一晚雍宁闹得过了火，她忽然拽着他的衬衫领子把人拉下来，半啃半咬着蹭他的脖子，直到把他撩起来收不住力气，手臂都被他掐得生疼，又开始后悔。

这种事情上永远别挑战男人，她那点能耐很快就害了自己，躲无可躲，最后哭哑了嗓子。

时间好像突然就过得快了，春暖花开的时候，王枫福利院的新址也已经选好。

何家出面和方屹的公司一起进行后续协调，就在水库旁边的基地附近找了空置的房子，在林子里重新修了路，让福利院和何家的基地相连，方便龚阿姨那边能够来往照顾。那一处原本距离镇上也不远，老师和孩子们都没有陌生感，环境又好，适合疗养，这样基地在闲置的时候也有了意义，对于双方而言，无疑都是最合适的方案。

福利院搬家那几天，雍宁赶过去一直在帮忙，再加上祈秋秋和方屹，几个人忙前忙后，协助王老师把孩子们都安顿好。

傍晚时分终于有了喘息的工夫，老师带孩子们一起去集合吃饭了，雍宁才终于有了空。

她走出福利院，看见楼前清理出了一片空地。龚阿姨让她儿子来过，特意给孩子围了一方小院，方便他们出来活动。她四处看了看，坐在小院里的秋千上，渐渐听见身后的楼里又传来了熟悉的钢琴声，心里这一处牵挂总算有了着落。

她的苦心没有白费，总是能让这些可怜的孩子们有了一个家。

他们都是些看起来和常人无异的幼童，有的病因是先天遗传，导致患有精神性障碍，还有的是从刚记事起就经历过非人的刺激，留下了严重的后遗症，还有一些孩子长期自闭。他们都是弃儿，无父无母，如果转送给其他普通的福利机构贸然寻找领养，病情严重了，会对双方都造成更大的伤害，必须专门进行治疗。

这是雍宁心里的坚守，她深知这些孩子生存不易，无论如何，她一定要为他们做些事情，哪怕仅仅是一处避风港。

这段时间她身体都养好了，出来一直都在忙福利院的事情，此时此刻才能松一口气。

眼下已经到了春天，天也黑得晚了。这地方紧挨着水库，气候湿润，远处的林地里终日蒸腾出一股清新的草木味道，此刻又混了些食物的香气，格外诱人。

雍宁安安静静坐了不到十分钟，祈秋秋就跑出来找她，本来是要叫她回去吃饭的，但雍宁下午陪着孩子们吃了点心，一直不觉得饿，于是让祈秋秋先回去和方屹一起吃。

祈秋秋往楼里看了一眼，表情有些不自然。她最近和方屹之间一直很别扭，于是没多说什么，摆摆手示意雍宁自己也不饿，非要留下和她玩那架秋千。

　　两个人闹了一会儿，雍宁拉着祈秋秋并排坐下，蹬地一使力，秋千荡得高了，视野也就看得远了。

　　透过树木的缝隙，一只能看见远处的水面，山清水秀，郁勃幽邃，连树梢的倒影都清楚。

　　这样的自然风光，又和她冬日来的时候完全不同了。

　　雍宁心情放松下来，她实在不想让朋友之间存着顾虑，想了想，还是决定直接开口说："别装了，我知道你喜欢方屹。"

　　一句话没有前后因果，突然冒出来，真把祈秋秋吓了一跳，她这人心再大，也没想过雍宁突然说穿了她的心思，差点从秋千上掉下去。

　　"你怎么看出来的？"祈秋秋嘟囔着，只觉得自己这段时间表现得已经十分克制了，有点不甘心。

　　雍宁笑着把她扶稳，秋千终于慢慢放缓，她才又开口说："你啊，从上学起就这样，你一旦看上谁，脑门上都写着你要恋爱了，天天盯着他，就差扑过去了。"她双脚着了地，松开了秋千绳索，深深吸了口气，又看向身边的人说，"我只是想和你说，不用觉得有什么不合适的，我和方屹之间如今只是朋友，我和他坦白过，我确实很感激他，但是……"

　　她没有继续说下去，事到如今，他们都是成年人，都有这个气量面对自己的选择。

　　祈秋秋不想掩饰，她并不是矫情的性格，点头说："我知道，我不和你说不是因为有顾虑，是我觉得丢人。"她尴尬地低了头，虽然坐着，但也不老实，一边踢着脚底下的石子，一边又靠在绳索上，抬头瞪着那座福利院的小楼，咬牙切齿地说："老娘我追他这么久，他连句痛快话也不给！一直都在拒绝。"

　　这下雍宁明白了，难怪祈秋秋羞于启齿，这位祖宗一向自诩经验丰富，过去只有她开导别人的份，如今这么为难，显然是下不来台了。

　　话已经说到这个地步，雍宁在三个人的关系里处境微妙，她此刻确实没立场劝慰或是分析原因，只能拍了拍祈秋秋的肩膀，示意她不要那么着急。

"好了，你不用多想，我这人就是脸皮厚，我知道方屹为什么现在装傻，但是没关系，我等。"祈秋秋早就想开了，"我给他时间，人总要接受现实的。"

她的表达一向直接，爱恨坦荡，原本没什么见不得人的，她什么都不怕。

日光熹微的时候，天边夕阳越发明显，云上反而透出极艳的光，渐渐描深了，成了一笔茜色的霞光。

很快基地那边来人通知雍宁，何家派了司机过来，准备接她回城了。

祈秋秋跳下秋千，看了看外边的动静，连她都感觉出来最近事态紧张，于是问雍宁："这两天连许际都不过来了？"

最近外界舆论已经压不住了，文博馆的百年庆最终宣布延期，而关于《万世河山图》的案子，上边调查进展到了关键阶段，画院又再次封闭，何羡存和许际已经连着好几天不见人影了。

事关国家一级文物失窃，雍宁知道这整件事背后的利害关系，她眼下既然帮不上更多的忙，就尽量不拖后腿。她不打扰，也不刻意多问，于是知道的情况也有限，只能点头和祈秋秋说："是，文博馆现在层层追责，郑家人在明面上，肯定要被扒出来，可整件事在艾利克斯身上断了，现在很难证明真迹由他销赃流至境外。"

祈秋秋吐了吐舌头，她早就听说何家那边规矩多，这时候偌大一个家，恐怕就剩下雍宁和何院长的母亲了。她最清楚雍宁早年是怎么熬过来的，何院长的母亲曾经几次表达过对那位郑明薇的欣赏，不论事实如何，雍宁所面对的这层关系实在太尴尬了，让祈秋秋连想一想都觉得颇有压力。她不好当着何家司机的面乱说话，只好飞快地追了一句："等过一阵我还有年假，如果家里方便，我去陪你吧。"

雍宁知道她是担心自己，示意她放心。

她其实已经习惯了，何家主宅里其实没有那么可怕，何羡存的母亲从来没有刁难过她，这么久了，她除了偶然听下人和禄叔聊起那边的动静之外，对方似乎根本不屑于与雍宁相见。

雍宁上车的时候，远远看见方屹出来送她，两个人相视而笑，终究没有再说话。

这一晚的历城格外宁静，春夜静好，市区里的灯火辉煌，司机带雍宁一路回了主宅。

禄叔打电话问过，知道她晚上没在福利院那边吃饭，等她到了家，特意说还留了菜，劝她好歹吃点东西，不然这几天往水库那边跑，不能再生病。

只是她没想到，生活每分每秒的变故都比她所预知的画面还要精彩。她刚刚想着家里太平，迈出这一步不像她想得那么艰难，结果当天晚上回去就事与愿违。

何羡存不在的时间太多，家里上下似乎没什么变化，只是今天禄叔还有话。

他等雍宁换完了家居衣服下楼，忽然和她说了一句："太太今天出来了，一直等着您，过去一起吃吧。"

雍宁有些惊讶，抬眼看了下时间，天早就黑了，他们赶回来到家已经快九点钟了，以前从没听说庄锦茹有这样的作息，但此刻禄叔执意来请她去东边，她虽然没想到，可也没有合适的借口，只能跟着下人过去了。

庄锦茹似乎和记忆中的样子没什么变化，其实对方看着不像六十多岁的人，穿一件淡青色的针织连衣裙，即使只是夜晚在家，她见人的时候也不潦草装扮，肩上还披了雅致的丝巾。

东边这里的餐厅宽敞，灯光又调得恰到好处，衬得庄锦茹气色不错。

雍宁看着她，一时没马上过去。对方虽然常年生病，但因为生活规律，保养得极好，她确实从来没想到庄锦茹会这么突如其来地想见自己，尤其对方还真准备了一桌菜等着她，她心里忐忑，不知道该说点什么，只能先叫了一声"庄阿姨"。

庄锦茹似笑非笑地扫了她一眼，目光里倒不是苛责的态度。这一下雍宁发现，何羡存的眉眼之间还是和他母亲长得很像，早知道这位何家太太心性强势，身体不好，又这么一个人疏远地过着，好像和谁也不太亲近，此刻难得有点和缓的样子，于是雍宁也没再犹豫，顺势坐了过去。

"本来是想和你吃晚饭的，但你今天去了水库，这么晚了，禄叔给你留的都是清淡的菜，你先吃。"庄锦茹把体面的话都说到，她自己看上去却没打算真的要陪雍宁。她坐了一会儿也只倒了杯茶，就在手里端着，也不再开口了。

很快下人都退出去，餐厅里安静得让人难受。

雍宁实在不擅长客套，知道自己不招人喜欢，就算装淑女在这里傻坐着也改变不了什么，于是她还真就动起筷子，好歹吃了两口。

庄锦茹的目光一直落在她身上，不刻意，却终究让人不太舒服，过了一会儿她才开口问："你母亲最近怎么样了？"

"挺好的，她一直在叶城住，基本不回来。"

对面的人点点头，喝了口茶，又问一句："她知道你的事吗？"

雍宁停下筷子，抬头看了她一眼说："您想问哪件事？"

"你这眼睛差点毁了，又在露山上闹得满城风雨，现在住在我家里……"庄锦茹口气不软不硬，还是一副闲聊的模样，"还有你和羡存的事，你们到底打算怎么过，这么久了，雍绮丽都不打算问问？"

这顿饭根本不可能吃得舒服，从雍宁被请到东边开始，她这一路都有心理准备。庄锦茹对她的偏见更不可能轻易消除，所以她直接盛了一碗汤，只想赶紧结束这顿饭，回答得很实在，"庄阿姨，您不用这么刻意，您和我妈认识得早，我们之间的关系您最清楚。"

"也是，她这个母亲当得……那时候你还是个小姑娘，她但凡对你上点心，也不至于把你扔给外人。"庄锦茹看她不愿再吃，也不勉强，很快让人过来收拾，"你都这么大了，现在想要什么都有了，雍绮丽一定很得意，觉得自己算计对了。"

要说轻视和非议，雍宁从小就习以为常，她被人当作怪物的日子太久了，不差一两句戳脊梁的话，何况她和何羡存走到今天这一步，什么境况她都想过，于是也就尽量控制着口气，礼貌地起身准备离开，"您早点休息，我先回楼上去了。"

庄锦茹叫住她，一句话压过来，"我虽然不爱出门，但外边的事我都知道。"

雍宁终究还是停下来了，这一晚果然没那么容易过去，她回过身说："那您应该清楚，画院和文博馆之间的恩怨四年前就开始了，事关国家重要文物的案子，当年只是因为意外才拖到现在。"

餐桌旁的人似乎笑了，起身走到她身边。

庄锦茹说话的声音不大，却字字都透着冷淡，"那些都是画院的正经事，既然是我请你过来吃饭，想说的就都是家事。"她看见雍宁一直戴着手套，很快目光又转向她留过了腰际的长发，姿态还是和蔼的，"明薇过去就和我说，羡存心里喜欢的人是你，我觉得她想多了，后来我明白了，你有你的特殊之处，你能看见别人看不见的东西，我这儿子就有这么一个毛病，他从小辛苦，被他爸爸逼得太紧，养出个外冷内热脾气，就喜欢收藏特别的东西……"

"何家对我有恩，所以我决定和他在一起的那天就想过了，无论如何，您是他的母亲，我始终把您当长辈。"雍宁知道对方忍不住这些话，她自己同样也在克制，尽可能把口气放得低一些，"他为了保住画院，为了您能安心在家养病，他一个人承担国家的信任，必须查到古画下落，这么多年辛苦周旋，您应该养好身体，别再让他担心了。"

庄锦茹的口气渐渐加重，"我和雍绮丽不一样，我要对我的孩子负责，就是因为他肩负的责任太重要了，所以他顾不上的时候，我要把家里的事都理清楚。"

这话一出来，雍宁知道庄锦茹这段时间已经忍无可忍了，今晚是来找她摊牌的，她必须逼自己听下去，逃避没有用。

对面的人举手投足都透着良好的教养，姿态始终端庄，话却愈发说开了，

"不管到了什么时代，家有家规，何羡存和郑明薇已经结婚了，如果他的夫人还在，哪怕就是一辈子都躺在病床上，你也不可能进这个家，但她去世了，往事已矣，羡存现在想和你在一起，于情于理，没什么可指责的，所以我虽然不喜欢你，但一直没过问。"

她说完扫了一眼雍宁，率先往餐厅外走，却并不是回房间的方向。

雍宁开始后悔来这一场鸿门宴，她为了尽快吃完，大晚上非要喝汤，刚才不过三两口咽下去，此刻又都卡着不上不下，统统堵在了胸口。

庄锦茹让禄叔带人都下去了，她亲自往何羡存他们住的西侧走，很快就上了二楼。

雍宁追过去的时候，并不知道庄锦茹想干什么，但等她跟着对方一路走回去，到了何羡存的画室门外，她忽然有种不好的预感，猛地退后了一步，想说什么，却又说不出来。

平时何羡存所接触的都是重要文物，资料和机密内容也多，所以无论是画院还是公司，甚至于家里，他办公的地方都不让人随便进出。主宅这边不比"宁居"，虽然是他的私人空间，内外都没有刻意上锁，但家里人人都知道分寸。

雍宁从来没有进去过，今天是庄锦茹特意带她过来的，替她推开了那扇门。

庄锦茹一路走得很慢，脚步却非常稳。她全程在前方没有说话，直到打开房门的时候，她才回身。

雍宁错愕地发现庄锦茹眼睛里竟然有泪光，完全出乎她的意料，让她愣在了当场。

此时此刻，楼上只有她们两个人，整个起居空间这段时间只有雍宁在住，她不喜欢光线太亮的地方，于是四下都按她的习惯做了调整，终究没了光线和排场的掩饰，于是就在这一刻，她所见到的庄锦茹，恍然变了个模样。

对方像是雍宁曾在画院里见过的扇面，历经光阴和世事的洗礼，绢底变暗，多少繁花似锦的昔日不再，空落落地被装裱起来，重新摆在墙上，竟然成了可怜的样子。

这位何羡存的老太太终究上了年纪，如今只依靠肩上一条精致细腻的丝巾，才能让整张脸显得不那么寡素。

庄锦茹的肩头微微发颤，她似乎用尽力气才能控制住情绪，勉强示意雍宁说："你自己进去看看吧。"

何羡存在家里的画室面积很大，夜晚无人，房间里也没有光亮。

雍宁的眼睛虽然模糊，却依稀还能看见。她一时没急着打开灯，四下环顾，没注意脚底下踢到了什么，一阵响动。

庄锦茹没有跟她走进来，只是替她按开了房间里的顶灯，一切格外分明。

雍宁完全没想到何羡存的画室竟然会这么乱，一地狼藉，原本该放笔墨的长案上东西七零八落，笔架都掉在了地上，被她不小心踢得远了。桌后更遭了难，铺满写废的纸，还有些古帖被翻开了一半摔在一旁，甚至还有前一阵刚拿出来的墨模，看起来有人做过兰花墨锭，只留下几个，但砚台凝涩干涸，她走近了才能闻见些清淡的香气，盖不住潦草。

显然这房间的主人曾经进来试着练字，今时不同往日，难以为继，也不知道到底有多少挣扎的心境，以至于临走的时候没有任何心情收拾。

"他之前一直在靠药物睡觉，还有治疗 PTSD 的精神类处方药……我从知道之后已经和许际一起盯着，尽量帮他减少这方面的药物依赖。"雍宁每个字都说得很艰难，她把地上那些纸捡起来，发现上边大片的墨渍，写字的人明显握笔不受控制，淋漓而下如同幼儿习作，甚至于那些笔画最后有些明显大力笔笔偏锋，不持端正，是故意用力发泄，完全和自己在较劲的姿态。

雍宁手里攥着那些纸，克制不住发抖，她只觉得害怕，慌乱地把它们捡起来，遮掩着想赶紧扔了，不敢让门口的庄锦茹撞见那些字……抖笔、乱墨，再这么勉强下去，写字的人早晚入了邪路，何羡存这么多年的辛苦和修养不能白费了。

她终于明白庄锦茹这一晚欲言又止，和她周旋这么久，到底是为了什么。

对方已经不想诋毁和指责她的来历，也不是简单地看不上她或者想要阻挠他们在一起，其实庄锦茹早没了这种心力，她带雍宁来这间隐秘的画室，是想让雍宁自己看到真相。

这是一个母亲的绝望。

雍宁心里藏着的所有情绪都冲上心头，她完全说不出话，只记得弯下腰去收拾地上的笔架，把所有的东西归位，又拼命去擦长案上的墨渍。

庄锦茹没有走进来，走廊外的光线太暗了，而画室里还亮着灯，于是她躲在整片暗影里，只剩了轮廓，她轻轻地开口说："何羡存祖上基业传承，家教严苛，到了如今这个时代，家里就他一个孩子，所以他从小就没有浪费时间的权力。我为什么天天躲开他，是我看不下去，我心疼，但我熬了一辈子了，我知道每个人都有自己的责任，何羡存活着不仅仅是为了他一个人，他还要管好画院，院里的工艺必须传承下去，这对于国家是功在千秋的事，所以我不能拦。"

她知道她唯一的儿子忙起来快要累死了，她知道画院挡了别人的路，他被卷到阴谋里，她也知道他在车祸里留下了后遗症，不能再像以前一样，她甚至知道他这次回来顶着数年的阴谋压力，每天每晚睡不了觉，整个人都要垮了。

所以无论何羡存做什么，哪怕是把祖宅舍出去，她只要他能想开一点，和那些折磨人的感情做个了断，才可以慢慢休养，所以从他回到历城开始的一切行为，庄锦茹统统没有劝阻。

可这梦太伤人了，摧心断肠的苦，没有人能生受，他们都该醒了。

"羡存肯定不愿意让你知道，所有的阴暗面他半点都没告诉你。医生很多年前就和我说过，事故现场非常惨烈，车里发生的事给他留下了阴影，还有手伤不能恢复，他承受的打击实在太大了，但他就一个人硬扛着，这样的情绪越积越容易出事。他把你找回来了，看着好像突然就好了，可我是过来人，我最清楚，他只是不肯说，他觉得自己当年对不起你，所以无论如何都想让你过得好一点……"

何羡存永远该是光影之下执笔落拓的样子，连他的温存都让人贪恋，但没人看见他在午夜断断续续地惊醒。他躲开所有人，避开熟睡的雍宁，他把自己关在画室里一笔一笔地练字，却如同饮鸩止渴，逼死自己也甘愿。

雍宁被眼前的一切逼得倒抽了一口气，她根本无法抬头再去面对庄锦茹。

她发现窗边放了画架，上边就是那幅紫藤的画，那是整个凌乱房间里唯一被珍重摆放的东西……何羡存在任何情绪下，哪怕到了无法自控的时候，他都愿意把它妥善珍藏，和她一样。

当年他在"宁居"起笔的时候，清风明月，岁月悠悠，一切都还没有发生。何羡存的心意，坦坦荡荡，如玉良人，君子端方。

如今迎着日月天光，看似朝夕如旧，紫藤能续千岁，可这人间却没有让他回头的路了。

他没有再续任何一笔。

雍宁蹲在地上，看着那幅画，忘了自己还抱着撕破的纸，又死死压在怀里。她没力气站起来，瘫坐在书架之下，这间画室是何羡存的秘密，活像是要挖空她的心。她想起何羡存轻描淡写地说他神经撕脱伤的时候，那经历过的一切好似全都结了疤，却在此刻统统要往她心里捅。

她胸膛里翻江倒海地疼，不知道怎么才能替他疼。

门外的人声音发颤，"你们不用瞒我，那一年冬天的时候画院就已经出事了，他知道那段时间对你不公平，所以你闹起来一说要走，他才急了。但你呢？你什么都不知道，于你而言，你只是打了一通电话，他那么稳重的人，为了留住你，把所有权衡的大局全都扔下了，调头就回去见你。"

庄锦茹说到最后每个字都用了力，她同样无法再面对画室里的一切，转身下楼去了。

她最后的话只有一句："雍宁，因为你，他这一生都毁了，作为他的母亲，我永远不会原谅你。"

第 十 五 章
不负所求

雍宁走出何家主宅的时候，已经过了凌晨一点。

历城的春天来得不早不晚，白日里看着晴朗，到了夜晚却云层厚重。

雍宁避开了所有下人，从主宅里离开，顺着路走了一段，没想到外边的街道上却并不安静，今天夜里不知道有什么活动，时间虽然晚了，可行人却不少。

她什么也顾不上想，浑浑噩噩地独自站在十字路口出神，盯着变换的交通灯，直到看得开始头疼，这才想起来总要打辆车。

她让司机先在市区里绕了一圈，却不知道自己该去什么地方。

好在司机一眼就看出雍宁心情低落，发现她一直盯着窗外，也不多嘴聊天了，他可能把她当作和家人吵架出走的年轻人，于是随便开车一路向前，打开电台解闷。

雍宁听见交通台的新闻才知道，今天刚好有月全食，而且赶上二十年难得一见的火星大冲，算是一场天文学奇观。原本预计无云无雨的好日子，偏偏到夜里又变了天，历城的观测条件不好，于是城里很多人不死心，一直没睡，外出寻找合适的观测点，想要继续等待。

司机师傅是个中年男子，一直开车实在无聊，听见这个事也来了兴趣。他抬头看看夜空，回头说了一句："没准儿一会月亮能出来，你不找个地方去看看？天上瞧着还是晴的，云快散了。"

雍宁抬眼，满城寥落的灯光之上仍有天幕，沉郁的暗蓝色，透不出星光。

她最近实在没时间关注别的消息，对什么月全食也没兴趣，但眼看这样坐着车绕路也不是办法，她只能想起一个还算熟悉的地方，就让司机送她去老城区，一路去往美院的方向。

时隔多年，雍宁早已不是学生身份，对于母校也有着微妙的感情。

当年她叛逆乖张，离开学校的时候理直气壮，如今毫无计划突然回来看看，只觉得这人生路有时候实在可笑，人在年少时的那点轻狂心意，弥足珍贵。

那时候一切都没有发生，她虽然在学校里的生活不快乐，心里却是知足的。她想着盼着，只要能回"宁居"去见何羡存，日子也没有那么难熬。

如今想想，几年下来，人间难见白首，却从来不缺恍若隔世的境遇。

美院经历了八十年风霜，新修了大门，暗色调的石材雕刻极具艺术气质，和背后早年流传下来的建筑相得益彰。

雍宁回来的日子是周四，虽然不是周末，可因为有月全食，学校再怎么管理也有晚归的学生，于是雍宁拉高了外衫，顺势装成普通的在校生，出去回来晚了，只记得低头急匆匆往里跑。值班的保安抬眼一看是个女孩，也没顾上多问。

她一路进去，校园里三三两两还有些学生没睡，但已经是凌晨时分了，人也不多，她很快就走到了静波湖。

终究没到盛夏，靠近水边的地方又带着凉风，雍宁坐在湖边没一会儿，渐渐开始觉得冷起来。

她出来的时候脑子里一团乱，除了手机什么都没带，衣服也只是随便换上的连衣裙，外边套了一件针织的开衫，此时此刻，湖边很清净，她一个人抱着胳膊靠在长椅上，隔着手套都能觉出指尖发冷。

她放眼四周，这处静波湖一点都没变，无论发生过什么，学校里年年相聚别离，水面依然如故。

就在这里，她和祈秋秋惹了麻烦，她为了救人，差点把自己也搭进去。那是何羡存第一次失态，亲自把她从水里救出来。她看见他在露山可能会发生的意外，像是按开了厄运的开关，从此引发的所有事情都像既定的笔墨，无可挽回。

雍宁盯着湖面，深夜没有灯光，遥遥一方静波湖，暗得让人喘不过气。

她没有心情等月全食，逼着自己想清楚今后到底要怎么办，她从此再也没了归路，想了一晚上，只能暂时离开何家，于是她准备打给祈秋秋，总要找个住的地方，再说以后的事。

祈秋秋也许还没睡，那位活祖宗的脾气最爱围观新鲜事了，八成她要跟着大家起哄看什么天文奇观……可是雍宁打了两次对方都没接，她隔一会儿又打，电话虽然通了，说话的声音却是个男人。

她一时有点没反应过来，等到听出那是方屹的声音，又不知道该说些什么了。

对方明显也在犹豫，两边沉默。

雍宁先开口，喊了他一声，方屹很快打断她说："我从福利院回来，顺路送一下祈秋秋，她要在郊区等月全食，现在又闹着饿了，去便利店买吃的了，手机放在车里，我看见你一直在打，担心有什么急事。"

其实他完全没必要解释，但打电话的人毫无准备，接起来的人也是一时冲动，这一时片刻两个人都有些窘迫，雍宁只好说："没有急事，我本来想跟她说一会儿过去找她，但是既然你们出去了……"

方屹显然听出了不对劲，追问她："雍宁，你现在还在外边？一个人？"

她拿着手机抬眼看看，找了个格外合适的理由，尽量自然地说："在美院呢，也是出来看月全食的。"

一整片黯淡的天空，没能如人所愿，哪里有什么难得的奇观，满城人期待的夜，多少无眠的人失魂落魄。

她这话说得心虚，听的人也不傻，方屹很快想到了她独自在大半夜跑出来，一定是遇到了难事，他微微叹气，又剩沉默。

"你在美院什么地方？"

"没事，我很快就走了。"雍宁一心只想挂断电话，"你们玩吧。"

方屹的声音渐渐有点着急，但他总能把话说得不让人那么难堪，"你不要乱走，太晚了，原地等一会儿，我们马上回城了，一起去学校接你。"

"我要回去了，真的没事。"她不敢再多说，越说越惹出更多的疑问。无论如何，是她拒绝过方屹，时过境迁，难得对方愿意慢慢试着和祁秋秋相处，她绝不能在今夜让三个人都为难。

他们对她十分重要，如果今生她注定所求无缘，起码不想再拖累朋友了。

她不能再说下去，直接挂断了电话。

雍宁抱紧膝盖蜷缩在长椅上，只觉得浑身疲惫，哪里也不想去了。她在这座城市出生长大，活了二十多年，到如今依旧没有一个家。

她坐了不知道有多久，浑身僵硬，但因为被风吹得麻木了，反而不再觉得那么冷。

雍宁微微眯起眼，远处依稀能看见宿舍楼的方向。不知道什么时候夜空云散，静波湖上渐渐倒映出月影，于是几栋楼上的寝室也亮起灯光，一群学生爬起来找月亮。

她思绪完全放空，又想起庄锦茹晚上和她说的一切，夹杂着何羡存曾经的追问。她原本打定主意不能再重蹈覆辙，她做的每个微妙的决定也许都会改变未来，但主宅画室里的一切，和庄锦茹的泪光，只能反复提醒她一件事。

四年后的雍宁还是没有说实话，她在露山火场之中拉住何羡存的手，确实又一次看到了他的未来。

她不能再留下，她看见的画面，永远会干预何羡存的人生。

风越来越大，夜空倒是真正晴了。

很快天际泛光，极远处竟然真的有颗明亮的红星，散发着橙红色的光亮高悬天际，月全食即将开始，与火星升空遥相呼应。此次从食既至生光，一共将近两个小时的时间，于是整座城市好像瞬间惊醒了，多年难以一见的奇观，无数人彻夜等待，此刻陡然到了最关键的时刻。

雍宁仰头看向夜空，月影残蚀，湖水悠悠的时候，只有她独自枯坐。好像远处还有人影晃动，但这地方孤僻，夜里风凉，树木又挡光，也没人跑到湖边来观测，多少热闹也和她无关，四野只剩下林地里飞虫的声音。

她一晚上心乱如麻，坐在这里不知道过去多久，想要把这一生做个了断，心反而逐渐静了下来。她实在没有地方去，只能继续靠在长椅上，恍惚地盯着天上这场月全食，渐渐就不知道自己是醒着还是做了梦。

等到雍宁觉得头发都被风撩起来的时候，才忽然又有了意识，她惊醒过来伸手去抓头发，这才发现自己整个人倚在长椅上不知道睡了多久，半边的胳膊和腿都麻了。

她撑着精神睁眼去看，天都要亮了。

历城夜里的气温不到二十摄氏度，她就这样孤零零地露宿湖边，竟然没被冻死，直到坐起来才明白自己为什么没觉得冷。

她抱紧膝盖蜷成了一团，但身上却被人盖上一件风衣。

风衣的主人不知道是什么时候找过来的，也不知道已经坐在这里等了多久，总之何羡存忽然看见她醒了，目光平静如水，什么都没说。

雍宁坐直了清醒过来，该是四五点钟的清晨，湖畔起了雾，于是周遭的一切又显得不太清楚。她不敢去看身边人的表情，只记得抓着他的衣服，想说话，唇边却有些发抖，"你……怎么回来了？"

何羡存被留在画院里配合调查，这一周上边要追查文物下落，正是关键阶段，情况艰难，他却还是来了。

他把衣服给了她，自己穿着一件墨灰色的长袖衬衫，看了她一眼，又转过身盯着湖面。雍宁醒了，他也没动，直到她此刻说话，他的表情总算缓和了一点。他终究怕她冷，伸手重新把风衣给她披好，把领口的扣子都给她系上了，又端详她的脸色，确认她没有冻着。

这一夜好像格外漫长，彼此都想了太多。

何羡存这辈子干什么都从容，就只有面对雍宁的时候，总也没法维持克制。他来的时候也许有过激烈的情绪，不解，愤怒，甚至心疼，可到了此刻什么都淡了，远没有这一湖的回忆深远，于是他连开口的声音都太过寻常，平平淡淡地和她说："是方屹联系我，说你一个人大夜里跑出去了，不知道又出了什么事，人在美院。"

他当然清楚，这座学校对于雍宁而言不堪回首，如果她想找个地方躲起来，唯一的选择也就剩下静波湖了。

他不知道雍宁为什么要突然离开家，只是她这没轻没重的毛病也不是一次两次了，过去雍宁想也不想直接往湖里跳的样子实在让他后怕，于是他一路追过来的时候不敢细想。

等到他看见她像个无家可归的野猫一样躲在这里，一个人幕天席地缩在椅子上，竟然还能睡得着，他总算松了一口气，活该她挨冻。

就像他当时刚刚回到历城，一去"宁居"就看见她被人胁迫满地是血，就是不肯开口说软话。他总是想不通，一个女孩子，怎么就这么一副硬心肠，他磨她的性子磨了那么多年，磨到彼此一身伤，可到了如今，雍宁依旧不肯服软。

何羡存伸手去摸她的脸颊，看她被风吹得眼角都发红，捂着她的脸问她："你看见什么了？"

雍宁心里埋了一根未知的刺，不知何时何地，总要隐隐探出头来，她打定了主意这一次绝不能随便说出口，硬是忍着，又看向他的手臂，告诉他："我去过家里的画室了，看见那幅紫藤的画……我知道你不能再画画了，你其实过得很不好，但是因为有我，因为我还在，你就必须周旋好所有的事，无论家里家外，必须像过去一样。"

他摇头，他想问的根本就不是这件事，"露山火灾现场，你到底看见什么了？"

她揪着那件风衣，捏得皱了，却硬要一口气把话说出来，"到此为止吧，何羡存，我昨天在这里坐了一夜，什么都想清楚了，我们别再勉强下去了。"

从美院这里开始，每一步雍宁都在强求。原本他们两个人还能保持应有的距离，她只是个后辈，与何羡存无非相识而已，根本没有其他交集。她不该偏执地喜欢他，不该像个疯子一样把他拖下水，那时候她太年轻了，没人管教，实在没别的本事，偏偏天生就不信邪。她能看见未来的意外，就一心一意总想改变些什么，以至于想要改变他，直到把两个人都逼到了如今的地步。

彼此天差地别，原非同类，她不该心生妄念，不该碰他的手，一步错，步步无可挽回。

雍宁把何羡存的衣服从肩膀上拉下来，蹭着头发都乱了，她也不管，只顾低着头和自己发狠。她不想听他再说任何话，也不想动摇自我，于是就把那衣服胡乱地往他身上塞，一字一句地和他说："我要走了，不喜欢你了，也不想再爱你了，不管我还能看见什么……都与你无关。"她语无伦次，说着说着自己都害怕，只想赶紧离开这里，掉头要走，结果被他一把抓住了胳膊。

她根本不敢回头看他，被他扯住怎么也挣不开。何羡存确实用了力气，拽得她手腕生疼，他越这么不容置疑，雍宁心里越难受，脑子就像卡了壳，什么都敢往外说，一句话卡在喉咙里要磨出血来，"你好好把案子查清楚，照顾好你的母亲，你还有那么多正事要做，哪一件都比我重要……何羡存，我们熬了这么多年，你我都尽力了。我已经想清楚了，人可以强求一时，但不能强求一辈子。"她咬着自己的嘴唇吸气，活活把眼泪忍回去，"这样活着太难了，你……放我走吧。"

雍宁这一生，拥有过的东西实在少得可怜，她只有这一腔心意，所以她从来不怕等，也不怕赌，一个人已经到了最糟的时候，当然事事都能豁得出去，不计代价。

但她从来都没有为何羡存考虑过，她追不上他，就苦苦地等，好像她就成那个应该委屈的人，如今她终于等到了，却根本不知道他站在高处为她跳下来需要付出多少代价。

如同当年祁秋秋的比喻，雍宁到了此时此刻才终于能够理解。

这代价实在太大了……她承受不起，她不知道如何弥补，起码不能再强留他在身边。

世事不能尽如人意，执着如果被逼成了执念，往往不得善终。

所幸他们还有大半生可以重新选择。

身后的人似乎一直在忍，忍着让她说完，最后完全控制不住情绪。

何羡存不顾手上的伤，站起身把雍宁整个人拉回来。她急了，一回身看见他眼睛里的愤怒，又什么话都说不出来。他把她拉住转身就要走，雍宁厮打起来，整个人差点撞在椅子上，何羡存强硬起来看也不看，直接把她扯回到身边，拖着她，逼她跟自己走。

雍宁这一夜好不容易冻硬的眼眶又浅了，眼泪直接就往下掉。

太阳已经升起来了，学院里已经开始有晨跑的学生出来锻炼，两侧的步行道渐渐有了人。何羡存完全不顾外人的目光，眼看怀里的人竟然还有力气闹，他也气急了，扯着雍宁的头发按住了她的肩膀，让她不能动，直接把人抱起来。

她没见过他这么盛怒之下完全失态的样子，吓得差点叫出来，怕他胳膊上的伤复发，不敢再打了。她知道他疼，他不管多疼也不说，多难也不说，她急得明明不想哭，偏偏收不住眼泪，整个人都要疯了，"何羡存，你放开我……我不强求了，我不再等了！我们这样耗下去没有意义，你母亲不会接受我……"

"晚了。"他的眼睛像是经久未变的那一池湖水，一句话说得干脆，面上毫无波澜，直接就把她带走，不容置疑地把她塞进了车里，"我偏要强求。"

司机是被何羡存摔上车门的阵仗吓醒的。

昨夜跟着何羡存出来找人的不是许际，只是一位不经常跟他出门的下人。对方不知道等了几个小时，长夜无聊，撑不住在驾驶位上打瞌睡，眼看何院长突然回来，抱着一个人，满学校早起的人看了好大一场热闹，他差点以为自己眼花。

他没想到何院长能被气成这样，但也顾不上琢磨原因，他不常出来，也没什么眼色，脑子里只顾着想重要的事，忙不迭地跟他说："院长，许际来电话了，说上边着急找您呢，您还是尽快赶回去吧。"

雍宁想想也明白，何羡存在案件关键时刻突然从画院离开，许际没有跟着，肯定是为了帮他稳住局势不能同行。

她此刻不知道还能怎么办，脸上都是泪，捂住了嘴无法再说出一个字，听见何羡存吩咐司机说："走，先回一趟宁居，让她拿上该拿的东西。"

前方的司机尴尬地错开眼睛，被何院长立刻阴沉下来的脸吓到了，一路噤声，半个字不敢多说。

他按何羡存说的送他们回了一趟"宁居"，车到了石塘子的胡同口，何羡存改了主意，他不让雍宁下车，自己进去，找她过去一直都留在院子里的资料袋。当时何家为了给雍宁办理过户的手续，所有的东西都整理过，于是所有关于雍宁个人的东西一应俱全。

她看见他回来，又和司机确认时间，然后继续翻找她的户籍，越来越奇怪，问他："你拿这些东西干什么？"

何羡存这才停下来回身看雍宁，她原本衣服单薄，整个人缩在他那件风衣里，厮打一场之后弄得满脸狼狈，又透着点不解的表情，终归有点可笑……于是何羡存这一路的脾气总算缓和下来，拿过纸巾给她擦脸，让她把风衣好好先披上，最后才说："走吧，一会儿开过去差不多就到民政局开门的时间了，和我去登记结婚。"

雍宁半天都没明白过来，手上还拿着司机给他们在胡同口买来的早饭。何羡存把她找回来，可两个人这一夜到现在也没顾上吃点东西，雍宁坐了一会儿就只是看着，一口都没动，她实在没胃口，不知道昨晚是着凉了还是有点晕车，总是隐隐觉得头晕。

她盯着何羡存，琢磨他刚才那句话的意思，这段时间接二连三突发的事情统统让她措手不及，她脑子里完全打成了死结，突然冒出一句："现在？今天？"

她震惊到不知道该说点什么。

前方的司机也完全没想到何院长折腾这么大一出，到了早上是把人追回来了，结果竟然冲动地要带雍宁去民政局结婚，他开口都结巴了，"院长……您一会儿马上要赶回画院啊，这么大的事，是不是等案子了结之后，和太太也说一声……"

"我说去就去。"

"是。"司机浑身一抖，赶紧发动车子，心里也乱了，一时又看向四周，留了个警醒，"院长，您独自离开画院，这节骨眼上，明里暗里都有人盯着您，实在太不安全了。"

雍宁脑子里那些岌岌可危的断点一下被连成线，何羡存以往就一直担心画院被人串供诬陷，如今案子查了这么久，文博馆百年庆肯定要延期，外边局势紧张，一直没有公开结果，到了关键时刻何羡存做出这种冲动的决定，根本不问她要走的原因，也不问家里发生过什么。

她难得找回了理智，突然明白过来了，"文博馆从上到下都有问题，已经不是一天两天的事了，他们和艾利克斯合作，对方借着外籍身份，隐藏在历城，肯定给自己安排好了后路……你是不是有危险？"

他看着她笑了，仿佛刚才这一路发作的怒气总算压了下去。他折腾一晚又是通宵，累归累，好在长久下来真的习惯了，于是连笑也还是温缓的，恍然又像是过去一样的眉眼。

何羡存尽量控制住自己，他安静下来的时候整个人显得很平和，每句话都不再是气话，他确实没有时间像以往一样和雍宁针锋相对，只是他这前后多年辛苦，不能再让她空等一场。

"是，我有可能回不来，如果在艾利克斯身上始终查不出有效的证据，找不到他们资金往来，无法证明文物外流，整件事对方都有机会翻盘，所以这一次我不想浪费时间了。"他很快让司机开车走，"没有什么权衡的大道理，如果我真的被带走，罪名落下来，肯定不止四年，再来一次我不知道你还会不会等了，所以就是今天，我们去结婚。"

车很快向前开，雍宁心都悬起来，半句话都说不出来。

何羡存伸手握住了她的手腕，似乎是让她明白，他想得很清楚。

他的手隔着手套，雍宁下意识握紧了手心。他知道她所有顾虑，也知道她看见过一切，但他想让雍宁明白，这么长时间，想通的人不止她一个。

何羡存不再追问关于未来的答案，声音放轻了，只说给她听："宁宁，你说的都对，我离开那么久，如果这些年你真和方屹在一起了，可能今天早就过上普通人的生活了，你也不用再吃这么多苦，不用被我扯到这些案子里提心吊胆，但是对我而言，我需要你，当年是我强求把你留在身边，可出了事，我又希望你能不知道，非要让你能离我远一点……你做不到，其实我也做不到。"

雍宁听着听着不知道为什么又要哭了，她咬着牙恨自己没出息，明明还有无数句话可以阻止何羡存此刻冲动的行为，但他这样说着，她就什么都忘了。

"你不在我身边那段时间，我连觉都睡不着，一闭上眼睛，反反复复就能看见当天车祸……我确实受了刺激，不敢睡觉，因为我在梦里总是以为怀里满身血的人是你……"他有点说不下去了，尽可能地放松了口气，"画室里那些东西也是，其实在你回来之后，我那种情况就已经算好很多了。"

所以他今天一意孤行，就在这样最危险的非常时期。

雍宁眼泪再也擦不干，她都不知道自己这样邋遢的样子到底怎么去登记结婚，这时候竟然还能堵住他的话，非要顶一句："你也不问问我，到底答不答应？"

他侧靠在了车窗边，刚好能转过身对着她，好像这问题不值得思虑一样，"我不仅仅是爱你，我很需要你。从很久之前，从你当年在画院学画开始。你还小，刚成年，那时候无论如何我不能开口，好像到后来也没和你说过，我想尽办法逼着你一个人独自生活，我以为这样才是对你负责，是我错了。"

她摇头，试图阻止他，"别说了……"

"无论未来再发生任何事，平安也好，危险也罢，你可能真的会被我连累，还要等我很多年，可我的一切都和你有关，你躲也躲不掉。你看……不管跑到哪里我都能找到你，你根本无处可去。"何羡存在静波湖边坐了一夜，看着湖水想通了一件事，重来一次，他还是要留下她，还是要救她，也还是要走到这一步，"所以宁宁，你要嫁给我。"

雍宁没想到有朝一日何羡存会说这些话，他这样的人，连求婚都要说到这个地步。

她怎么可能不答应，所有的情绪被说穿了，近乎崩溃似的大哭。

他把她揽到怀里，知道她心思敏感，在家里压抑了太久，要给她一个出口，于是一直没劝，到最后看她哭得伤心，又担心她的眼睛，于是手就覆在她眼睛上，还有心思笑话她："何家还是要面子的，别哭了，一会儿外边人看见你这样，以为我是从哪儿把人拐来的。"

雍宁又哭又笑，更不知道怎么办才好。

她今天毫无准备，完全素着一张脸，让何羡存难得丢人一次。她琢磨着想着，总算心里平静下来，牢牢抱紧了他，再也不想放手。

已经是周五的早晨了，又到了历城周末大堵车的时间。好在他们去得早，抢在早高峰之前找到了分区办事处，一大早工作人员刚刚准备上班，又进去等了一会儿。

何羡存因为出过车祸，心理问题时好时坏，他从此不再亲自开车，又对习惯乘坐的车型有依赖，于是身边一直都是那辆坐习惯了的黑色慕尚，下人根本不敢轻易给他换车，但今天这辆车突然开到普通的街区里有些显眼，司机为了避免张扬，把车停在了街对角的位置，距离不远不近，也省得大白天让人盯上。

雍宁和他一起坐在大厅里等，为了不引人注意，一切都走最最寻常的流程手续。

周围无数新人定好日子来领证，另一个角落里还有关系不睦来闹离婚的夫妻，至悲至喜两重天，都是人间种种。

她简单去了一趟洗手间，对着镜子把脸收拾一下，她知道自己永远算不上漂亮，何况如今这种时候。她出来的时候总算擦干净了脸，眼睛看起来好多了，也不再哭，心里突如其来十分平静。

每个人的少女时代都做过梦，她曾经年轻的时候也犯过傻，何羡存是她年少时的欢喜，她对着他幻想过无数，什么丢脸的念头都有，偏偏没想过自己有一天和他这样突然跑来结婚。他们真的完全没有打算，也没做过任何计划，只是因为何羡存突如其来拉着她要来登记，她就真的答应了，彼此都是日常衣服，就连半点隆重的仪式感都没有。

雍宁始终无法预知自己的一切，没有想到今天竟然会遇到这样的意外。

雍宁一直盯着窗外，今天历城依旧多云，日光不盛，是难得的好日子，她心里装着这几天的事，原本只是随便看看，等到回过神来的时候，忽然发现面前这条街道有些眼熟。

这是一条靠近老城区的长街，因为有民政局分区的办事处，所以工作日人也不少，只是她此前肯定没有来过，连远处的住宅小区都陌生。

她猛地转过身，环顾四周仔细看大厅里的一切，又看向大门的方向。

她竟然见过这扇门，铁灰色的包边玻璃大门，内外都可以开阖，其中半扇的玻璃曾经更换过，要比另一边显得更加透亮干净。

何羡存不知道她在看什么，准备叫她进去办手续了，问她："怎么了？"

雍宁没有再多看，她越来越觉得不太舒服，昨天那一夜实在过得艰难，她头晕得渐渐开始反胃，实在没有分心的时间。

工作人员催促他们尽快进去，何羡存和雍宁成了这一早上领证最痛快的一对儿，所有表格和手续他们都没疑问，办得最快，照片也是直接拍了就用。今年局里为了提升满意度，开始给新人附加了各种新服务，视频录像还有制作光盘等一系列喜庆的项目，他们都不需要，很快拿到了结婚证就打算离开。

何羡存时间有限，他必须尽快赶回画院，所以雍宁也不想耽误，跟着他很快往门口走。他回身打量雍宁，总觉得她心神不宁似乎一直在想什么，于是开口和她说："先回家里去，别再胡思乱想了。我吩咐过禄叔，东边不会再有人过来为难你，一切都等我回去再说。"

他们已经是合法夫妻，哪怕走到最坏一步，谁也没资格再拿过去的事来刺激雍宁。

她知道他的意思，点头笑了笑，又看着他说："好，你别想这么潦草就结婚，我不能便宜你。"

何羡存总算放了心，快步向外走。雍宁让他等等，突然想起什么事，又去找保安人员问话。

她想知道这个地方还有没有其他的通道出去。

何羡存算着时间，没注意雍宁回去咨询了什么问题，他看了一眼表，实在来不及了，于是趁这空档打电话让司机准备好，他们马上就要离开。

大厅后方是一片封闭的办公区域，进出严格刷卡，外人不可能进去，前边的公共区域里确实只有那一个出入口。

何羡存催她，车就在马路对面，司机已经发动，等待他们出去。

雍宁再也没有其他办法，干脆咬了牙，追过去紧紧跟着他。

她看着何羡存伸出手推开了那扇门，玻璃确实是新换过的，透光度极好，今天不算是个阴天，偶然云过，太阳的光完全露出来，反射而来的亮度晃到了她的眼睛。

一模一样……就是这一刻的画面。

雍宁倒抽了一口气，她确实看见过这扇门，也见过这个路口。她心里那根藏着的刺狠狠扎破了血肉，但这一步已经迈了出去，她半点办法都没有。

来不及了。

微风扑面而来，门外的空气里夹着槐树的清香。何羡存一步不停，很快走到路边要过马路。雍宁回头看向道路左侧，路边的车位一向紧张，于是很多车为了抢个位置，早就停得超出原有划线的位置。

她找到了……死死盯着不远处的工程车，橙黄颜色，一直没有熄火。它原本没有地方停，硬是挤在了路边的位置。

雍宁迅速看了一眼目前的指示灯，还是红灯，来来往往的通行而过的车辆根本没有停下的意思，他们如果要过马路只能等一会儿，于是她往相反的方向指了指，挽住何羡存的胳膊，让他跟自己过去，"这边是绿灯，绕一下过去吧。"

他被她拉着走了两步，回过神来，突然觉得不对劲，喊她："宁宁？"

她没时间解释，想劝他先跟自己走，结果一转身，刚好看见那辆工程车就在何羡存背对的方向。车辆突然发动，毫无预兆，距离他们不过十几米的距离，猛地就冲着他们撞了过来。

雍宁眼前的一切和她预知到的画面完全重叠，她亲眼看到这一切发生的时候，那种噩梦成真的惶恐和绝望要把她淹没。她这一夜下来头晕到反胃，此刻危险突发，她满眼只剩下飞驰而来的车和面前的何羡存，所有的画面都成了骤然而来的长镜头，根本没有人能喊停。

她看见过今天的意外。

何羡存眼看她睁大了双眼，张开嘴似乎是要喊什么，却完全没有声音。他愣了一下，扣住她的手腕让她回答自己，下一刻才听见身后车声不对，等他反应过来的时候，一切都晚了。

雍宁确认了他身后那辆车的角度，已经没有时间犹豫。

她刚才暗暗回忆这个画面，在心里尝试过各种可能，她为了拉开安全距离，能够给彼此反应的时间，已经拉着他走过人行道的出口了，现在一侧全是护栏，何羡存如果往内侧避开，一定会被卡在护栏和车之间，这样的时刻和角度，另一端的行车道却没有连续飞驰而过的车，她可以找到一个空隙，把何羡存推开，他能够暂时安全……

人世艰难，如果只有一条生路，她只想他能活下去。

雍宁不知道从哪里来的力气，疯了似的扑过去，猛地将何羡存从自己身前推开了。

天旋地转的时刻，她什么都看不见，耳畔只能听见他失控的喊声。

这样也好，从此以后，他再也不用为难了。

第十六章
日短情长

流年不利,最近历城实在出了不少大新闻,而且大半不是什么好事。

春天气温不冷不热,最适合外出看展览,可国家文博馆惊爆《万世河山图》真伪存疑,连累曾经经手文物修复的何家画院,一起涉案接受调查,这一下制造出了大新闻,原定于七月开展的百年庆再次延期,不知道要推迟到什么时候,就连春季本来定好的各类展览也全部取消了。

明面上风声鹤唳的日子,背地里的手段更见不得人。

所有的变故似乎都有前因,而关于未来的果,早就已经凝成了网,密密麻麻地缠在手心,雍宁的选择,反而成了唯一的死结。

真到生生死死那一刻,她心甘情愿。爱这东西,真是人世间最荒唐的力量,都是一样活生生的凡人,却因为爱,凭空都有了舍生忘死的能耐。

雍宁从来不是什么幸运的人,这一生她有遗憾,遗憾这辈子相守的时光太短,遗憾他们始终没能平安迟暮。她遗憾的事情太多了,却没能想到,何羡存说过强求就要强求到底,从始至终,他没有放手。

最危险的时候,前后不过千分之一秒的时间,那辆所谓的停下来的工程车不过是掩人耳目，被人安排而来。对方发现何羡存突然外出，蓄谋已久，因而不惜一切代价要他再出一场意外，一旦何家画院没人出头，整件事都好封口了。

车头笔直而来，雍宁把何羡存推开，他猝不及防，根本没有准备，胳膊上的旧伤疼到发抖，可他绷着力气抓紧她的手腕，从始至终没有松开。

他被推出去的时候还拖着雍宁，那势头极大，把她同样拉得踉跄。

她眼前骤然发黑，听见近在咫尺的工程车撞在护栏上的声音，感觉耳鸣，头晕到呕吐出来，她极度紧张的神经终于在那一刻彻底绷断。

车辆仓皇而来，雍宁只差一步就要被直接撞开，却因为何羡存的动作让她跟着他摔了出去，于是避开了角度，车门一侧把她刮倒，然后工程车撞到一侧的护栏上，失控冲上了人行道。

雍宁受到冲击，当场失去意识，所幸她因为何羡存本能的动作没被撞到要害，捡回了一条命。

雍宁当天晚上就在医院醒过来了。

想想实在可笑，这一年下来，她受了太多伤，以至于她再次发现自己躺在医院里的时候，记忆都有些错乱，分不清如今到底是什么日子。

她安慰自己这也算命大，劫后余生，她总该有点福气才对。她的脑子好不容易转过弯来，只看见了一屋子的医生护士，过来围着她检查完毕，却始终没见到何羡存。

这下雍宁害怕了，恐惧突如其来，她心里涌起了无数可怕的念头，撑着就要坐起来，半边身体动不了，还在没头没脑地追问医生，何羡存怎么样了。

她的主治是位四十多岁的女医生，姓田，是历城有名的骨外科医生，看起来过去就和何羡存认识，对她惊慌失措的焦急并不意外。

田医生说话的声音格外温柔，她知道雍宁是出意外送来的，估计吓着了，于是安慰她说："你放心，何院长自己没受伤，早上他把你送过来，一直等你检查，但因为报过警，上边也来了人，他必须先配合警察离开了。"

最近市里消息闹得沸沸扬扬，医院里的人显然也有耳闻，话都留了三分。

"你的朋友过来陪你了，刚才她说你妈妈回来了，她下楼去接，你稍等一会儿。"

雍宁点头，她就那么一个朋友，祈秋秋知道自己又出事，一定闹着要来，但她没想到雍绮丽也得到消息了，心里不由得有些意外。

雍绮丽凡事计较，一直嫌她这个女儿不争气，今天她这么着急，一定因为有人告诉她雍宁和何羡存结婚的消息了，所以她才有兴趣，不惜赶飞机跑回来。

雍宁懒得细想，雍绮丽那副样子，她从小看到大，实在连讽刺的心情都没有，只是这么多事接连发生，她差点被撞死，这个时候雍绮丽来了，她们大概说不上两句话又要大吵大闹，想想都头疼。

田医生和她叮嘱了几句话，雍宁左腿被刮倒之后摔得比较严重，有错位的情况，拍了片子确认有轻微组织损伤，于是护士给她上了固定绷带，但不算太严重，只是需要半个月的时间休养，再注意复查。

雍宁一一答应，心里总算稍微踏实了一点，她试着动了动胳膊，其他身体上的淤血和擦伤已经都被处理过了。

田医生低头看了她一眼，又笑了："我听警察说，车上那个人好像有精神问题，不知道是报复社会还是怎么回事……撞得车都毁了，幸亏你躲过去了。哦还有，幸亏也没有骨折的情况，腓骨这个位置骨折严重了还要手术，你现在妊娠期，后续的恢复太难受了。"

雍宁以为自己听错了，猛地抬头问："妊娠期？"

对方似乎没想到她竟然是这个反应，也不知道怎么接这句话，于是给她找出来检查结果，"八周了，你自己不知道？"

"我……"她愣了半天说不出话，忽然后怕地盯着自己身上的伤，她从来没经历过这样的事，突如其来得知自己怀孕，傻在当场，完全不知道此刻应该说点什么。她震惊到不知是喜是悲，就记得问医生："孩子没事吧？我之前身体不好，生理期一直不准……"

雍宁从上次出院之后，眼睛出过问题，偶尔的头晕和不舒服都成了常态，她确实没往这方面想过。

医生被她逗笑了，一页一页翻出彩超，让她自己好好看，"你和孩子都平安，这次是真的万幸，你怀着孕出车祸，是不是想把何羡存吓死啊！我可从来没见过何大院长那么紧张，他把你抱来的时候整个人都慌了，差点把我们医院都掀了。"

这下好像一屋子的人都明白了。

门口的护士都在笑，随口跟着补了一句："我说呢，你们之前还不知道有孩子了……何先生看着多高冷一个人啊，今天真急了，我们田大夫本来都休假了，机票刚订好，是被他一个电话拽回来的。"

难怪连雍绮丽也来了。

田医生显然是一位可以信任的人，何羡存离开之前特意安排她过来，她虽然常年在医院里，但说话待人都不强势，尤其适合照顾雍宁。

对方特意等着护士出去了，独自留下来，又和雍宁说："现在案件的调查情况确实对何家很不利，我大致知道一点，他暂时不能回来，但他留下话，请你不要着急，无论如何，别再任性了。"

雍宁渐渐冷静下来，她觉得自己脸上似乎也蹭伤了，下颌的地方消过毒，有点火辣辣的疼，连带着脸都是肿的。她这一天可真是过得终生难忘，大早上狼狈地跑去结婚，差点被车撞死，又突然得知自己做了母亲。她半点考虑的余地都没有，每件事都超乎预计，她确实也没心力再挣扎了。

她老老实实地靠在病床上，盯着输液管里的药水一滴一滴地落下来，安静了一会儿才又开口说话，嗓子都是干涩的，"我知道，他都为我想好了，现在这样的形势，他身边可信任的人都和他在外边，所以他要找人确保医院安全，特意麻烦您过来，还非要这么着急把我妈也叫回来。"

雍绮丽一回到历城，雍宁擅自作妖的日子就彻底到头了，她就算再想横生枝节，跑都没地方跑。

雍宁只剩下苦笑，她连腿都动不了，就算想做什么也有心无力，只是她心里悬着一件事，"我担心他，他说过文博馆那些人想尽办法要把画院拖下水，这一次……"

田医生摇了摇头，示意她不要再想，她走到了床边，轻声和她说，"无论发生什么事，他一定会回来。"

这口气带着经年而来的慨叹。

雍宁抬眼看着她，想问什么终究没有问。

对方却很明白，温柔地笑了，双手插在兜里，看着她和她坦白，"当年何院长在冬天出事，我是第一批参与会诊的医生。"她示意雍宁注意保暖，把被子给她盖好，"那段时间我看着他都难受，特别好奇，一直想见见他喜欢的那个小姑娘到底什么样子。你估计都不知道，他为了护着你，那么绝望的日子都熬过来了，宁愿受郑明薇的胁迫。"

而后经年，当年的那些知情人得知何羡存早已离开历城，人人都以为，不管这座城里还有多少千金不换的唏嘘往事，随着何羡存的远走，都该落幕了。

可他放不下。

田医生说着说着怕勾起雍宁的伤心，于是又换了口气，故意轻松地逗她："好了，反正你都等那么久了，也不差这一次。"

雍宁知道她是好意，于是闭上眼睛，逼自己休息，她如今不是一个人了，确实不能再冲动。

病房外有人送东西进来，温温热热一碗面，是特意订了赶着送过来的。

护士细心，帮着打开给雍宁端到面前。她一闻那味道就知道是城南三十三号的排骨面，何羡存不在的时候，想尽办法能让她安心。她为了不辜负他的心思，又强撑着要忍下眼泪，为了孩子，硬逼自己多少要先吃一点东西。

田医生陪她坐了一会儿才离开，雍宁看着脆弱，却真是揣了要强的性子，她终于明白了何羡存的执着。

肉体上的伤痛再多，起码还有医生治疗的希望，心理上的波折就不同了，无论如何表达，永远只能靠患者自己开悟。

这两个人啊，都是一样痴狂的毛病，难怪世事磋磨。

医生护士们离开没多久，走廊里又有了动静，雍宁好不容易吃完了面，却终究没福气好好休息。

雍宁隔着病房门都能听见外边的声音，两个不速之客都是大嗓门，一路说着话找过来。

祈秋秋先探了个脑袋推门进来，看见雍宁醒了，瞧着脸色还好，于是她长出了一口气，向雍宁挤眉弄眼，示意她做好心理准备。

雍宁实在没力气跟她开玩笑了，把碗推开，无奈地说："我知道她来了。"

话音未落，祈秋秋已经被身后的人直接拉开，只能尴尬地向病房里嚷了一句："雍阿姨，你们先聊。"

祈秋秋连进门通风报信的机会都没能抢到，直接被雍绮丽关在了走廊里。

雍宁心里别扭，不想直接面对母亲，可她眼下实在没有翻身的力气，腿还被固定着，于是只能转过脸，根本不想说话。

她开始倒计时，等着雍绮丽来盘问自己到底是怎么回事。对方既然被叫回来，肯定已经知道了前因后果，一定不满意她的行为。在雍绮丽眼里，女儿怎么能不清不楚就和何羡存结婚？何况她还怀孕了……按照过去的阵仗，雍宁甚至做好准备，等着她这位母亲开始大闹医院。

没想到病房里一直很安静，雍绮丽一如既往穿着高跟靴子，走路的声音格外清楚。

雍宁听见她走到床边坐下，等了许久，对方一句话都没说。

母女两个都较劲了，谁都不肯先开口。

雍宁斗不过，一时撑不住，扭脸去看，这才发现雍绮丽满脸是泪，正盯着她满身的伤打量，这么半天了，明明她好几次都开了口，却什么话也没说出来。

　　这场面让雍宁心里又酸又疼，像是拧着一股劲，时间久了，累得连自己都受不住，满腔的怨怼都没了意义。她二十多年堵这一口气，对于母亲，谈不上恨，毕竟为人子女，她没资格怪罪父母，可她存着的怨气却没那么容易消解，所以她们永远无法坦然相处。

　　她责怪雍绮丽，以往用尽一切躲着她，巴不得这辈子都和她断了关系，但此时此刻，来自于自己母亲的目光，却让她有些承受不住。

　　她这才发现，自己是第一次看见雍绮丽流泪的样子。

　　她印象中的这个女人，美貌一如往昔，雍绮丽有着过分世故的资本，在任何落魄境地都能花枝招展，绝不认输。她在街头巷尾被生活逼成了精，圆滑又通透，好像这种女人天生都没有眼泪。哪怕她早年被丈夫抛弃，女儿被诊断为精神疾病，她被迫寻找新欢当靠山，数不清的人在背后对着她指指点点的时候，雍宁都没见她哭过。

　　但是此时此刻，雍绮丽的目光空荡荡的，什么深意都没有，她只是单纯地为了雍宁而难过。

　　病床上的人再也忍不住，雍宁终究不是石头做的心肠，她开口安慰自己的母亲，和她说："我没事，养半个月就好了。"

　　天黑了，病房里开了灯，暗黄色的光在墙壁上拖出了两道人影，很快该是晚饭的时间了，原本只是平淡的一天，可惜她们谁都没能过好。

　　雍绮丽就在一片明暗的交界处坐着，终于显出了一点老态。她今天是临时赶回历城的，身上穿的还是一件外出度假的长裙，淡橘颜色，如今只能勉勉强强地架在身上。她听见女儿说话，总算回了神，起身去找纸巾，试图遮掩眼角花了的痕迹。

　　她低头，过了好久才开口说："我不让你招惹他，你非要和他在一起，早晚都要走到这一步。"

　　雍宁没有再争辩，她安安静静地躺在那里，侧脸看她，好像她们到了今天，实在是吵够了，都没力气再互相指责。

她一点一点端详母亲的模样，又去看她身后的那道影子。这么多年了，她们是最亲近的人，却从来没有机会坐下来，认真地看一看彼此。

这气氛快要让彼此都陷入伤感里，雍宁只好清了清嗓子，让自己声音听起来平和一些，和她说："你这么着急赶回来，宋叔叔肯定急坏了。我这边还有朋友在，医院也安全，不会再出事了。"

雍绮丽摇头，难得放轻了语气，她在病房里对着憔悴的女儿，实在没了强撑的力气，可是说起话来，却还是板着口气，"我必须回来，不是为了你，是为了你的孩子出生能见到父亲。"

"你……"雍宁撑着想要坐起来，突然有些明白了。

雍绮丽擦干净脸上的泪痕，很快又是一副精明样子，如果说到走弯路的经验，她这做母亲的，到底比雍宁多走了几十年。

她早早认清了自己命不好，凡事都要计较出个结果，因而事事都留心。

雍绮丽让雍宁躺好，把刚才留下的碗筷都收拾到一旁，她看见雍宁的长发散了，又都拢到了她耳后。雍宁显然不太适应她这样的动作，一脸抗拒，她有点生气，过去揉揉她的脸，手劲不轻。

雍宁脸上伤了，冷不丁被她弄得有点疼，又像回到了旧日，她打开她的手，又憋着气，要和她争执起来。

雍绮丽笑了，她借光打量病床上的人，眼看雍宁脸上终于有了点血色，总算心下稍安。

她低下身，靠近了她耳边说："我有艾利克斯在境外交易古画的证据。当年我和他离婚的时候，早就知道他狼心狗肺不是个东西，一定会提前转移财产，所以我早早做了准备，没想到误打误撞查到他一笔巨额资金的往来，而且还有他偷偷藏匿古画的照片，我留着是怕他当年对我不利，手里必须有个把柄，估计这些记录他后来早就处理干净了，唯一的证据就在我手里。"

雍宁恍然明白了，雍绮丽得知消息之后，明知道她此刻没有生命危险，却还是十万火急赶回来了，一天也不能等，原来是为了作证。这一下她所有的话都卡在了嘴边，百感交集，什么都明白，却又什么都不愿再说。

她伸出手，向着自己的母亲，只有一个拥抱的姿势。

雍绮丽踩着她的高跟靴子退后一步，就是不肯过来抱抱她。她眼角眉梢的眼泪都擦干净了，半点哭过的痕迹也没有，不过片刻之间，又是一脸算计的模样，风姿不减当年，"我怎么就生出你这么个傻丫头，为了救何家那尊神，命都不要了……"她说着说着到底还是松了口气，"你可给我记住了，我这辈子绝不会平白无故给自己找麻烦，尤其是何家那些破事，还不都是为了你！"

雍宁执拗地想要靠过去，腿动不了，她就挪着身体想要向着她爬过去。

雍绮丽看不下去，扶住了雍宁的肩膀，让她老老实实坐好，又把薄被给她拉上。她拿过柜子上的病例，翻了两页，叹了口气，"一转眼这么多年，你都要当母亲了。"

雍宁心里后怕，她不敢细想，一想起自己竟然是带着孩子经历了今天的一切，她连呼吸都开始发颤。

雍绮丽实在不是个贤惠的母亲，何况本来也没打算在这里一直陪着她，她确认了雍宁没事，说了两句话就准备出去了。

临走的时候，她突然又回头看向病床上的人。

有些话，雍绮丽原本以为自己这辈子都不会说，因为都是些矫情的念想，多说无益，不会改变她们母女经历的一切，也不能换来更好的生活。

但今时今日，她还是破了例，"别再做傻事，你给我坚强一点，保住你的孩子。"

雍宁一愣，似乎没想到她母亲会突然说出这么一句，她下意识地喊了她一声。

雍绮丽很快转过脸，背对病床，她不想再让人看见她的表情，只是声音却坚定地传了过来，"我后悔过很多事，后悔嫁给你爸，后悔找了那么多不靠谱的男人想要托付终身，就这么悔着悔着，一晃三几十年过去了……我确实不是个好母亲，你怪我是应该的，但这辈子对我而言，只有一件事，我从来不后悔。雍宁，我从不后悔生下你。"

雍绮丽说完就离开了医院。

之后的两个星期，坊间的流言越来越多。

关于那幅《万世河山图》背后的阴谋，被传出了无数版本，但据说案子审到最后，突然有关键证人出现，这一下牵连到了境外的非法交易。新闻上对于细节只字不提，但文博馆和画院全部关闭封锁，集体进行春季修整。

雍宁这边平静多了，她好像对于受伤已经伤出了经验，这次腿伤错位的情况恢复得很好，比预想得还要快。田医生同意她提前拆掉了固定绑带，看她不觉得疼了，就决定尽快让她进行恢复性的行走训练。

她正处在怀孕前三个月的关键时期，身体底子不太好，又长期在床上不能动，缺乏活动，躺着症状更明显，总是头晕。祁秋秋不懂怎么照顾一个孕妇，每天提心吊胆，学网上的办法给她炖燕窝，一直陪着她耗在医院里。

雍宁尽量不去关注外界的新闻，她让自己安心在医院休养，尽可能照顾好自己。时间一长，她怕耽误祁秋秋的工作，几次让她不用再来，但对方还是定时定点出现，到最后雍宁看出来不对劲，这祖宗偶尔恍惚地拿着手机等消息，等来等去又莫名地把手机关机，像是在逃避些什么。

祁秋秋这么心大的人都犯了难，原因只有一个人。但从始至终，无论她怎么问，祁秋秋只说方屹最近太忙，他们没怎么再见面。

很快雍宁能够慢慢走路了，田医生不建议她贸然出院，毕竟医院是公共场合，无论外边出什么事，不会有人公然到这里找麻烦，如果她能一直留在医院休养，是最安全的方案。

但雍宁却很坚持，她说她要回家，大家也不好再劝阻了。

祁秋秋帮她去办好了出院的手续，直到叫好出租车，两个人都离开医院了，她才明白雍宁说的回家，是要回何家主宅去。

祁秋秋知道，过去那段时间，雍宁一直在何家处境微妙。尤其那位老太太不好惹，如今庄锦茹儿子多日未归，正是难过的时候，雍宁突然又跑回去，想想也知道对方不会有什么好脸色，"你就不怕庄锦茹把你轰出来？"

他们自己背着所有人结了婚，雍宁还有了孩子，对于庄锦茹而言可都是先斩后奏，人家母亲的态度一早挑明，不接受就是不接受，别管对方如今态度是软是硬，反正何家那位老太太想要来治一个雍宁，实在绰绰有余。

雍宁让她放心，她不再强求。

出租车把她们送到了主宅之外，雍宁下车，让祁秋秋在车里等一会儿，请司机也不要打表，她一会儿出来，还要再走，"我就进去看看她，晚上还是回宁居。"

她说着自己走了进去，天气已经热了，正午的时候，日头太晒，整个花园里下人很少，看上去草坪和花木分毫不乱，依旧是日日有人按部就班地来侍弄。

雍宁心里稍稍平静下来，慢慢走到了门口，看见禄叔正在带人晒宣纸，她过去打了一声招呼。

禄叔看见是雍宁回来了，表情没有丝毫惊讶，好像她只是出了一趟门而已。

他露出些笑容，和她说："太太刚吃了饭，在厅里看书呢。"

他似乎也知道她会来看庄锦茹，很快让开了门，请她进去。

庄锦茹确实是在看书，只是人老了，终究眼神不济，她拿了个眼镜比对着，但目光却定定落在一处，半天都没挪动，不知道在想什么。

雍宁开口想要喊一声，可如今她不知道该叫什么称呼了，突然也卡住了。倒是庄锦茹的思绪被她的闯入彻底打断，于是抬眼打量她。庄锦茹看见雍宁那条伤腿藏在裙子里，又转过头，仿佛面前根本就没她这个人。

庄锦茹肯定已经知道发生过什么了，但态度不会变，所以直到雍宁站了很久，她才重新抬头说一句："你不用再来了，他非要娶你是你们的事，与我无关。"

雍宁慢慢地走向一侧，把大厅的窗帘拉上一半，这下四下的光线柔和了不少，庄锦茹那页书上的字也显得清晰了。

雍宁回头和她说："我知道您不会原谅我，如果是以前，我可能想不通，我不会再来，但现在……我也要做母亲了，我明白这种心情。"

庄锦茹像被什么刺到了一样，突然放下了书。她今天没想见外人，只穿了宽松些的家居套装，就这样一个人住着，她的头发也优雅地挽在脑后，丝毫不乱。

她盯着雍宁，目光复杂，声音却提高了，"你明白什么？不用拿你怀孕的事来提醒我，雍绮丽可真是算出了一场好戏，事事都和她有关，如今她倒肯出面帮忙了，指望我能接受你回来？做梦！"

"您和我妈过去就有恩怨，我知道，她嘴上不肯承认，但我心里明白，她回来作证，平白无故让自己卷到这场何家人的是非里，完全是为了我，为了救我爱的人，所以她再不情愿也要回来。"

庄锦茹完全不想再听，起身就走。

雍宁没有追过去，她确实只是过来看看她，知道家里一切都好，也就放了心。她不打算再刺激庄锦茹，如今这样的光景，何羡存一天不回来，不光是她自己，他的母亲同样煎熬。

他们是古怪疏远的母子，以前雍宁真的无法感同身受，直到雍绮丽回来那天，她在医院听见母亲和自己说的话，终究明白了，这人世间，唯有父母之恩无所求。

雍宁爱何羡存，所以必定求一个厮守，但他的母亲却什么都不要。庄锦茹严苛地对待他，把他推开，希望他做对的事，不去打扰他的人生，哪怕她自己日渐老去，固执地抱着希冀，孤独地躲在这里养病，她也一直倔强而孤傲地不肯松口。

雍宁看着庄锦茹这样的态度，反而放了心，何家人的傲骨血脉传承，都是一模一样的脾气。哪有不爱孩子的父母，她们只是选择了不同的表达方式。

她不该怪罪她们，雍绮丽是，庄锦茹也一样，她们也曾经年轻过，有过第一次做父母的惶恐和艰难，如她此刻一样。

"您不接受我，我不会住进来，但如今您一个人在家，千万保重身体。"

雍宁很快走出去，禄叔还在门口，似笑非笑地等着她。

他看见雍宁这么快又出来了，也没多问，只是遥遥补上一句："太太这边有我在，放心吧。"

雍宁点头，终归看着老管家笑了，"谢谢您。"

盛夏时节，石塘子那条胡同里的颜料店重新营业。

街坊四邻都觉得稀奇，却没人敢过来串门，谁也不知道这个"宁居"到底有什么古怪，没人的时候不过是一座幽幽暗暗老式院落，却总能牵连出无数市井传言。

人人都说那位奇怪的女主人前段时间出了事，不知道是死是活，可是没想到小半年过去，那个女人活得好好的，突然又不声不响地回来了，一切仿佛什么都没有发生过。

后来大家才看出来，店主怀孕了，像是回来休养的。

雍宁怀孕的月份渐渐大了，可她瘦，又永远喜欢穿宽松且长的裙子，日常也不太显怀。"宁居"只是家藏在胡同里的颜料店，关门的日子久了，没人知道它重开，以至于这段时间没什么熟客上门，顶多偶尔有朋友过来看看。她一周固定有两个上午的时间外出，关店休息，其余的时间，没有再离开过石塘子胡同。

日子平静如水，滚滚红尘里的生活实在琐碎，对于国家文博馆这次爆出的内幕丑闻，随着时间的推移，渐渐也都平息下去了，至于到底那幅青绿山水图是真是假，是谁渎职盗窃文物，又是谁走私出境……舆论热度一旦降下去，也不太有人关注了。

别说一幅画，就算是谁生谁死，对于旁人而言不过是一听而过的故事，远不及这个夏天引人注目。

历城一连几天无风无云，天热得人心浮气躁，胡同里的孩子整日玩闹，日头晒得家家户户院子里都搭了凉棚。这一整片老城区到了夏天，寒冷节气里的清灰颜色都重了，凭空多出一点饱和度极高的绿，顺着树梢能蹿上天。

雍宁无声无息地让自己融进了这幅画里，她把"宁居"的花木都养得格外好，紫藤繁盛，后院的猫成群结伴，白日里一只不见。

一切如旧，只是没人见过她孩子的父亲。

雍宁每周固定回两次何家主宅，只是去看望庄锦茹。

一开始对方根本不理她，连房间都不出，后来好像都懒得和她置气了，随便她说什么。庄锦茹只看自己的书，种她的花，和和气气地也不开口，单纯拿雍宁当空气。

雍宁还是坚持去，如果是以往，她绝不会再踏入主宅一步，如今却不同，好像她从医院出来之后就转了性。

今天祈秋秋倒休，特意陪她过去一趟，再和她一起回"宁居"。

临近中午，雍宁顺路还要去买菜做饭，祈秋秋每次陪着她都悬着一颗心，眼看雍宁大着肚子，却像个没事人一样，每天该吃吃该喝喝，实在不像个老实的孕妇。

老城区这里的菜市场人多拥挤，祈秋秋不放心让雍宁过去，非要把人先送回"宁居"，她去代劳。

雍宁总觉得祈秋秋紧张过了头，其实她自己基本上不觉得平时有多难受了，所有的孕期反应好像都在前三个月熬完了，如今只是容易累。她不明白祈秋秋总是一脸惶恐地扶着自己到底为了什么，于是问她："你干吗紧张兮兮的？我刚做完产检，情况挺好的。"

祈秋秋一低头眼看地面不平，不知道谁家装修扔下了一堆碎木条，她大呼小叫，让雍宁小心，托着她的胳膊，像扶着皇后娘娘一样，就差给她清路了。

雍宁推开她，"你是不是宫斗剧看多了？"

对方一脸无辜地说："我总感觉女人一怀孕特别可怕，电视上演的也不是你这样啊，人家吃口东西就容易吐，走出两步都嫌累……"

雍宁倒是不吐也不累，就是差点被她气出易怒的毛病，她太阳穴直跳，快步往前走，心里知道对方也是好意，最近祈秋秋想尽办法研究怎么照顾孕妇，都是为了能陪她。

可惜这位活祖宗好像一直没弄明白，她那性格，只要不给雍宁惹麻烦，就是最大的照顾了。

雍宁试图给她讲道理："孕妇也不是纸做的啊，我慢慢习惯了，没感觉需要特殊注意什么，最近就是坐久了感觉不舒服，老想动一动。"

祈秋秋敷衍着点头，又说雍宁怀的是个假孕，她那胳膊和腿看着都没什么变化，就是脸上胖了点，连精神头好像都比怀孕之前好了。

祈秋秋虽然嘴上越说越没谱，好歹最后还是有点良心的，她伸手拉住雍宁的胳膊，嘟囔着说："何院长早晚都要回来，我必须照顾好你。"后半句没攒住，又一股脑蹦出来，"万一有点什么不周到的，他还不砍了我啊……"

雍宁就这么一路被祈秋秋唠叨着，终于回到了"宁居"门口，没想到大门内侧站着个人，一蹦出来，把她们都吓了一跳。

雍宁认出来是杨甄来了，有些惊喜，又向祈秋秋介绍了一下。

她们离开了一上午，也不知道杨甄等了多久，正午这么晒，她正好在广亮门的内侧里躲阴凉，看着还是一头汗。

祈秋秋看见有相熟的客人过来，放心地帮雍宁出去买东西了。

雍宁带着杨甄一起去了前厅，对方是特意过来看她的。杨甄在那次露山火灾事故之后，又换了新的工作，她如今在高新园区里上班，距离市区不远，无论是待遇还是工作环境都比过去好不少。她已经可以稳定地在历城发展，最近和新的男朋友规划好了未来，一起为了房子而努力。

　　她曾经万念俱灰试图自杀，到如今完全开始新生活，前后不过半年多的光景，于当事人而言，像是解开了前半生的心魔。

　　当时杨甄误打误撞来了"宁居"，进来的时候已经踏在生死边缘，就算她那时候没死在这座院子里，靠她自己短时间内无法走出阴霾，而她今时今日所拥有的一切，都是因为雍宁救了她。

　　所以杨甄得知她怀孕之后，特意想过来探望她，聊起来的时候，她说了一句："我是从方先生那边知道你的近况的。"

　　方屹一直没有再来过"宁居"，王枫福利院的事告一段落之后，他根本没有联系过雍宁，彼此都明白，他们之间有祈秋秋在，不至于疏远。方屹从此保持着最合适的距离，没有让任何人为难。

　　此时此刻提起他，雍宁知道对方的苦心，心里有些怅然，多问了一句："他最近怎么样，还好吗？"

　　杨甄不了解他们过去的事情，以为大家都是朋友，于是说得简单，"方先生是个好人……哦对了，他好像提到过一阵要离开历城了，应该是他公司的事，我不懂，也没细问。"

　　雍宁有点惊讶，她想了想，最近祈秋秋什么都没提，只是往她这里跑得又殷勤了。她以为对方又和方屹闹什么不愉快了，祁秋秋每次生闷气的时候还能有点表示，心不在焉去砸手机都是常事了，但这两天是真的格外消停。

　　杨甄怕她怀孕辛苦，只坐了一会儿，两个人聊了聊最近的事，很快她就回去了。

　　没过多久，祈秋秋就顺利回来了，她别的干不了，跑腿倒是很勤快。雍宁现在不方便接触油烟，只好任由她去做饭。

　　按对方的话说，为了不毒害何大神的儿子，她可是特意认真去学过厨艺了，结果最后做出来的东西实在差强人意。

　　万幸孕妇的口味也难以琢磨，祈秋秋自己都嫌难吃的一盘粉丝蒸娃娃菜，雍宁却格外喜欢，不过是盘简单凑数的菜，她就着吃掉了足足一碗饭。

吃饱喝足的片刻，祈秋秋开始喝瑟她做饭的"丰功伟绩"，雍宁为了堵住她的嘴，转移了话题，突然问："你最近和方屹怎么样了？"

祈秋秋突然像被噎住了，脸上的笑容都僵了，她半天才回过神，一脸不在乎的样子说："还那样呗。"

"那样是哪样？"雍宁以前不适合多问，但事到如今，往事早已尘埃落定，她又开始担心祈秋秋，对方这臭脾气她太了解了，太过镇定不是好事。

果然，祈秋秋顾左右而言他，东拉西扯半天，碗筷都拿去洗完了，还没说出句正经话。

雍宁只好再次打断她："我听说方屹可能要出去工作一段时间……就你这粘人精，还不跟着他去啊？"

祈秋秋虽然内心戏很多，可她所谓关于情绪上的伪装，大概在她爱看的宫斗剧里活不过一集，她一听这话，表情都黯淡下来，明显是知道的。

雍宁本来想顺着聊聊，他要去什么地方，什么时候回来，祈秋秋打算怎么样，结果一看这样就明白了，方屹恐怕不是简单地出差，她也不敢再往下问。

祈秋秋低头开始擦桌子，开始拿她的抹布撒气，雍宁有点看不下去了，伸手去抢，结果祈秋秋突然拉住了她的手腕。

雍宁心里一惊，本能地避开了。她怀孕之后大段时间只有一个人在院子里，尤其吃饭的时候，所以根本没再戴手套。

祈秋秋却好像打定主意了似的，看着她说："雍宁，你帮帮我，我想好了，我想知道未来会发生什么。"

她说完就直直地伸过手。

雍宁就站在餐桌对面，本来刚想拿着杯子喝口水，这下又喝不下去了。

她怎么都没想到对方会冒出这个念头，毕竟雍宁所有的经历，无论好坏，祈秋秋都清楚。关于她这双手的能力，救过人也害了人，从小到大给她带来的麻烦数不胜数，而关于未来的预知能力，在两个人上学的时候就已经惹出了无数事端，静波湖那一次历历在目，就因为雍宁看见了意外，反而把两个人都害了。

"你疯了？"雍宁不肯回应她，祈秋秋这么乐天知命的人，以往完全不为所谓的意外而操心。

祈秋秋还是那么直直地站着，眼睛盯着雍宁，一点一点地红了。她好像也并不是想哭的样子，只是一种不肯放过自己的委屈，委屈到一定要做点什么，给她连日来的情绪找一个发泄的方式，不论结果，起码她可以认命了。

所以她说："雍宁，我不怕意外，我只想知道，我的未来里……到底有没有方屹。"

祈秋秋那一晚的请求，并不是冲动之下的胡闹，雍宁还是如她所愿。

只是结果出人意料。

天气热了，夜也来得迟。

老街区的胡同里各家各户的院子全都紧紧相依，一到饭点可就热闹了，窗外顺着风飘进来各式各样的食物香气，勾着院里那几只猫都回来了，对着窗棂开始叫。

她们吃完了饭，天都还没黑，但餐厅里的光线还是暗了。

雍宁去把灯按开，一时震惊，反反复复地看自己的手，明明没有丝毫异样，可她关于祈秋秋的预知，却只有模糊不清的一个影子。

在她们手心接触的那一瞬间，雍宁能感觉到自己的能力和过去完全不一样了。她生平第一次真正感觉到旁人手心的温度。那是一种微妙的，无法形容的感觉，却近乎单纯的触觉。她眼前一瞬间没有出现那些奇异的空间，她似乎无法看见未来的意外了，唯一能够见到的，只是一片海。

那种突如其来的无垠海面，一眼看过去，近乎幻觉。

出现在雍宁眼前的只有这样冗长的空镜，海岸线格外漫长，天海相接，目之所及只有深浅不一的蓝绿颜色，日光之下海水粼粼生光，持续卷起壮阔的波浪，大自然席卷而过的力量令人心生不安。

远处似乎还有数不清巨大的礁石……但没有祈秋秋，没有方屹，也没有其他任何人。

除此之外，只有零星模糊的闪回，她辨别不出更有意义的场景了，完全看不出前后因果，仅仅是一片苍茫大海，她甚至连这是不是所谓的未来都无法确定。

雍宁完全不知道原因，连祈秋秋都觉得诡异。

两个人泡了茶，雍宁虽然暂时不能喝，但却喜欢那味道，于是祈秋秋也不客气，捧着杯子坐在长廊之下。

过了八点钟，天总算黑透了，历城终日的燥热终于缓解，老院子里的风水布局最讲究，穿堂风一过，实在舒服。

雍宁开始慢慢地梳头发，抬眼看见一方月朗星稀的夜，于是微微闭上眼睛感受了一会儿，又重新睁开，和祈秋秋说：“不知道是不是和我的眼睛有关，受伤之后我看东西不太清楚了，四色视觉也减弱很多。”

她身边的人很快就不纠结于未来的事了，祈秋秋远比雍宁豁达，仔细想一想，觉得对于雍宁而言，如果她的手能慢慢恢复正常，实在是件好事。

祈秋秋不再为难彼此，有些事始终透着不可说的玄妙，人世万千，总有些无法解释的缘由。她点了点头，随口说了一句：“可能是吧，因为除了眼睛受伤，你最近也没有什么别的变化，总不能是让车一撞，把你这天赋技能点都给撞没了吧？”

她随口胡扯，说完却又一愣，盯着雍宁的肚子说：“不对，你还怀孕了！”可能真的是电视剧看多了，祈秋秋一下激动起来，总要把这事脑补出一个惊天设定。

雍宁实在没法判断，根本没人知道哪一个变故让她逐渐失去这个特殊能力。

她笑了，继续抚着长发慢慢地梳，只觉得浑身轻松起来。

她曾经怨恨过这双手，好不容易长大了，她试图用自己的方式去救人，但如果有一天真的要失去这个能力，她也并不惋惜。

四方院落，清茶明月。这里曾经有过太多回忆，她回到"宁居"继续等待，等的只是余生普普通通的生活，除此之外，别无所求。

晚上没了别的事，她们就坐在院子里喝茶聊天，一直坐到了很晚，雍宁把祁秋秋送走，关好四下门窗，准备睡觉。

她夜里有些睡不着，可能是祁秋秋的乌鸦嘴念叨多了，她的妊娠反应突然加重了，自己躺着一会儿冷一会儿热，大半夜的孩子开始胎动，她很快又醒了。

女人怀孕的日子其实真的不容易，她也有难受的时候，只是尽量不让自己去想。

就比如现在，她辗转地睡不着，空荡荡的房子里也只有她一个人。

何羡存一直没有回来，断绝了消息，就连雍绮丽也一直刻意地拒绝和女儿的联系，她作为关键证人，自然知道轻重。从雍宁怀孕之后，他们全都无一例外地选择把她隔绝在外，为了尽可能地保证她和孩子的安全，她除了等，什么都做不了。

好在这件事，雍宁实在太有经验了。

她越躺越觉得难受，于是就起来了，雍宁格外适应黑暗，屋子里不需要开灯，就自己过去打开了录音机。磁带还是冬天找出来的那一盘，何羡存曾经把它卷好了，如今再拿来听，也没那么卡顿了，于是渐渐声音散出来，一模一样的《老情歌》。

远远还有猫叫，她看见窗外的月影，又披上衣服走出去，在院子里慢慢地散步，缓解身体上的不适。

歌声轻缓，时光飞逝，已不知秋冬……如今迎着月下满眼深重的绿，雍宁刚刚好走到了那一架紫藤之下，肚子里的宝宝不再乱动，她喘了一口气。

雍宁披着一件长长的外衣，头发松散地编了辫子，原本想着要剪短一些，可一直也懒得出门，就这样留了下来。她半边的人影被花架挡住了，刚刚好成了一幅画，复羽生叶，淡墨青色，慢慢地烘托出一整片的夜。

前院忽然亮起了灯，她停了脚步，余光之中望过去，那些氤氲的光影，像是突然燃起来的心火。

雍宁屏住了呼吸，只觉得这一刻分不清是梦是醒，分毫不能打扰。

她一直没有动，耳畔的那首歌缓缓还在唱：

人说情歌总是老的好，
走遍天涯海角忘不了。
我说情人却是老的好，
曾经沧海桑田分不了。

月华满地，紫藤摇曳，院子里的祁门香总是经久不散，时间在这一刻恍然失去了意义，她又像是第一次听见这首歌一样，忽然湿了眼眶。

句句成谶，有人分花拂影而至。

何羡存终于回来了。

第十七章
余生慷慨

今年的历城夏季少雨，总共没下过几次，连"宁居"后院的土地都没能浇透。

眼看着七月过去了，原本该是文博馆百年庆的开展盛景，却因为馆内整顿一再延期，最后宣布时间定在了年底。

因为一幅《万世河山图》而引出的悬案最终了结，真迹已经被走私流至海外，所有涉案人员均被追究刑事责任。整件事追查出了文博馆内从上到下十一人，一场监守自盗的阴谋横跨数年，所幸案件审理的关键时刻得到了关键证据，古画真迹已经有了明确下落。

没过多久又传来了好消息，历城已经有人匿名在海外进行拍卖，将会在年底开展之前，正式将古画迎回祖国，不让百年文物流落海外。

雍宁怀孕的月份大了，到了七个月之后，她不知道为什么胃口突然变好了，每天吃的东西很多，还是不知道肉都长到了哪里，看来看去，只有脸越来越圆了。

从何羡存回来之后，他们一直都住在"宁居"。

何院长结婚的消息已经公开，画院修整之后也重新开展工作，一切都逐渐恢复稳定。主宅那边断断续续地收到了各种贺礼，都等着何家借着这次的喜事大办一场，但何院长却依旧保持低调，连何家的老太太庄锦茹也从来不肯露面。

雍宁月份大了以后，日常总算知道讲究一点，行动渐渐不太方便，但她还是每周坚持去看望庄锦茹。她不知道他们母子之间有过什么交谈，何羡存和他母亲之间仿佛早就形成了各不相扰的规矩。

他从回来之后就一直要接雍宁回主宅住，那边更加方便，可雍宁不希望他们一家有任何人为难，于是坚持留在"宁居"，理由是这里安静，正好适合她安心待产。

午后的时候，雍宁睡了一会儿，何羡存就在床边看书，一直陪着她。

雍宁怕着凉，夏末的日子里，城里连着好几天的高温预警，可何羡存不肯给她调低空调温度，于是她睡了没多久又热醒了，好像怀孕之后变得格外难伺候，迷迷糊糊地睡着，又不踏实。

她睁开眼睛，看见他好像起来了，已经把书放在床边，人去了窗边。

何羡存穿了一件灰色的上衣，背影融在一片天光里，背线挺拔，永远都是端正从容的样子，他对着长案似乎是在拨弄茶叶，于是那种淡而熟悉的味道渐渐地散出来，又夹着让人安神的香，让雍宁所有难耐的心思都放松下来。

她故意不发出动静，微微眯眼，窗子在她眼里就渐渐化成了深檀色的纹路，叠着他的身影，岁月温柔。

她太喜欢这样的时刻了，简单而普通的日子，没有半点波折，就像那种杜撰都不屑于一写的故事，她能够躺在这里，一心一意地看着他，这样的午后，明明什么都不做，却拿什么来她都不换。

她盯着何羡存出神，没注意到他转身，直到对上他的目光才笑了，雍宁拉起被子挡着脸，觉得自己鬼鬼祟祟地丢人现眼。

他走过来看她，发现她头发都黏在脖子上，于是扯她的被子说："还不嫌热？"

雍宁如今躺着翻身都困难，还不忘了在被子里闹，非要连头也缩进去，闷闷地说一声："今天画院不忙吗，下午不出去了？"

"嗯。"他低声回答了一句，看她不肯起来，又怕真把人热坏了，于是去把窗户打开半边透气。

雍宁的头发还是那么长，他手指缠着绕着逗她，看她怎么也赖着不起来，于是又俯下身，隔着那层薄薄的被子，把她抱住了。

这下雍宁更热了，贴着他笑。她大着个肚子，不敢乱动，他这一抱，连老婆带孩子都拥到了怀里。

她借着他的力才能躺得舒服点，热归热，孕妇不能贪凉，她老实地安静下来也不难受，于是这一时片刻又有点困了。

何羡存的脸就在她肩后，呼吸扫过她耳畔，她只觉得安心。

他抱着她，轻轻地开口，"我回来那天，乱七八糟的流程耗到了夜里，我从局里出去就去找你，禄叔说你不在主宅，我都没等他说完就急了，以为你又不见了。"

雍宁憋着笑，忍到肩膀发颤。她想一想也知道，何羡存这人过去绷着太久了，在人前总是那么一副冰山模样，那天晚上禄叔大概又看了笑话。

何羡存长长地叹了一口气，两个人热着热着也都腻在了一起，"过去总觉得自己有太多事情要做了，忙得什么都顾不上，可是那天我赶回来的时候，看着宁居的大门，想了半天，就想起一件事。"

责任，理想，抱负，他前半生抗着这些东西走了太久，可是人在累到极限的时候，心里只剩一个愿望，回家。

说起来真的可笑，那天的何羡存真的只想回家，几乎成了渴望。

雍宁轻轻点着他的指尖，这不过是人之常情，只是以前他都没机会去感受。

第二天天气闷热，还是没有下雨。

他们很早就起来了，雍宁要去做产检，被送去医院，折腾了大半天。祁秋秋打着过去帮忙的名义，捕风捉影地想要套何大神的话。

她自认聪明，嘿嘿笑着先缠住雍宁问，雍宁不松口，她就大着胆子，趁她做检查的时候去问何羡存："院长，《万世河山图》是何家画院匿名拍回来的吧？我实在想不出还有谁能为国家做这些了，能够这么快就出手的人，肯定是你吧？"

何羡存避重就轻地不理她，于是祁秋秋的猜测基本得到了印证。

他们回去的时候，胡同口停了车。

祁秋秋一看那辆车的主人，本来高高兴兴地还在耍贫嘴，非要去"宁居"跟着他们蹭饭，现在连话也不说了。

方屹突然来了"宁居"，祁秋秋显然知道对方为什么要来，实在不想撞见他，直接就跑了，非说自己公司有急事，连门也不进了。

方屹确实是特意过来的，因为他即将离开历城。

他的公司上市在即，大规模拓展海外业务，他都安排好了，马上要去澳大利亚常驻，目前想的是先待个几年，归期未定。

雍宁请他去前厅坐，何羡存扶着她，拿了坐垫给她靠着，缓解她身体的不适。他看见方屹过来，两个人点头就算是招呼了，谁都没再多说一句。

何羡存没有留下的意思，很快就去了后边，留下空间让他们说两句话。

雍宁和他也已经很久没见过了，方屹给他们即将出生的孩子带了礼物，她一一收下，感谢他的心意。她看了看他，发现方屹最近瘦了不少，那双眼睛依旧明亮带着笑，但笑容里却透着落寞。

雍宁犹豫了一下，还是问了出来，"秋秋和你一起去吗？"

话一出口，其实她就想到答案了。

以祁秋秋的性格，一旦她能苦追方屹成功，早就跑来和她说了，不可能还那么傻乎乎地每天装着无所谓的样子。何况刚才在胡同口，祁秋秋一定是知道方屹要走，来"宁居"是来道别的，所以才连见他的勇气都没了。

　　"其实秋秋对你是真心，她看着嘻嘻哈哈的，心里却比谁都明白。这么多年了，她虽然喜欢胡闹，但是玩归玩，我还是第一次看她这么认真……"

　　方屹完全不意外雍宁会这么说，仿佛他已经想过无数次了，于是连嘴边的弧度都没变，打断了她，"我知道，所以我不能耽误她。"

　　他没有再继续这个话题，抬眼看向四周。雍宁如今拿东西都不方便，前厅这里重新收拾过，但没有太大的变化。那些庞大的颜料架都还保留着，可因为店主怀孕月份大了，短期内颜料店也不再对外营业，所以为了防尘，四下的瓶瓶罐罐都用深黛色的绸子盖住避光。

　　何羡存有心，他只怕哪里不好走，把长桌木椅全都分开摆放了，为雍宁留足了活动空间。

　　没有了颜料，这间屋子里光影柔和，透着书画之间的工笔格局，一切全都带着何羡存的影子，格外清净。

　　所有的一切……往事不可追。

　　方屹今天过来，是想提前将给他们孩子的贺礼送来，但一坐下来，他发现这地方已经不是他记忆里的"宁居"，现在这座院子是雍宁和何羡存的家，四下所有一切都变得格外刺眼。

　　何羡存不在的那些年，雍宁整个人和这座院子一样，白日如旧，却浑浑噩噩没了生气。

　　如今却不一样了。

　　原来真正的洒脱，远比他想象中艰难。

　　方屹转向雍宁，看见她气色不错，脸上的血色都补了回来，于是一句话没能忍住，还是说了出来："雍宁，我知道你想劝我，可你有真心，秋秋有真心，我也有真心，所以你看，并不是有了真心就能有结果。"

　　"方屹……"

　　他摇头，这话到此为止。

方屹看见雍宁背后的架子上还摆着那个红色的套娃，那是他曾经外出带回来的，如今依旧还被主人郑重地摆放着。

他想起自己当时的心思，一下子笑得和那娃娃一样轻松，又和她说："帮我一个忙，以后这种话我就不说了。"

他用调侃的语气，完全是开玩笑的样子，朋友之间，讨价还价。

雍宁刚想说他是不是被祈秋秋的逻辑传染了，方屹忽然往前坐了坐，他隔着窄窄的小茶桌探身，抓住雍宁的手。

她完全没有心理准备，甚至也不知道方屹突然会这样做，于是两个人手心交叠的一刻她甚至来不及震惊，想要抽回来，方屹却死死地握紧。

这个动作有点冒犯，他的表情却格外坚定，"我没有别的意思……我只是想知道，未来会发生什么。"

雍宁卡在嗓子里的话都咽了回去，她闭上眼睛，很久之后才回答他："是一片草坪，国外的建筑……可能是你自己家的花园。"她松开手指，看着他有些出神地坐了回去，又说，"你会有妻子，孩子……我看见你们一家人，在一片宽敞的草地上。"

方屹退回到原有的位置，一桌两端，只是朋友之间的距离。

他收了手，有些抱歉的神色，听她这样说，又觉得确实可笑，"是啊，如果真的是那样，确实是场意外。"

他意外地在国外安定下来，娶妻生子，也意外收获了完全不同的人生。

这画面听起来，果真是最好的结局。

方屹没有再说什么，他若有所思地坐了一会儿，希望雍宁照顾好身体，祝她平安生产，很快也不再逗留。

他走得很干脆，不让雍宁出去送，很快到了大门口。

何羡存刚好从后边走出来，穿过长廊，一路不停。方屹听见动静没回头，等到对方走到门边的时候，他才反应过来何羡存这是出来送他的。

方屹看了他一眼，礼貌地说了一句："麻烦何羡存亲自出来，太客气了。"

何羡存推开他身前那扇门，也只是笑了笑，他并没有什么刻意的姿态，和他说了一句："我应该谢谢你。"

方屹对着这个男人实在没有寒暄的心情，"如果是露山会馆的事，何院长已经谢过了。"

"不，是为了我离开的那四年。"何羡存如今的生活透着十足的烟火气，让他这样的人都从云端落了地，他站在这里说话的样子语气平和，连目光都温缓，"你，还有祈秋秋，如果没有你们，宁宁那些年会过得更艰难。"

方屹自嘲地笑了一下，没有接话。

"还有王枫福利院的事，无论如何，这些年确实是你在帮她完成心愿。"

何羡存这话说完就松开了门边，让出了通过的位置，于是方屹看也不看走了出去，"雍宁的心愿一直都是和你在一起，所以最后这个愿望，我也会帮她完成。"

一条蜿蜒狭窄的石塘子胡同，方屹走了这么多年，始终没能走出去。

今生缘尽。

所有想说的，能说的话，方屹全部说完了。

从那一日离开之后，他再也没有来过。

晚上的时候，"宁居"外边又有人来敲门。

许际是特意从主宅过来的，一下车满脸高兴的表情，傻乎乎地就冲着雍宁笑，他自从平安回来之后就改了口，天天见到雍宁就一口一个夫人，叫得让人别扭。

雍宁现在胆子再大也不敢乱跑了，一举一动都很小心，所以她懒得和他争，先回卧室去了。

何羡存看他这样就知道没什么正经事，于是也没有工夫理他。

他刚热好一杯热牛奶，想往屋里去，许际赶紧拉住他说："院长，太太那边可都记得呢，下午和我说，等你这脾气，等到猴年马月你也不会说句软话了，让你把媳妇接回去吧，家里人多能照顾，而且你们婚也结了，孩子都要生了，还住在外边，让人知道了，太不像样。"

何羡存没想到庄锦茹能松这个口，所以他停了一下，又看向房间里的人。许际这话非堵在卧室的门口说，说得大声，生怕夫人没听见似的，只是雍宁好像一点也不意外。

何羡存看着她在房间里慢慢地踱步，她肚子里那个小东西不知道随了谁的脾气，这几个月特别爱动，眼下不知道又在闹腾什么，于是她就轻轻哼歌哄他，她的侧面看起来实在太温柔，让他看着，只觉得心头比手里那杯牛奶还要热。

他明白，自己不在的那些日子里，雍宁一直在为了这个家努力。

这些事对于别人而言都容易，对雍宁可真是件难事，她一向不招人喜欢，没有讨好谁的天分，也并不想刻意去做什么，只是她知道，何羡存不在的时候，难过和痛苦的人绝不只有她一个。

庄锦茹常年抱病，终究上了年纪，何况她是何羡存的母亲，如今也是雍宁的亲人。雍宁那段时间不放心老人在家苦苦撑着，一定要回去看她。人在极端的压抑情绪下必须有个出口，庄锦茹看见雍宁就生气，她偏偏掐准了这一点，厚着脸皮送上门去给他母亲撒气，让老人在情绪上有所宣泄。

非常时期，雍宁唯一能做的，就是用这种方式替他守着他的母亲。

人非草木，做母亲的人，不会和子女为敌。

所以今时今日许际把消息带过来，雍宁也不意外，早晚她都会等到这一天。

她一边安慰着肚子里乱动的小家伙，一边走到了卧室门边，和何羡存说，"家里不是只有我。"

只有亲人真正守在一起，才算是真正的家。

何羡存回头吩咐许际，"好，我们明天回去。"

许际作为一个旁观者，感动得快要哭了。他只觉得这个家终于有点样子了，已经太多年没能等到团圆，今时今日，总算云开月来。

他眼看着他们险些付出生死的代价才换来的相守，总算没有辜负。

何羡存没着急回房间，他催着雍宁先喝了牛奶，又倚在门边看她，看着看着总觉得有些感慨，岁月经年，从彼此初见开始，一晃十年寒暑。

十年之前的他，不知道自己会经历多少难眠的夜，不知道生离的苦有多磨人心肠，那时候他怎么都想不到余生会惹上这样一段牵挂，许一人以偏爱，尽此生之慷慨。

他想着当年那个戒备警惕的小姑娘，孤零零地站在画院的窗下，然后傻傻地追着他，学画练字，在后院里满头大汗地晒颜料……

她如今要做母亲了，果然长大了。

雍宁竟然也有了来教他的道理。

那一夜之后，还有数不清的明日。

主宅的画室已经重新布置过，睡前两个人都会去里边看书写字。

雍宁即将临产，何羡存已经将画院和公司的管理工作都交给林师傅和许际。何院长千年一遇给他自己放了个长假，专门在家陪伴他的夫人。

雍宁其实心情特别紧张，晚上陪他练字磨墨的工夫都在走神，一直盯着自己的肚子看，那表情特别可笑，仿佛她在看的不是个孩子，而是什么不可思议的东西一样。

何羡存这几年下来都在重新练习左手用笔，对他而言，幼年而起的基础扎实，其实也不算多难，无非以前没特意写过而已。如今他调整好心态，所有的功夫都要一切从头再来，但他本人好像也不着急了，一旦心理上的压力逐渐缓解之后，他的精神状态好了很多，渐渐就不那么在意受伤的事情了。

他们在商量孩子的名字，已经知道是个男孩子了，下一代何家到了"佩"字辈，何羡存就在纸上浅浅写了两个字："佩铮"。

雍宁念着念着答应下来，又有点走神。

何羡存发现雍宁表情古怪，看着却不像是难受，于是他放下笔，有点无奈地逗她说："你老盯着他看什么，不知道的还以为你怀了个哪吒。"

雍宁胡乱担心的念头一下被打断了，实在没忍住，笑得喘不过气。她把手里的墨锭放下，一脸破罐破摔的表情，坐在椅子上说："我就是越到这时候，越觉得有点不真实。"她有点表达不清，只是最近心里没底，就像一个人无论再怎么长期备战，突然到了要上战场那几天，还是会觉得惶恐。

她的心情七上八下，眼看自己辛辛苦苦十个月快要熬出头了，她又陡然生出了一种奇异的心情，无法相信自己就这样要孕育一个生命了……

她是真的紧张。

雍宁实在说不清，有点语无伦次地念着："我妈刚才又给我打电话，说她周末就过来，按她的经验，我前后就这两个星期差不多就要生了，我被她一说又觉得特别不可思议，以前我都没想过……"她坐在那方正的红木椅子上抬头，仰着脸看着何羡存，喃喃地说一句："我怎么就要做妈妈了呢？"

她下意识伸手去拉他，不知道到底是眼睛还是怀孕的原因，总之雍宁的手真的恢复了正常，她已经可以正常接触外人，不会再看到可怕的画面。

何羡存握着她的手蹲下身，她依旧散着头发，穿着及踝的裙子，但这裙子越来越宽松，还是罩不住她和孩子。雍宁心神不宁的时候就愣愣地盯着他，活像个傻姑娘，于是他就扣着她的双手，俯下身侧脸贴在她的肚子上，孩子偶尔的踢动异常清晰，他感觉到了生命的奇妙。

他低声笑，似乎有点迫不及待与这个小家伙见面。

雍宁看着何羡存的样子有些哽咽，女人到这时候心情极端敏感，稍微有一点触动都恨不得要掉眼泪。她刚好低头捧起了他的脸，看着他的眼睛说："何羡存，我一定不是个好母亲。"

他笑意更深，一边笑，一边还点头。

雍宁心里委屈得真要哭了。

他轻轻地拍着她，哄她肚子里那个小东西，也哄着她。要说什么为人父母的准备，何羡存也没比雍宁好到哪里去，他当时也是突然得知她怀孕，雍宁甚至带着孩子替他挡了意外，在那样近乎绝望的情况下，这个孩子是唯一意外的惊喜。

何羡存握紧了她的手，他的声音慢慢地传过来："没有好不好的，你是我的妻子，是他的妈妈……已经足够了。"

雍宁的眼泪终究没能流出来，她低下头，抱紧了何羡存。

她从来没法预知自己的未来，到了这一刻忽然明白了，所有持久岁寒，所有过往孤苦，所有解不开的凛冽世事，都是余生伏笔。

为了遇见他，为了今时今日，这一刻相拥。

第十八章
人间痴狂

历城的年轻人都知道，新城区有一家石廊餐厅。

它迅速在网络上蹿红，几年前早已经成为必须订位的网红餐厅，到如今已经发展成为历城有名的约会胜地，可惜城市发展速度太快，新城的整改计划突如其来，很多自建的房屋都受到波及，因为政策原因，石廊餐厅必须搬离原址。

雍宁接到餐厅电话的时候，她正在主宅楼前的花园里带着铮铮晒太阳。

她前两年平安生下一个男孩，到如今已经过了最难带的年纪，小孩子能走能说话了之后，哭的日子就少一些，好歹让她能喘一口气。

庄锦茹刚才过来和铮铮玩了一会儿，老人精力有限，很快又回到东边去了，花园里就剩下雍宁陪着儿子。庄锦茹惦记十月份的天气已经有点冷了，让禄叔给他们送衣服过来。雍宁自己围好披肩，给孩子套上了外套，低头看着铮铮拿了铲子，跑去逗地上的蚂蚁，她这才腾出手来接电话。

电话里的人客气地解释着，雍宁这才想起来那家石廊餐厅。

方屹曾经在那里和她共度跨年夜，当时他们登记过宾客电话，但此刻餐厅的人联系不上方屹，就直接打过来找雍宁。

电话里是餐厅的经理，态度很客气，"我们想征求一下您的意见，当时方先生给您在九号柜存了一份礼物，但现在餐厅即将搬走，过程中难免需要取出客人的物品，转移搬到新址。所以我们需要确认一下，您是想亲自取走那份礼物，还是继续由我们保管呢？"

雍宁看着孩子一颠一颠地走回来，蹭着她的腿，咿咿呀呀地又在和她说些什么，家里人都说这孩子长得格外像她，天生肤色白，但身形轮廓却又随了何羡存，可比她小时候招人喜欢，一张小脸笑起来格外可爱。

她摸摸铮铮的头，做了个"嘘"的动作，示意他安静一会儿，然后想了一下，才和手机里的人说："麻烦你们了，还是放在你们那里继续保存吧，它是方先生的东西，我不能做主。"

雍宁做出这个决定的时候，根本想不到有生之年，还有什么理由能让她将那枚戒指取出来。

可惜世事如刀，伤人的时候毫无预兆。

三天之后的清晨，她突然接到了祈秋秋的通知。

方屹死了。

雍宁完全是被电话惊醒的，以至于当时她坐在床上，第一反应觉得祈秋秋大清早的在发酒疯，但对方突如其来的声音太过凄厉，卧室里极其安静，这一下吵得何羡存也醒了。

他看见她拿着手机僵在了床边，肩膀都在抖，于是问她："怎么了？"

雍宁下意识开口想和他重复那几个字，半天竟然说不出，她张开口，一点声音也发不出来。

何羡存觉出不对劲，把她拉过去轻轻抱着，试图让她冷静一点，他想接过手机替她问一句，可雍宁完全不由自主在用力，她手上攥紧了手机，渐渐浑身都在发抖。

方屹……怎么会死呢？

她觉得荒谬，脑子里摇摇欲坠的抗拒感堆成了山，某种不安的情绪蓄谋已久，一点一点随着她的清醒突然迸裂。她拼命逼自己冷静，认真去想祈秋秋说的这几个字，很久才反应过来。

电话里的人已经在另一端泣不成声，祈秋秋甚至没有用任何委婉的词，她一直在歇斯底里地和他们重复着三个字：他死了。

雍宁下意识不停地摇头，她不相信。

方屹这两年一直定居在国外，生活十分稳定。每到逢年过节的时候，他都会给大家发来问候的微信。虽然雍宁没有再见过他，但是此前听祈秋秋聊起来的时候说过几句，他的公司发展顺利，已经计划移民，等父母都退休之后，考虑也把他们都接过去养老……他在三十岁之前事业有成，却还是单身，平日里生活潇洒，无疑成了真正的人生赢家。

谁都没想到，两天前方屹和海外同事一起去海边冲浪，但因天气突变，他摔下冲浪板后被巨浪卷走失踪，而后经过当地警方的救援和打捞，证实他本人被海浪卷走后，头部意外撞击在附近的礁石上，已经重伤溺亡。

很长一段时间，雍宁都无法相信这个噩耗，直到他们一起赶去了事发地，看到了那片海之后，她终于明白了。

澳大利亚南部，卡克特斯海滩，一片蓝绿色的海，海岸线绵长，还有巨大的礁石林立。

那是雍宁今生最后预知到的画面。

她一直觉得这颜色令人不安，此时此刻，她带着方屹当年留在石廊餐厅的那份礼物而来，就在这片海边打开才明白，那枚戒指上的光彩，和这片海几乎一模一样。

此刻被南半球的日光镶边，矿石泛出梦幻而令人惊艳的空青颜色。

一切都像极了隐喻，可惜他们并没有参悟的天赋。

雍宁已经将这份礼物的往事全部告诉了祈秋秋，时过境迁，她已为人妻为人母，实在没有立场再去拿回那枚戒指，于是将方屹留下的东西都转交给了祈秋秋。

对方接过了那个戒指盒子，一个人站在海边的礁石上，静静地盯着脚下永不停歇的海浪。

所有痛彻心扉的悲痛过后，人的情绪会被被迫麻木。

祈秋秋从历城出发而来，一路上都格外冷静。她没有胡闹，没有耍贫嘴，没有提起过去的事，也不再哭，她安静得完全不像她。

长途飞行劳累不堪，但祈秋秋却没怎么睡。

何羡存陪同她们一路前来悼念亡者，但路上刻意留出了空间，让雍宁能够安心照顾朋友。中途的时候，雍宁休息了一会儿，闭上眼睛刚到了半梦半醒之间的时候，突然听见身边的人在说话。

那大概是这么长时间以来，祈秋秋难得开口。

她说起过去这两年和方屹之间的事，"我来找过他几次，一样的航班，十一个小时，每次都坐得我浑身难受，睡个觉还不够头疼的。"

雍宁渐渐地醒过来，轻轻碰了碰她的胳膊，示意她不要再想了。

但祈秋秋好像也不是在和她说话，只是自言自语，"最后那次，飞机空调太冷了，我一落地就发烧了，头昏脑涨，心里特别委屈，越委屈越想马上见到方屹，所以我大半夜从机场出去，非要跑去找他……结果闹了个不欢而散。他说他真的不想骗我，起码到那天为止，他心里的人不是我。"

雍宁看着她，原本想要开口，但看向对方的目光，却觉得什么都不需要再说。

祈秋秋的心，远比她还要透彻。

祁秋秋那时候的目光里已经没有遗憾和失落了，她在过度的悲伤过后，再说起方屹来的时候，甚至露出了一丝笑意，她还在继续说着："那次回去之后，我发誓绝对不来找他了，没想到……我又坐了这次航班，却连他最后一面都见不到了。现在想想简直想抽自己，我为什么非要逼他呢？只要方屹好好活着，他喜欢谁，他想干什么都无所谓，大不了大家这辈子只做个朋友，起码我还能有点念想。"

她语气很轻，和闲聊没有什么区别，一只手随便搭在了扶手上，说着说着却微微发颤。她的眼泪没能流出来，渐渐卡在眼角，湿润而泛了光，连带着她整张脸都像拢了一层水色的釉。

雍宁试图打断她，祁秋秋只是摇头，似乎是想告诉身边的人自己没事，"这样也好，他在的时候，只想守着心里的人，而我又想守着他……现在他提前走了，我也不用那么累了。"

而后的路途之中，祁秋秋没有再哭。

上午的时间大家先一起去看望安慰方屹的父母，之后三个人沿着公路，一起开车到了海边。

此时此刻，已经快到傍晚时分了，何羡存一直等在远处的沙滩上。

他看见那片礁石只剩下祁秋秋一个人，海天之间的画面辽阔深远，这样苍茫的景色，实在太容易催生出毁天灭地的压抑感，何况是在这种落日时分。

退潮之后，依旧有破碎的浪花。

何羡存看见雍宁走回来了，特意提醒她，最好还是安排一个人留下陪着祁秋秋。

雍宁戴着墨镜避光，回身远远看过去，那道人影已经慢慢坐了下去。

祁秋秋独自坐在了礁石上，面对着一片海。她始终沉默着，身边都是亲友凭吊时送来的鲜花，花叶寥落，很快就被风吹散了，所幸一片礁石湿润，那些花和她一起，统统都被打湿了，伴着海浪，牢牢地守在那一处。

十月份的南半球正是黄金时节，气温不高，海风凉爽。卡克特斯这片海滩风大浪急，原本游客极少，一般只有当地喜欢原始风光的冲浪高手才会来冒险，出事之后，警方做过通报和风浪预警，于是这段时间也很少再有人过来了，只剩下礁石上的人陪着这片海，坐在那里一动不动，似乎凝成了一幅画。

远处的祈秋秋轻轻伸出手，将方屹所留下的那份心意抛入海水之中，浪花翻滚，她将过往种种一一还给方屹，然后很快就从礁石上下来了。

这片海是她的成全。

祁秋秋没有打扰他们，她远远笑着冲他们挥手示意，她早已经安排好了一切，自己叫了车，头也不回地离开了。

雍宁一直看着她离开的方向，声音发涩，她明白何羡存是担心她一个人独处会想不开，于是摇头说："不会，给她一点时间。"

她相信她的勇敢和坚强，于是选择信任却不打扰，如同那些年，曾经的雍宁困守"宁居"，祈秋秋也给过她同样的支撑。

夕阳西下，海边落日壮阔。

何羡存牵着雍宁，天地之间终于只剩下他们两个人，他们都没有急着回去，一路沿着沙滩慢慢向前走。

这样的夕阳太容易动摇人心，雍宁捂住嘴，压抑不住心里的难过，停在了沙滩上。

这一路她一直在想，看着这片曾经影影绰绰见过的海，她愈发忍不住。

有些话她一直藏在心里，从当年方屹最后一次去"宁居"与她告别开始，无意之中已经种下了前因。

天涯海角之处，人似乎总是藏不住秘密。

何羡存陪在她身边，他看出来了，从得知方屹出事的噩耗之后，雍宁一直心事重重。

此时此刻，岁月无声，终将流向迟暮，目之所及只有瑰丽的沧海日落，这一切在雍宁的眼睛里幻化出千万种颜色，她摘下了墨镜，长发已经剪短了一些，维持着刚好过腰的长度，海风吹得人睁不开眼。

她盯着那片辉煌日落，忽然轻声开口，向着海中逝去的人，说了一句："对不起。"

何羡存扣住她的手，看着她问："那时候方屹去找你，你和他说了什么？"

"我骗了他，其实我当时已经不能预知任何未来的意外了，但我没有告诉他，我骗他说……看见他会在国外有新的生活，会遇到一个真心爱他的人，他会拥有家庭，有自己的孩子，我当时只是希望他能……"雍宁说不下去，所有的一切因善意而起，却仿佛成了罪魁祸首，"我是不是害了方屹？如果我能预见这场意外，他可能根本不会选择来这里，哪怕我当时坦白什么都看不见……"

何羡存把她轻轻搂到怀里，她的脸就在他胸口，他不让她再哭，轻而缓和地顺着她的长发按着她的肩，告诉她："这不是你的错。"

"不，你不明白。"雍宁已经想了无数个日夜，"如果我真的预见到这一切，他就不会死，秋秋也不会这么痛苦，她说得对，只要方屹能够平安，这辈子不管过去多久，她有她的执着，他们两个人或许还有机会在一起。"

故事的结局千万种，如果还有机会，或许能够避免这一场日落。

海风很快就把人都打透了，风里都是咸湿的气味，和着眼泪都混成了苦涩的味道。

何羡存擦干雍宁的眼角，把她护在怀里，带着她一步一步继续向前走。

海滩上的脚印深深浅浅，又都交叠在了一起，无论还有多少前路，他始终都是她的明天。

何羡存的声音透着温暖的力度，一点一点地说给她听，"命运这东西以前我也不明白，我的手，还有你，每件事我都觉得原本不该是这样，直到那一次你从家里跑出去，我在静波湖边守了你一夜，终于想明白了。"

如果有机会重来，他依旧会答应雍绮丽，会把雍宁留在身边，他会救她，会为了责任而挽救失落的文物，把两个人都卷到阴谋里，他也还是会因为雍宁的一句话而改道，发生那次惨烈的车祸，他还会受伤，也依旧还会回到她身边。

　　"宁宁，命运并不是什么玄妙的东西，只是人的选择而已。你预见的明天，或许只是人在某一刻的选择。明知道还有千万种退路，可无论明天会发生什么，你都心甘情愿，你永远都只选择走向了同一条路。"

　　天渐渐黑了，漫长的海岸线仿佛永远也走不完，全世界的夜都一样，只有何羡存的声音透过晦暗不明的天光，从始至终，一直在她身边。

　　他握紧雍宁的手，告诉她："我相信方屹也一样，他明知结果也不会改变决定，你明白吗……就像现在，我们能够并肩走在这里一样。"

　　有些人，就算提前知道了谜底，也不会改变自己的方向。

　　他们都是这样的人，明知前路坎坷，任愿慷慨以赴。

　　夜幕降临，海浪的声音渐渐远了。

　　目光所及之处，山海相连，人间痴狂。